The Reincarnated Assassin
Is a Swordmaster

환생한 암살자는
검술 천재

TITAN

III

The Reincarnated Assassin
Is a Swordmaster

환생한 암살자는 검술 천재

글개미 장편소설

TITAN

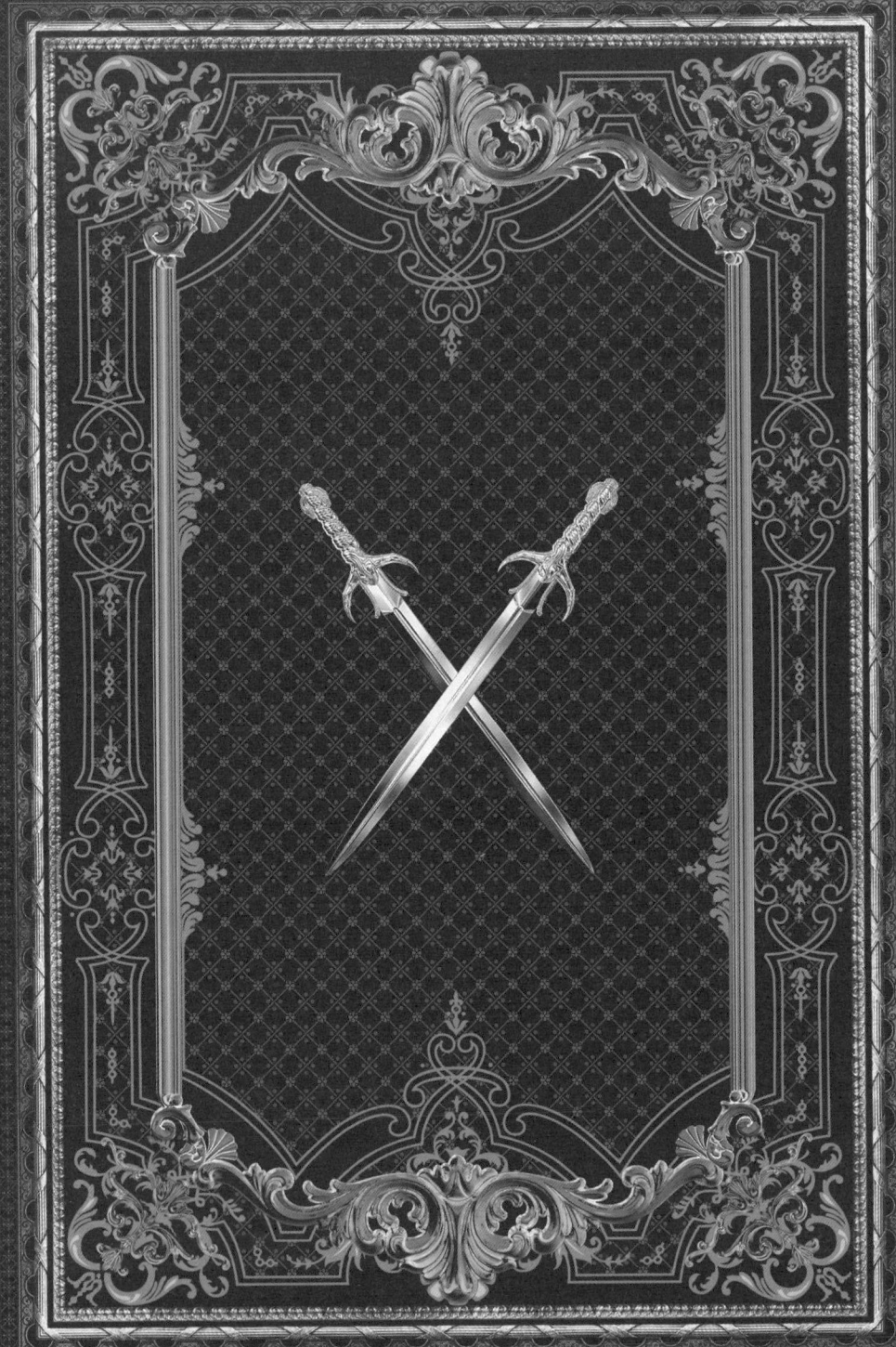

CONTENTS

7장 ⋯⋯ 007

8장 ⋯⋯ 181

9장 ⋯⋯ 291

환생한 암살자는
검술 천재

제62화

전투가 시작되기 30분 전.

라온을 제외한 5 연무장 수련생 42명이 모두 서쪽 거점에 모였다.

"라온이 안 보이는군."

버렌이 인상을 찌푸리며 고개를 돌렸다.

"루난. 라온은 어디 있지?"

"몰라."

나무 밑둥에 앉아 있던 루난이 틱 고개를 틀었다. 안 와도 상관없는 게 아니라, 무조건 올 거라 믿는 눈빛이었다.

쯧.

버렌이 쯧 혀를 찼다. 빨리 와서 작전 지휘를 해야 할 놈이 보이지 않으니 조바심이 났다.

"일단 모여. 녀석이 오기 전에 지리라도 확실하게 익혀 둬."

"예."

"알겠습니다."

수련생들 대부분이 펼쳐 놓은 지도 앞에 모였지만, 마르타는 나무 위에서 과일을 먹고 있었고, 루난은 앉은 자리에서 움직이지 않았다.

"너희라도 봐라. 일단 이쪽…."

버렌은 수련생들에게 적이 기습을 할 만한 장소나, 위험할 수 있는 장소를 쭉 말해 주었다.

다만 그렇게 진지하게 지도와 지형은 살피지 않았다.

'뭘 해도 이길 수 있으니까.'

6 연무장에 엘리트들 몇 명이 들어왔다고 해도 대부분은 5 연무장 시험에서 떨어진 녀석들이다.

지금까지 최선을 다해 수련해 왔고, 대련 경험도 많이 쌓여서 지고 싶어도 질 수가 없었다.

수련생들이 적당히 지리를 익히고, 몸을 풀었을 때 라온이 거점으로 올라왔다.

"라온."

"수석이 지각이라니, 한심하네."

루난이 가장 먼저 달려 나갔고, 마르타는 눈을 흘겼다.

"빨리 와서 작전을 짜지 뭘 하고 있었던 거냐!"

버렌이 발을 구르며 눈매를 좁혔지만 라온은 별 반응 없이 깃발이 박힌 곳으로 걸어갔다.

"그렇게 긴장할 필요 없잖아. 너희가 6 연무장에 질 일이 있겠어?"

라온은 잘려 나간 나무 밑동에 앉아 피식 웃었다. 뭔가 자신감을 주는 것 같기도 했지만, 비꼬는 것 같기도 했다.

"흠, 뭐."

"사실 그렇긴 하지."

"솔직히 상대가 약해."

"케인 님만 아니면 단숨에 쓸어버릴 수 있으니까."

다만 수련생들은 그런 감정을 느끼지 못했는지 더 높게 차오른 자신감으로 고개를 끄덕였다.

"이해해서 다행이네. 그럼 각자 알아서 싸워 봐."

"그, 그냥 싸우라고?"

"작전 없이?"

"그냥 이길 수 있다며. 꼴사납게 작전 같은 걸 왜 짜."

"잘 생각했어. 마음에 드네!"

살짝 당황한 수련생들의 중심으로 마르타가 뛰어내렸다.

"너희들이 나설 필요도 없이 내가 혼자 다 깨부수고 올 테니까. 여기서 기다리고 있어!"

그녀는 그렇게 말하고 오러를 끌어 올렸다.

"너 진심이냐?"

버렌은 눈매를 가늘게 좁히고, 라온에게 다가갔다.

"너도 그렇게 생각하잖아."

"음…."

라온의 물음에 버렌이 입맛을 다셨다. 솔직히 틀린 말은 아니다.

라온과 루난이 케인을 견제하는 동안 마르타와 자신이 양쪽으로 움직이면 6연무장의 방어선은 초토화될 테니까.

"너도 너를 따르는 방계들하고 움직여. 이후는 맡기지."

"넌 뭘 하려고?"

"케인이 기습할지도 모르니, 여기서 깃발을 지켜야지."

"나도 여기 있을 거야."

라온이 뒤에 있는 붉은 깃발을 가리키자, 루난이 깃발 아래에 털썩 주저앉았다.

"좋다. 너희 둘이면 충분하겠지."

버렌은 고개를 끄덕이고, 뒤로 물러났다. 평소 그를 따르던 방계 수련생들에게 위로 가자고 지시를 내렸다.

"우리는 아래로 가자."

"임시 시험에서도 떨어진 녀석들쯤이야. 가볍지."

"하긴 진검이나 들어 봤겠어?"

봉신 가문의 수련생들과 추천생들은 아래쪽으로 가자며 시시덕댔다.

삐이익!

모두가 준비를 마쳤을 때 산 정상 쪽에서 전투 시작 신호가 울렸다.

이제 한쪽의 깃발이 뜯어지지 않는 한 싸움은 끝나지 않는다.

"잠깐."

수련생들이 달려 나가려 할 때 뒤에서 라온의 목소리가 들려왔다. 모두가 뒤를 돌아보았다.

"수석으로서 마지막 작전 지시를 내린다. 너희 마음대로 하되, 상황이 좋지 않아서 후퇴하라고 명령하면 무조건 돌아오도록."

"미안하지만, 그럴 일은 없어!"

마르타가 대지를 부수며 중앙으로 내달렸다.

"이쪽도 마찬가지다. 가자!"

버렌이 방계 수련생들을 이끌고 위쪽으로 올라갔고, 추천생과 봉신 가문의 수련생들은 아래로 달렸다.

"라온. 이길 수 있어?"

루난이 깃발을 툭툭 치며 물었다.

"저대로라면 힘들지."

라온이 고개를 저었다. 세 방향으로 달려가는 수련생들을 보며 눈을 내리감았다.

탈탈 털려서 돌아올 거야.

쿠웅!

마르타가 붉은 천을 본 황소처럼 정면으로 돌진했다.

'혼자서 다 처리해 주지.'

다른 수련생들이 나설 것도 없다. 혼자서라도 6 연무장의 떨거지들은 모조리 쓸어버릴 수 있다.

우거진 수풀을 모조리 뚫어 버리고 달려간 지 5분 정도 지났을 때 수련생 아홉 명이 보였다. 가죽 갑옷에 적힌 6이라는 숫자. 6 연무장의 수련생들이었다.

"잘 만났다!"

마르타가 혀를 핥으며 땅을 박찼다. 허공에 뜬 채로 타이탄의 오러를 둘러 주먹을 내리찍었다.

콰아아앙!

유성처럼 떨어진 주먹이 대지를 뭉개자, 6 연무장의 수련생들이 사방으로 흩어졌다.

"마르타 지그하르트."

중앙에 있던 덩치 큰 수련생이 검을 들어 올리며 마르타의 이름을 불렀다.

"너희들이 선발대인가?"

마르타는 손목을 빙빙 돌린 후 허리춤의 검을 뽑았다.

"귀찮으니, 한 번에 덤벼."

"던 지그하르트입니다. 저는 방계의…."

"쓰러질 놈의 이름은 필요 없어!"

"음…."

던이라 이름을 밝힌 수련생은 도발에 걸리지 않았다. 담담한 표정으로 검을 중단에 놓았다.

"좀 하긴 하나 보네!"

마르타가 피식 웃고서 던을 향해 쇄도해 검을 내리쳤다.

콰앙!

검과 검이 부딪치며 폭발하는 듯한 굉음이 울렸다. 제자리에 선 마르타와 달리 던은 뒤로 다섯 걸음이나 밀려났고, 손을 덜덜 떨었다.

"쯧."

마르타가 튕겨 나간 던을 보고, 혀를 찼다.

'한 번에 보내려고 했는데.'

방금 일격으로 끝내려고 했는데, 던이라는 놈은 몇 걸음 물러난 걸로 자신의 검격을 버텨 냈다. 쉽게 볼 상대는 아니었다.

'그렇다고 어렵게 볼 상대도 아니지.'

마르타가 타이탄의 오러를 끌어 올려 육체를 강화했다. 기세가 폭발적으로 상승했다.

"으음!"

"크으…."

던과 6연무장의 수련생들이 그 기파에 신음을 흘렸다.

"귀찮게 굴지 말고, 곱게 곱게 가자!"

마르타가 흑진주 같은 눈동자를 빛내며 검을 올려 쳤다. 검에 담긴 막대한 기운이 화산처럼 폭발했다.

"3형!"

던이 검을 중단으로 내리고, 뭔지 모를 지시를 내리자, 뒤에 빠져 있던 4명의 수련생이 그의 옆으로 붙어 검을 모았다.

콰아아앙!

마르타의 검과 다섯 명의 검이 맞부딪치며 새빨간 불꽃이 치솟았다.

"크윽!"

"버텨!"

강렬한 압박에도 수련생들은 이를 악물고 물러서지 않았다.

"피라미가 모여 봤자지!"

마르타가 코웃음을 치며 검을 내질렀다. 조금 전보다 더 강한 기운이 그녀의 검날을 뒤덮었다.

콰앙!

대지가 폭발한 듯한 소리가 울리며 수련생들의 몸이 크게 휘청였다.

"후우."

"크으."

하지만 그들은 밀려날지언정 쓰러지지 않았다. 신음을 흘리며 끝까지 버텨 냈다.

"오냐. 누가 이기나 한번 보자!"

마르타가 입술을 깨물고, 연속해서 검을 내리쳤다.

"2형! 5형!"

던은 방어 자세와 사람을 바꾸면서 마르타의 공격을 끊임없이 막아냈다.

"쯧, 다른 놈부터 조져 주마!"

"그 정도는 당연히 대비되어 있다!"

마르타가 중앙에 서 있는 던을 피해 우측에 있는 단발머리 여자를 공격하려 했다. 하지만 던과 수련생들이 시계 바늘처럼 부드럽게 회전해 그녀의 검을 막아섰다.

"크…."

마르타가 입술을 깨물었다. 대비했다는 놈의 말대로 다른 쪽을 공격하려고 하자마자 수련생이 물러서고, 던이 앞으로 나왔다. 안으로 파고들 수가 없었다.

'막는 연습만 한 건가?'

방어 연습만 해 댄 건지 수비가 바위처럼 단단했다. 어설프게 공격했다간 오러만 동날 것 같았다.

"후, 귀찮게 하네."

마르타가 한 발 뒤로 물러서서 타이탄의 오러를 전력으로 끌어 올렸다. 손에 든 검이 세차게 진동하며 옅은 황색 빛을 펼쳐 냈다.

"나름 한다는 건 인정해 주지. 하지만 여기까지다."

"10형!"

던은 대답하지 않고, 지금까지 부르지 않았던 번호를 외쳤다. 여덟 명의 수련생이 모두 던의 뒤에 붙었다.

"소용없어!"

마르타가 땅을 박차고, 검에 가득 담긴 타이탄 오러를 수직으로 쏟아부었다.

"뒈져!"

"버텨라!"

던의 외침과 동시에 수련생들의 몸이 같은 빛으로 번쩍였다.

콰아아아앙!

산을 울리는 굉음이 터지고, 바닥의 흙모래가 분수처럼 비산했다.

"허!"

떨어져 내리는 모래비 속에서 마르타가 눈을 부릅떴다.

"버텼다고?"

던과 수련생들은 거친 숨을 내쉬고, 뒤로 사정없이 밀려났지만 단 한 명도 떨어져 나가지 않고, 자신의 전력을 받아 냈다.

"이런 미친 새끼들이!"

"흐아압!"

마르타가 눈에 광기를 담고 연속해서 검을 내리쳤다. 던과 수련생들은 비틀거릴지언정 검을 놓지 않았다.

"이 자식들…."

"세상의 주인공은 너만이 아니다."

"뭐?"

"우리도 피땀을 흘리며 노력해 왔다. 쉽게 이길 생각하지 마라!"

마르타의 이마에 힘줄이 섰다.

"시끄러워!"

악을 내지르며 검을 휘둘렀다. 남은 기운을 끌어모았지만, 던의 방어를 뚫을 수가 없었다.

오히려 방어가 점점 더 단단해지는 것 같았다.

"이익!"

"우리는 네 오러와 검술을 막기 위해 계속 합을 맞췄다. 검진만 유지된다면 절대 지지 않아."

"검진…."

놈들이 검진을 이뤘다는 건 당연히 알고 있었다. 그걸 힘으로 깨부수려 했는데, 이렇게까지 막힐 줄은 몰랐다.

'위험한데….'

마르타가 검을 옆으로 빼며 눈매를 좁혔다. 방금 너무 많은 기운을 사용했는지 오러가 떨어지고 있었다.

반면 아홉이 뭉쳤기 때문인지 6 연무장 수련생들은 오러의 회복 속도도 빨랐다.

'시간을 좀 끌어야겠어.'

좋아하지 않는 방법이지만 어쩔 수 없었다.

"힘이 빠지고 있다. 산개!"

조금 물러나서 오러를 회복시키려고 할 때 던이 검을 들고 앞으로 돌진해 왔다. 눈치가 더럽게 빠른 놈이다.

"감히!"

마르타는 뒤로 빼던 검을 휘돌려 던의 머리 위로 내리찍었다.

쩡!

던은 이를 악물고 충격을 버텨 냈다. 손이 바르르 떨렸지만 물러서지 않았다.

"지금이다!"

그의 지시에 4명의 수련생이 상하좌우로 검을 날려 왔다.

"칫!"

마르타가 검날을 비틀어 수련생들의 검을 모조리 튕겨 냈지만, 공격은 물밀듯이 계속되었다.

'틈이 없어.'

검을 휘두르면 던이라는 놈이 방어하고, 나머지가 다시 공격해 온다. 톱니바퀴처럼 이어지는 전개에 숨 쉴 틈이 없었다.

'젠장! 여기서 무너질 수는 없어!'

너무 쉽게 봤다. 떨거지라 생각했는데, 이 정도로 준비했을 줄은 몰랐다.

쩌엉!

빈틈을 노리고 내지른 검이 던이라는 놈에게 또 튕겨 나갔다.

"후우…."

마르타가 쏟아지는 검날을 피해 거친 숨을 뱉었다.

'망할!'

상황이 좋지 않기 때문일까. 라온의 말이 생각났다. 너희라면 무조건 이길 수 있지 않냐는 말이.

'그 새끼. 다 알고 있었을 거야.'

자신이 이렇게 고전할 걸 알고 비꼬았던 게 분명했다.

'그러니 무조건 이겨야 하는데.'

마르타가 주먹을 바득 쥐었다. 어떻게든 뚫어서 라온의 코를 납작하게 해 줘야 하는데, 길이 보이지 않았다.

솔직히 말해서 이대로 패배할 것 같은 예감이 들었다.

'어떻게 해야 하지?'

"전투 중에 다른 생각을 하는 거냐!"

상대를 어떻게 꺾을지 고민할 때 방어만 하던 던이 들소처럼 돌진해 왔다.

쾅!

강렬한 어깨 박치기에 마르타가 뒤로 튕겨 나갔다.

"지금이다!"

던의 지시에 수련생들이 자세를 잡지 못한 마르타를 향해 검을 내질렀다.

"좋다! 여기서 쓰러지더라도 너희들은 조진다!"

마르타가 검을 거꾸로 들고, 짐승처럼 달려들려고 할 때 바닥에서 은빛 냉기가 피어났다.

"이, 이건!"

수풀 뒤쪽에서 보라색 눈동자를 반짝이는 루난이 튀어나왔다.

"네, 네가 왜 여기에….'

"라온이 후퇴하래."

루난이 검으로 반원을 그리자, 땅에 그려진 냉기가 아지랑이처럼 피어올랐다.

"안 돼!"

"명령."

"난 아직 지지 않았….."

"명령."

"크으, 제기랄!"

마르타는 루난의 투명한 눈을 보고 손을 내렸다. 입술을 씹으며 물러섰다.

루난은 서리로 갈라놓은 던과 수련생들을 잠시 보다가 마르타의 뒤를 쫓아갔다.

"그 마르타가 물러나다니!"

"이, 이겼어! 우리가 이겼다고!"

"와아아아!"

수련생들은 지옥주를 버틴 보람이 있다고 소리치며 환호를 질렀다.

6 연무장 수련생들의 환호는 중앙만이 아니었다. 버렌이 있던 위쪽과 방계 수련생들이 움직였던 아래에서도 들려왔다.

쿵!

수련생들이 승리의 환호를 지르고 있을 때 나무 위에서 케인 지그하르트가 뛰어내렸다.

"케인 님!"

던이 활짝 웃으며 케인에게 달려갔다.

"수고했어."

"다른 곳도 이겼습니까?"

"그래. 예상대로 라온과 루난은 움직이지 않았고, 세 곳 모두 우리가 이겼다."

"우와아아아!"

"진짜 이기다니!"

"아, 실감이 안 나네."

수련생들은 서로 얼싸안으며 환한 웃음을 터트렸다.

"아직 기뻐하긴 일러."

케인이 손을 들어 올리자, 수련생들의 웃음이 뚝 그쳤다.

"적의 깃발을 뽑을 때까지는 방심해선 안 돼."

그의 푸른 눈동자가 별빛처럼 반짝였다.

"마지막까지 계획대로 간다."

라온은 자신의 앞에 선 5 연무장 수련생들을 차례로 훑어보았다.

땀과 흙이 뒤덮여 거지꼴이었고, 근육은 떨렸으며, 눈동자에는 당황이 그대로 드러났다. 패잔병들의 모습 그 자체였다.

뒤늦게 온 버렌과 방계 수련생들도 마찬가지였다.

체계적인 검술을 익힌 버렌은 감각검을 익힌 수련생들에게 막혀 본래 능력도 제대로 발휘하지 못하고 계속 밀리기만 했을 거다.

"어땠지? 예상대로 쉬웠나?"

누구도 대답하지 않았다. 버렌은 입술을 깨물었고, 마르타는 죽일 듯이 노려보았다.

다른 수련생들도 할 말을 찾지 못하고 땅만 내려다보았다.

"너희들이 착각하고 있는 게 뭔지 알려 줄까?"

라온의 붉은 눈이 달빛처럼 이지러졌다.

"너희는 세상은 멈춰 있고, 너희만 달라진다고 생각하고 있어. '한 번 이긴 상대면 또 이길 수 있겠지. 저 녀석들 대부분은 시험에서 떨어졌으니까. 오웬 왕국에게 무시를 당했으니까. 뭘 해도 우리가 이기겠지.' 이게 너희들의 생각 아닌가?"

"……."

이번에도 수련생들은 대답하지 못했다. 라온이 말했던 그대로였으니까.

"세상은 너희의 생각보다 더 빠르게 변한다. 오늘 이긴 상대에게 내일 질 수도 있고, 모레에는 상대가 되지 않을 수도 있지. 그런데…."

라온의 목소리가 한층 더 가라앉았다. 지하에서 올라오는 듯 등골이 오싹한 음성이었다.

"주제도 모르고 무조건 이긴다? 상대의 전략도 모르는데 꺾을 수 있다? 혼자 가서 다 꿇릴 수 있다고? 이기긴커녕 자만심에 취해 오러와 체력을 낭비하고, 가진 기술까지 보여 주고 왔지. 참 대단들 해."

그의 시선이 버렌과 마르타를 지나 수련생 한 명 한 명을 직시했다. 수련생들의 몸이 부르르 떨렸다.

"사자는 토끼를 잡을 때도 전력을 다한다. 하지만 너희는 사자가 아니고, 저들은 토끼가 아니야. 저 수련생들도 매일매일 삶을 갈아 검을 닦은 검사다. 조금 앞서 있다고 무시할 자들이 아니야."

"크으…."

"으윽…."

버렌과 수련생들이 고개를 푹 숙였다. 창피한지 얼굴이 빨갛게 물들었다. 마르타도 인상을 구길 뿐 말을 하지 못했다.

"그럼 지는 거야?"

뒤에 서 있던 루난이 옆으로 다가왔다.

"그럴 수도 있지만, 아닐 수도 있지."

라온의 덤덤한 말에 수련생들이 천천히 고개를 들어 올렸다.

"네, 네 말대로 우리는 많은 체력과 오러를 소모했는데?"

"이미 떨어진 녀석도 4명이나 되고."

"이건 일대일 대련이 아니라, 단체전이다. 너희들이 지금이라도 정신을 차렸다면 기회는 있어."

"정말이냐?"

"그 바위 같은 놈을 뭉갤 수 있다면 뭐든 하겠어!"

버렌과 마르타가 뿌득 소리가 나도록 주먹을 움켜쥐었다. 수련생들의 눈동자가 다시 빛나기 시작했다.

"아직 눈은 살아 있네."

라온은 열기가 피어나는 수련생들의 눈을 보고 고개를 끄덕였다.

"그럼 너희들이 이길 방법을 알려 주지."

제63화

"너희들이 왜 졌다고 생각해?"

라온의 나지막한 물음에 수련생들은 입을 열지 못했다.

"무력? 인원? 판단? 모두 아니야. 저쪽의 인원이 많은 건 사실이지만, 무력과 전투 경험은 우리가 위지. 일방적으로 밀릴 수가 없었는데, 왜 졌을까?"

"…정보인가?"

버렌이 천천히 입을 뗐다.

"잘 알고 있네."

라온이 버렌을 보며 고개를 끄덕였다.

"6 연무장은 우리 개인의 성격과 무력 수위 그리고 북망산의 지형을 모두 파악해 두고, 각각의 상대에 맞는 전략을 짰다. 반면 우리는 아무것도 준비하지 않았지. 당연히 이길 수 있다고 생각하면서 말이야."

"하, 하지만 시간이….."

"시간이 없긴 했지만 그건 상대도 마찬가지야. 솔직히 말해서 하루면 최소한의 정보는 파악할 수 있는 시간이다. 리메르 교관도 그 능력을 키우라고 일부러 하루 전에 알려 줬던 거고."

라온은 수련생들을 차례로 훑으며 코웃음을 쳤다.

"거기다 너희는 시간이 없다고 포기한 게 아니라, 가볍게 이길 수 있다고 마음을 놓았잖아. 시간은 핑계가 안 돼."

"윽!"

"그, 그게….."

수련생들은 뚫린 입으로도 말을 하지 못하고 입술을 깨물었다.

"5 연무장 수련생 개개인이 강하다고 해도 저들과 압도적인 차이는 아니야. 미리 전략을 짜 둔 6 연무장에게 패한 건 당연한 일이다."

"그럼 어떻게 해야 하죠? 이미 다 끝난 게….."

"끝나기는 무슨! 입 닥쳐."

"흡!"

마르타가 인상을 찌푸리자, 손을 떨던 도리안이 입을 합 다물었다.

"실제로 당한 사람도 있고, 체력과 오러도 많이 빠졌지. 불리한 건 사실이야. 다만….."

라온이 6 연무장 수련생들이 공격 준비를 하고 있을 곳을 보며 두 눈을 빛냈다.

"정보가 있는 건 저들만이 아니지."

"너 뭔가를 알고 있던 거냐?"

"6 연무장의 수석 케인 지그하르트가 지금까지 모든 지시를 내렸다. 너희에게 상성에 맞지 않는 적을 붙여 준 것도 그의 솜씨지."

"케인 지그하르트? 그 녀석이 어떻게?"

마르타가 이를 바득 깨물었다.

"케인 지그하르트는 시야와 감각이 뛰어나. 멀리서 너희들의 이동 방향을 파악한 뒤 상성에 맞는 수련생들을 보낸 거다."

"크윽, 케인 지그하르트…."

자존심이 구겨진 버렌이 신음을 흘렸다.

"단순한 투로에 힘과 맷집이 좋은 마르타에겐 공격을 버틸 수 있는 검사를 보내서 오러를 소모시키게 만들었고. 정직하고, 체계화된 검술을 사용하는 버렌에겐 감각검을 익힌 검사를 보내 손을 쓸 수 없게 만들었지."

라온은 왜 5 연무장이 밀릴 수밖에 없었는지를 정확하게 말해 주었다.

"그럼 이길 방법은 뭘까? 간단해. 상대를 바꾸면 된다. 버렌과 마르타가 서로의 상대를 바꾼다면 어렵지 않게 이길 수 있지."

"그건 안 돼! 그런 식으로 이기면 화병 나서 못 견뎌!"

"…미안하지만 나도 마찬가지다. 도망쳐서 얻을 승리 따위는 의미가 없어."

마르타와 버렌 그리고 방계 수련생들이 모두 입을 꽉 다물었다.

"그래. 그럼 두 번째 안이다."

라온은 그럴 줄 알았다는 듯 고개를 끄덕였다.

"공격 방식을 다르게 한다."

"공격 방식?"

"마르타가 상대한 검진은 분명 단단하지만, 오러의 이동이 미흡해. 감각을 열어서 오러의 이동을 끝내지 못한 곳을 치면 어렵지 않게 뚫을 수 있을 거다."

마르타에게서 고개를 돌려 버렌을 보았다.

"완벽과 체계를 추구하는 네 검은 생각 없이 그저 본능적으로 휘두르는 감각검의 좋은 먹이가 된다."

"음…."

버렌이 인상을 찌푸리며 고개를 끄덕였다.

"감각검은 본능에 의지하는 검술이라, 가짜 초식에 속는 경우가 많다. 미끼로 던진 허초에 상대가 뛰어들 때를 노려. 너라면 할 수 있을 거다."

수련생들은 튀어나올 것처럼 눈을 크게 뜨고 라온을 바라보았다.

"뭐, 뭐야?"

"넌 여기에 있었잖아."

"그걸 다 어떻게 알았어?"

"도대체가…."

이곳에 가만히 앉아만 있던 그가 모든 전장을 파악하는 모습은 6 연무장에 패배한 것 이상으로 경악스러웠다.

"너 대체 뭐 하는 놈이냐?"

"무슨 감각이…."

마르타와 버렌도 놀랐던지 입을 떡 벌렸다.

"그런데 저쪽의 작전이 바뀌면 어떻게 합니까?"

도리안이 손을 올리고 질문했다. 겁이 많다 보니 걱정되는 것도 많은 것 같다.

"네 말도 일리가 있지만, 저들의 작전은 변하지 않아."

"어째서요?"

"이미 한 번의 성공을 맛봤으니까. 그 달콤함을 아는 녀석들은 더 완벽한 승리를 위해 같은 작전을 반복할 거다."

확신을 담은 라온의 눈빛에 수련생들의 머리가 쭈뼛 섰다.

"그런데 케인의 감각이 좋다며 놈이 빠르게 반응해서 중앙이나, 위쪽에 지원을 가면 어떻게 하려고?"

"괜찮아. 내 감각이 케인보다 더 좋으니까."

라온이 중앙에 있는 케인의 기척을 느끼며 빙긋 웃었다.

"그리고 그는 이쪽으로 오게 될 거야."

6연무장 수련생들을 살피고, 5연무장 거점으로 온 메툰이 인상을 찌푸렸다.

"거만한 아이로군."

라온 지그하르트가 침착하고 냉정하다는 소리를 들어 조금 걱정했는데, 그럴 필요 없을 것 같다.

'케인보다 감각이 좋다니, 어이가 없어.'

케인 지그하르트의 가장 큰 장점은 뛰어난 검술이나, 막대한 양의 오러가 아니다.

감각.

그는 상대의 기척과 상태를 읽는 감각과 시야가 굉장히 뛰어났다.

숨어 있는 교관의 위치마저 찾을 정도이니, 그의 감각은 이미 수련생 수준을 벗어났다고 해도 과언이 아니었다.

라온이 그런 케인보다 감각이 좋다고 말했다. 솔직히 코웃음만 나왔다.

"금방 끝나겠어."

라온과 5 연무장의 태도를 보니 예상보다 훨씬 쉽게 승리를 가져갈 수 있을 것 같았다.

'아이들 회식이나 준비해 주어야겠군.'

승자에겐 마땅한 보상이 따르는 법. 메튠이 6 연무장 수련생들에게 맛있는 회식을 열어 주겠다고 생각하며 돌아가려 할 때였다.

"거만한 건 너 아니냐?

등 뒤에서 바람을 탄 듯 경쾌한 목소리가 들려왔다.

메튠은 당황하지 않고, 뒤를 돌아보았다. 붉은 머리칼의 엘프가 능글맞은 웃음을 짓고 있었다.

"이제야 나타난 거냐."

"아니, 아까 전부터 와서 구경하고 있었지."

"지각해 놓고 핑계를 대는 건 여전하군."

"아니라니까."

메튠은 리메르의 가벼운 목소리에 인상을 찡그렸다.

"그런데 방금 한 말은 무슨 뜻이지?"

"방금 한 말?"

"나한테 거만하다고 했잖느냐."

"아, 그거."

리메르가 목을 긁으며 픽 웃었다.

"이쪽은 아직 칼도 안 뽑았는데, 싸움이 끝났다고 하니 거만하다는 말이 안 나올 수가 없지."

"칼도 안 뽑았다? 너희는 정면으로 부딪쳤고 이미 깨졌다. 체력도 오러의 소모도 이쪽보다 훨씬 심하지. 가망이 없다."

"그건 네 생각일 뿐이고."

"너도 그렇고 저 아이도 그렇고 허세를 부리는 건 똑같군."

메툰은 수련생들에게 작전 지시를 내리는 라온과 리메르를 차례로 보며 고개를 저었다.

"케인은 교관들의 기척도 파악할 수 있을 정도로 감이 좋다. 이 작은 전장에서 녀석보다 뛰어난 전략을 제시할 수 있는 수련생은 없어. 기척을 파악하기는커녕 이대로 끝날 거다."

"교관의 기척을 파악한다라…."

리메르가 히죽 웃으며 말꼬리를 길게 늘어뜨렸다.

"라온은 교관이 아니라, 내 기척도 파악한 적 있는데."

"뭐?"

"네가 거만하다고 무시한 라온 지그하르트는 내가 숨어 있던 곳을 찾은 적이 있다고."

"거, 거짓말!"

메툰의 눈빛이 처음으로 흔들렸다.

'말이 안 돼.'

단전을 다쳤다고 해도 리메르는 엘프다. 기척을 감추고 숨으면 자신조차 찾기 힘든데, 저런 어린 수련생이 감지했다는 게 믿기지 않았다.

"난 거짓말 안 해."

"개소리 마라. 네 말 중 거짓말이 아닌 걸 더 찾기 힘들 테니까."

"아, 그럼 수정하지. 난 저 아이들에 관해서는 거짓말 안 해."

리메르가 고개를 끄덕이고 씩 웃었다.

"음…."

메툰이 침음성을 삼키고 아래를 내려다보았다.

"설사 네 말대로 라온 지그하르트가 케인보다 뛰어난 감각을 가졌다고 해도 이미 늦었다. 승패는 이미 기울었어."

"뭐, 확실히 힘들긴 하지. 넷이 탈락했고, 대부분 힘이 빠졌으니까. 그렇지만 라온은 날 실망시킨 적이 한 번도 없거든."

리메르가 수련생들에게 지시를 내리는 라온을 보며 피식 웃었다.

"네 제자들이 너처럼 마음을 놓고 있다간 순식간에 잡아먹힐걸?"

한 번의 승리를 경험한 6 연무장의 수련생들은 아침과 똑같이 원을 그리고 모여 있었고, 그 중심에는 북망산의 지도와 케인이 있었다.

"이곳에 5 연무장의 깃발이 있다."

케인이 손가락으로 서쪽 끝을 가리켰다.

"거기만 치면 끝이로군."

"진짜 5 연무장을 이길 수 있다니, 노력한 보람이 있네."

"이 일이 끝나면 모두 우리를 다시 보겠지."

수련생들은 벌써 결투가 끝난 것처럼 입가에 웃음을 그렸다.

"아직 기뻐할 때가 아니라고 말했잖아."

케인이 발을 굴러 들뜬 수련생들의 시선을 모았다.

"라온 지그하르트 그리고 루난 슬리온이 건재하다. 특히 라온은 5 연무장에서 가장 강한 녀석이지. 마음 놓았다간 당하게 될 거다."

"하지만 버렌과 마르타는 많은 힘을 소모했고, 저쪽 수련생 넷이나 이미 탈락했잖아요."

"유리한 건 사실이지만 방심하지 말라는 거다."

"아까처럼 케인 님이 저쪽의 움직임을 파악하고 지시를 내리면 간단하게 이길 수 있을 겁니다."

"그래요. 믿고 있습니다!"

"음, 그렇긴 하지만…."

수련생의 말에 케인이 살짝 고개를 끄덕였다. 냉정한 척하지만, 아직 성숙하지 못한 모습이 드러났다.

"어쨌든 방심은 금물이다. 끝까지 전력을 다해서 싸워."

"알겠습니다!"

수련생들이 우렁차게 대답하고 일어섰다.

"그럼 녀석들이 움직일 방식은 두 가지… 음?"

지도를 가리키던 케인이 서쪽을 보며 눈을 치켜떴다.

"온다."

"네?"

"5 연무장 수련생들이 다시 움직이기 시작했어."

"어떻게요?"

케인은 대답 없이 눈을 감았다. 감각을 열어 다가오는 수련생들의 기운을 느끼고 옅은 미소를 지었다.

"아까와 같아. 마르타가 중앙, 버렌이 위, 나머지가 아래다."

"아직 정신 못 차렸네."

"지고 싶다고 빌면 지게 해 줘야지."

"라온도 버렌과 마르타는 통제 못 하는 건가?"

"다 끝났네."

수련생들은 부나방처럼 달려드는 5 연무장 수련생들을 비웃었다.

"처음 계획대로 간다. 버렌 지그하르트와 방계들은 데칼과 2, 3조가 마르타는 던과 1조 그리고 아래는 푸욘. 나와 카린은 라온과 루난을 대비한다."

"알겠습니다!"

6 연무장 수련생들이 우렁차게 대답한 뒤 정해진 상대를 꺾기 위해 달렸다.

"이쪽도 끝낼 준비를 하자."

케인이 일어서며 뒤를 힐끗 보았다. 카린이 고개를 끄덕이고 검을 뽑았다.

"그럼 어느 쪽이 제일 먼저… 음?"

그는 아래쪽을 보며 인상을 찌푸렸다.

'루난도 움직였군.'

아래 방향에서 냉기의 기척이 느껴졌다. 루난 슬리온이었다.

"카린."

"맡겨 주세요."

카린은 고개를 끄덕이고서 루난이 움직인 방향으로 달려 내려갔다.

'카린이라면 막을 수 있겠지.'

카린은 루난과 같은 상위 봉신가의 후계자다. 루난을 누구보다 잘 알고 있으니, 쉽게 밀리진 않을 거다.

쾅! 콰앙!

중앙에서 묵직한 바위가 맞부딪치는 듯한 소리가 들렸다. 마르타와 던이 다시 격돌하는 소리였다.

쿠어아앙!

얼마 지나지 않아 위쪽에서도 버렌과 데칼이 부딪치는 쨍한 소리가 울렸다.

"자아, 보자."

케인은 호위 두 명을 세운 뒤 눈을 감고, 기감을 넓게 열었다.

혹시라도 밀리는 곳이 있다면 지원을 보내야 하기에 위, 중앙, 아래 전부 오러를 뿌려 전투 상황을 파악했다.

어?

세 방향을 모두 살핀 케인이 눈을 부릅떴다.

"뭐, 뭐야! 왜 다 지고 있어!"

위, 중앙, 아래 할 거 없이 모두 5 연무장에 밀리기 시작했다.

"이럴 수가 있나?"

오전과 똑같은 상대와 싸우는데 일방적으로 밀리다니, 믿을 수가 없었다.

'라온 지그하르트.'

대체 무슨 짓을 한 거냐!

제64화

마르타 지그하르트는 전방을 향해 달리며 라온에게 들은 지시를 생각했다.

-너와 방어 검진의 상성은 좋지 않아. 상대를 바꾸는 게 가장 좋다.

'절대 안 해!'

상대에게 도망치라는 말에 바로 욕설을 내뱉었다. 라온은 당황하지 않고, 그럴 줄 알았다는 듯 고개를 끄덕였다.

-그럼 다른 지시를 내리지. 검진을 부숴라.

-검진을?

-상대의 검진은 완벽하지 않아. 아니 완벽할 수가 없지. 수련생 수준이니까.

-어떻게 완벽하지 않다는 건데?

-그들은 9명의 오러를 응집시켜서 널 막았다. 즉, 검진 내부에서 오러의 이동이 일어난다는 뜻이지.

-그러면….

-그래. 그 틈을 노린다면 많은 오러를 소모한 지금의 힘으로도 검진을 부술 수 있다.

그 말에 등줄기로 소름이 돋아 올랐다.

'이놈은 뭐지?'

앉은 자리에서 적의 약점을 파악하고, 공략법을 내놓다니, 뭐 이런 괴물이 있나 싶었다.

-나는 약점이 아니라, 정면에서 이기길 원하는데.

라온의 말에 압도되기 싫어서 생각과는 다른 말이 튀어나왔다.

-그래. 제 체력을 찾고, 오러를 회복한다면 이길 수 있겠지. 넌 뛰어나니까. 하지만 지금 당장은?

역시 대답이 나오지 않았다. 체력과 오러가 떨어진 지금 그 체력 괴물들을 이길 방법이 생각나지 않았다.

-말했듯이 이건 일대일 대련이 아니라, 팀의 대결이다. 선택해. 확신도 없는 승리를 위해 자존심을 선택할지 팀의 승리를 선택할지를.

그 말을 들은 마르타는 대답 없이 일어섰다.

'예전이라면 그런 말 따위 무시했겠지.'

라온에게 패배하기 전 자만으로 넘치던 시절이라면 녀석이 뭐라 지껄이더라도 계속 싸웠을 것이다.

하지만 한 번의 패배를 경험했고, 이번에는 두 번째 패배를 당할지도 모른다. 지는 것보다는 어떻게든 이기는 게 나았다.

'던이라고 했었지.'

멀리서 아까 싸웠던 던이라는 놈이 보였다. 바위처럼 단단한 기세는 여전했다. 당장에 주먹으로 깨부수고 싶었지만, 어금니를 깨물며 참았다.

"이길 수 없다는 걸 알고도 온 건가? 멍청하군."

"주둥이를 함부로 놀렸다간 다치게 될 거야."

옛날의 나처럼.

마르타가 땅을 박차고 던에게 뛰어들었다.

"4형!"

뒤에 있던 수련생들이 던의 옆으로 붙으며 오러를 모았다.

"음!"

마르타는 들어 올린 검을 내리치지 않고 기감을 펼쳤다.

6 연무장 수련생들의 오러가 던에게 모여드는 게 느껴졌다.

'정말 느리잖아.'

라온의 말대로다. 오러의 크기가 크다 보니, 그 움직임이 굼벵이처럼 느렸다.

"흐읍!"

마르타가 숨을 크게 들이마시며 우측으로 돌았다.

"소용없다!"

던은 허리를 돌려 앞을 막아섰다. 이전과 같은 구도. 하지만 다른 점도 있었다.

무지성으로 검격을 때려 박던 마르타가 아직 오러가 응집되지 않은 던의 우측 옆구리를 향해 검을 내리친 것이다.

콰아앙!

검과 검이 맞부딪치며 강렬한 파동이 일어났다.

그 충격에 마르타가 뒤로 밀려났지만, 뿌리 깊은 나무처럼 단단하던 던과 수련생들의 검진도 크게 출렁였다.

"크흡!"

"크으…."

던과 수련생들이 신음을 흘리며 흔들리는 검진을 다잡았다.

마르타의 눈동자가 흑진주처럼 번쩍였다.

'그 녀석의 말이 맞았어.'

라온의 말대로다. 아직 오러가 모이지 않은 곳의 방어력은 다른 곳보다 확연히 낮았다.

"정말 이게 공략법이었군."

헛웃음이 나왔다.

공략법이 너무 쉬워서?

아니다. 깃발이 꽂혀 있는 거점에서 저 검진의 약점을 알아본 라온 지그하르트. 그 괴물 녀석에게 소름이 돋았기 때문이다.

"한 번 우위를 점했다고 자만하지 마라!"

"한 번? 지랄하네. 앞으로 계속이다!"

마르타가 기합을 내지르며 앞으로 뛰어들었다.

공격하는 척하며 좌측으로 빠진 뒤 오러를 이동시키지 못한 던의 하체를 향해 검을 내질렀다.

쩌어엉!

던이 재빠르게 검을 내리찍었지만, 상체가 크게 흔들리며 검진을 이룬 수련생들이 옆으로 튕겨 나갔다.

"이제 다 끝났어!"

마르타가 야수와 같은 기세를 뿜어내며 검진이 깨진 던을 향해 달려들었다.

버렌은 검을 든 손목을 빙글 돌리며 고개를 들었다.

방계에서 손꼽히는 수련생 데칼이 사나운 눈빛으로 이쪽을 노려보고 있었다.

'아까는 졌지.'

데칼과 일곱 명의 수련생이 동시에 달려들고, 검술을 파훼하는 감각검을 사용하니 놈들을 이겨 낼 방법이 없었다.

인원이 차이 나다 보니, 다른 녀석들도 도와줄 상황이 되지 않아서 계속 밀리기만 했다.

5 연무장을 쓰러뜨리기 위해 확실한 계획을 짰다는 게 정말이었다.

'이젠 그냥 당하진 않아.'

후퇴는 한 번으로 족하다. 쓰러지더라도 저놈들을 모조리 때려눕힐 것이다.

"천하의 버렌 지그하르트 님이 도망치다니. 역시 다굴에는 장사가 없나 봅니다."

데칼이 씩 웃었다.

"이번에는 검사답게 끝까지 싸워 주시길 바랍니다!"

그의 손짓에 뒤에 있던 수련생들이 쥐 떼처럼 달려들었다.

"흐아압!"

데칼 역시 중심을 파고들어 검을 내질렀다.

여덟 명이 휘두르는 검은 조화롭지는 않았지만, 하나하나가 가장 약한 빈틈을 노려 왔다.

"후욱!"

버렌이 오러를 끌어 올리며 보법을 밟았다. 물 흐르듯이 옆으로 움직이며 현상검법을 펼쳤다.

그의 검이 우측의 데칼을 노리고 휘어졌다.

"지금이다!"

"몰아쳐!"

버렌의 검이 뻗어 나가는 순간을 노리고 감각검을 익힌 수련생들이 안으로 파고들어왔다.

하지만 그건 버렌이 깔아 놓은 함정이었다.

퍼어억!

데칼을 노리던 수련검이 초승달처럼 휘어지며 안으로 들어온 수련생들의 팔목과 가슴을 후려쳤다.

"크헉!"

"아악!"

순식간에 두 명의 수련생들이 손목과 가슴을 부여잡고 바닥을 뒹굴었다. 상태를 보니 저대로 이탈이다.

"흐읍!"

버렌의 검은 멈추지 않았다. 가람보법을 밟아 이동하며 다시 현상검법을 내리쳤다.

어깨 전체를 사용하는 큰 동작에 세 명의 수련생들이 본능처럼 빈틈을 찔러 왔다.

'걸렸어.'

버렌의 푸른 눈동자가 번쩍였다. 팔꿈치가 부드럽게 휘어지며 다가온 수련생들의 가슴을 사정없이 찍어 버렸다.

뻐어어억!

한 번의 검격으로 세 명의 수련생들이 날아갔다.

"크헉!"

"으윽…."

끝에 맞은 녀석은 일어섰지만, 두 명은 이미 기절한 상태였다.

"이, 이런!"

데칼이 뒤늦게 쫓았지만, 버렌은 옆으로 물러난 상태였다.

"대, 대체 뭡니까! 갑자기 허초를 섞다니!"

"그러게 말이야."

버렌이 콧등을 찡그렸다.

'허초를 섞는 것만으로 이렇게 달라질 줄이야.'

감각검은 체계가 아닌, 본능에 의지하는 검술. 아직 완성에 이르지 못한 수련생들은 허초에 낚여서 파닥댈 수밖에 없었다.

'그런데 그놈은 이걸 어떻게 안 거지?'

라온은 분명 그 자리에서 움직이지 않았다. 가만히 앉아서 모든 상황을 내려다보는 녀석의 감각과 지식에 닭살이 돋았다.

'마르타도 나와 같은 감정을 느끼고 있겠지.'

아마 이 아래에서 싸우고 있는 마르타도 똑같은 생각을 할 게 뻔했다.

'양파 같은 놈.'

라온은 이만큼 알았다 싶으면 또 다른 모습을 보여 준다. 양파처럼 까도 까도 색 다른 녀석이다.

"아직 안 끝났습니다!"

"흐아압!"

데칸이 이를 악물고 달려들었다. 남은 3명의 수련생들도 함께 돌진해 왔다.

후우웅!

버렌이 검을 앞으로 내질렀다. 위력은 강했지만, 여러 개의 빈틈이 보일 정도로 동작이 컸다.

"허초다. 신경 쓰지 마! 어?"

데칼이 눈을 부릅떴다. 무시하고 나아가려 했지만, 버렌이 펼친 검격의 궤도는 변하지 않았다.

"이번에는 진짜다."

"이, 이런!"

뒤늦게 수비로 전환했지만, 이미 늦었다.

콰아앙!

막강한 위력의 검격에 데칼의 수련 검이 부러지며 뒤로 날아갔다.

"대결은 이미 끝났다."

버렌이 남은 수련생들을 보며 푸른 눈을 빛냈다.

"우리가 이겼어."

그 괴물이 있는 이상 5 연무장은 질 수가 없다.

"이, 이게 뭐야!"

메툰은 동시다발적으로 밀리기 시작하는 6연무장 수련생들을 보며 튀어나올 정도로 눈을 부릅떴다.

"뭐가 어떻게 돌아가는 거야!"

한 곳이 밀리는 건 이해할 수 있다. 하지만 위, 중앙, 아래 세 곳이 모두 밀리고 있었다. 그것도 한 번씩 이겼던 상대들에게.

"내가 말했잖냐. 아직 안 끝났다고."

옆에 드러누운 리메르는 얄밉게 하품을 하며 중얼거렸다.

"너 무슨 짓을 했지?"

"내가 한 게 아니라, 라온이 했지."

"뭐?"

"네가 보기 전에 라온이 저 녀석들에게 조언을 했거든. 그게 잘 먹혀든 거지."

"고작 수련생의 조언 하나에 상황이 이렇게 바뀐다고?"

"고작 수련생이 아니라, 라온의 조언이니까."

리메르가 피식 웃으며 홀로 깃발을 지키고 있는 라온을 가리켰다.

"수련생 중에 라온을 따르지 않는 녀석도 있고, 라온을 싫어하는 녀석도 있지만, 저 녀석의 무력과 판단은 모두 믿어. 아마 오늘 이후에는 신의 목소리처럼 따르겠지."

"으음…."

메툰이 신음을 흘렸다. 그 말대로라면 신뢰를 받고 있다는 뜻이다.

다만 신뢰를 얻은 것보다 그의 조언이 확실하게 먹혀들어 갔다는 게 더 놀라웠다.

"무슨 조언이었지?"

"궁금해? 궁금하면 금화를… 아, 알겠어."

리메르는 사정없이 굳어진 메툰의 표정을 보고 손을 저었다.

"일단 위에서는…."

그는 메툰에게 라온이 수련생들에게 해 주었던 조언을 말해 주었다.

"미친…."

메툰이 손가락을 바르르 떨었다.

'수련생이 어떻게 그런 조언을 할 수 있지?'

하나도 버릴 게 없는 완벽한 공략법이었다.

하지만 더 놀라운 건 저 먼 곳에서 기감만으로 상대의 약점을 파악했다는 점이다.

리메르의 말이 맞았다. 거만한 건 라온이 아니라, 자신이었다.

그는 케인보다 더 감각이 뛰어나다고 말할 자격이 있었다.

'다만.'

메툰이 움직이기 시작한 케인을 내려다보며 확신에 찬 미소를 지었다.

'대결은 아직 안 끝났어.'

깃발 아래에 앉아 있던 라온이 두 눈을 떴다.

'다 잘하고 있군.'

기척은 죽여 놓았지만, 전황을 지켜보기 위해 활짝 열어 놓은 기감을 풀며 빙긋 웃었다.

데칼을 꺾은 버렌은 감각검을 익힌 수련생들을 폭풍처럼 몰아쳤고, 마르타는 검진을 깨부수고 남은 수련생들을 후려 패고 있었다.

그리고 루난은….

상대로 나온 6연무장의 상위 수련생과 빙판 대결을 펼치는 중이었다.

'뭐. 상관없지.'

지지는 않을 것 같으니 괜찮을 것 같았다.

'자, 그럼….'

라온이 일어섰다. 가볍게 몸을 풀자, 수풀이 흔들리고 금발에 푸른 눈을 가진 검사가 나타났다.

'케인 지그하르트.'

6연무장의 수석이자, 자신보다 2살이 많은 직계가 모습을 드러냈다.

'이럴 줄 알았지.'

모든 방향에서 밀리고, 자신의 기척은 드러내지 않았으니, 저 녀석이 움직일 방향은 하나였다.

상대의 깃발을 챙기는 것.

"역시 이곳에 있었나. 라온 지그하르트."

케인이 입술을 깨물었다. 어느 정도 예상한 듯 놀란 표정은 아니었다.

"수련생들에게 마법을 부릴 줄은 몰랐다. 인정을 받지 못한다고 들었는데, 헛소문이었군."

그가 천천히 허리춤의 검을 뽑았다.

"다만 여기서 끝이다."

"끝?"

"네 오러가 화속성이라는 이야기를 들었다."

그 말과 함께 케인의 검날 위로 붉은 화염이 타올랐다.

"아쉽게도 내 오러는 최상급 화속성의 오러고, 오러량은 정식 검사 이상이다. 상성상 넌 날 이길 수 없다."

"상성이라."

라온이 픽 웃으며 검을 뽑았다. 검날을 빨갛게 물들이던 만화공의 기운이 작은 꽃을 피워 냈다.

화아아!

케인의 검에 타오른 불꽃보다 훨씬 작았지만, 색의 진하기는 비교가 되지 않았다.

"이 가문은 싸우기 전에 참 말이 많다니까."

라온이 불꽃과 같은 색의 눈동자로 선언했다.

"덤벼. 불꽃 한 송이가 네 불길을 집어삼키는 걸 보여 줄 테니까."

제65화

 메툰은 야생동물 수준으로 기적을 죽인 라온을 보며 눈매를 좁혔다.
 "라온은 일부러 실력을 죽이고 있었던 건가?"
 "숨긴 게 아니라 애들 정신 좀 차리게 해 주려고 한 거지."
 리메르가 흥 하고 콧김을 불었다.
 "정신을 차리게 한다고?"
 "우리 애들이 요즘 주목 좀 받았다고, 본인들이 정말 강해진 것처럼 착각하기 시작했거든. 비슷한 실력을 가진 사람들이 쌔고 쌨다는 걸 모르고, 항상 앞서 있다고 자만한 거지."
 그는 픽 웃으며 라온을 가리켰다.
 "5 연무장 수련생 중에서 본인의 실력을 냉정하게 바라보는 건 라온 한 명이야. 그래서 좀 정신을 차리게 해 주고 싶었어."

"잠깐! 그럼 너 설마 그 주점에 있었던 것도…."

"어. 일부러 네가 다니는 주점으로 갔어. 널 자극해서 5 연무장이랑 6 연무장의 싸움을 붙여 보고 싶었거든."

"리메르…."

"그렇게 보지 마. 너희도 우리를 노리고 있었잖아."

리메르는 부드러운 미소를 유지한 채 메툰을 돌아보았다.

"음…."

"네가 잘 가르친 것도, 아이들의 피땀 흘린 노력도 아주 잘 보고 있었어. 앞으로 누구도 너희들을 무시하지 않을 거야."

"흥."

메툰은 콧등을 찡그리고 고개를 돌렸다. 살짝 얼굴이 붉어진 걸 보면 칭찬이 마음에 든 것 같았다.

"그런데 리메르 너도 착각하고 있군."

그가 쓱 고개를 돌렸다. 메툰의 눈빛이 살아 있었다.

"착각? 무슨 착각?"

"아직 전투는 끝나지 않았다."

메툰이 쓱 손을 올려 라온의 앞에 선 케인을 가리켰다.

"라온이 익힌 오러는 중상급의 화속성 연공법으로 특별할 게 없지. 하지만 케인은 화속성 기질을 타고났고, 최상급의 연공법을 익히고 있다. 상성상 라온은 케인을 이길 수 없어."

메툰의 말이 끝나기 무섭게 케인의 칼날 위로 뻘건 불길이 타올랐다.

"아, 또 이렇게 실수를 하는군."

"알았으면 됐다. 결과는…."

"아니, 나 말고 너 말이야."

리메르가 낄낄 웃었다. 슥 고개를 돌려 검을 뽑기 시작한 라온을 가리켰다.

화악!

라온의 검날 위로 작디작은 불꽃이 솟아올랐다.

"잘 보고 있어."

리메르의 눈동자가 라온의 칼날 위에 치솟은 불길처럼 빨갛게 타올랐다.

"작은 불이 큰불을 먹어 치우는 모습을."

※※※※※

케인 지그하르트는 라온의 칼에 솟구친 작은 불꽃을 보고 눈매를 좁혔다. 한 송이 꽃처럼 아름답지만, 너무도 작았다.

'작아.'

칼날의 끝만 겨우 덮을 정도로 작은 불꽃. 누군가를 베기에도 힘들 정도로 옅은 불길이었다.

'그래도 무언가가 있는 건 분명해.'

5 연무장의 수석을 땅따먹기로 땄을 리는 없으니까.

지금까지 라온이 이겨 온 상대를 보면 저 기운이 평범하지 않은 건 확실하다.

'하지만 내가 더 강해.'

부상당한 이후 2년 동안 오러 연공을 멈추지 않았다. 검술이라면 모를까 오러의 양은 검사들에게도 지지 않는다.

거기다 라온의 불을 잡아먹을 수 있는 최상급 화속성 오러를 익히고 있으니, 승부는 이미 결정된 거나 마찬가지다.

방심만 하지 않는다면 이 불리한 전황을 뒤집고 승리를 쟁취할 수 있다.

"간다!"

케인이 검을 고쳐 잡고서 땅을 박찼다.

'힘으로 깨부숴야 해.'

라온의 검술 재능은 유명하다. 검술로 끌려가지 않도록 속도와 힘으로 단숨에 끝내야 했다.

"흐아압!"

불길을 담은 검으로 라온의 어깨를 내리찍기 직전 녀석이 고개를 들었다.

어?

잔잔한 눈.

지금 상황과 조금도 어울리지 않는 가라앉은 눈에 소름이 돋아 올랐다. 놈이 작은 불꽃이 타오른 검을 세웠다.

'이미 늦었다.'

허리와 허벅지에 힘을 주고, 검을 끝까지 내리쳤다.

캬아앙!

검과 검이 부딪치는 순간 오러를 전력으로 불태웠다.

콰아아아!

검날에서 피어난 불길이 라온을 집어삼킬 듯이 타올랐다.

하지만 예상과는 다른 일이 벌어졌다.

찌지지직!

라온의 검극에 피어난 작은 불꽃이 검면 전체를 태우는 거대한 불꽃을 집어삼키기 시작했다.

"뭐, 뭐야!"

케인의 눈동자가 찢어질 듯 벌어졌다.

'이게 말이 돼?'

저 작은 불꽃이 자신의 불꽃을 역으로 먹어 치우다니, 믿을 수가 없었다.

검 뒤에 있는 라온과 눈을 마주쳤다. 이전보다 더 가라앉은 눈동자. 녀석은 여전히 여유로웠다.

"으아아아아!"

케인이 이를 악물었다. 단전에 차오른 모든 기운을 끌어 올려 검을 그었다.

허공에 붉은 선이 그어질 정도의 격렬한 오러가 폭발했지만, 라온은 오히려 한 걸음 나아갔다.

우우웅!

그의 검이 변해 간다. 묵직한 바위에서 예리한 바람으로.

은빛 칼날이 맹수의 어금니처럼 파고들어 왔다.

"흡!"

케인이 다급하게 오러를 끌어 올리며 중단으로 검을 내렸다.

쩌어어엉!

막았다.

분명히 막았는데, 왜 내 검이….

단 일격이다. 한 번의 휘두름으로 수련검이 깨져 버렸다. 저 작은 불꽃에 저런 막대한 힘이 실렸다는 게 믿기질 않았다.

"아직이다."

다시 바람 소리가 들리고, 허리가 바스러지는 통증이 일었다.

"커허헉!"

케인은 라온이 후려친 주먹을 이겨 내지 못하고, 비명을 지르며 바닥에 꽂혔다.

"끄으으윽!"

갈비뼈가 우그러진 듯한 통증을 참으며 일어설 때 머리 위에서 라온의 목소리가 들렸다.

"상성?"

담백한 표정의 라온이 고개를 모로 꺾었다.

"상성이 뭔데."

라온은 케인을 제압하고 다시 나무 밑동에 걸터앉았다. 한참을 기다리고 있으니, 수풀이 흔들리며 5 연무장 수련생들이 모습을 드러냈다.

낙오한 녀석들도 있었지만, 대부분은 건재한 상태로 돌아왔다. 적의 깃발은 마르타의 손에 들려 있었다.

"그, 그거 아니. 그 사람 케인 지그하르트 아니에요?"

도리안이 넋이 나간 눈으로 팔이 묶인 케인을 보았다.

"맞아. 전황이 밀리니, 바로 이쪽으로 왔지."

"와, 진짜 도련님은 지질 않으시네요."

그와 몇몇 수련생들이 대단하다고 말하며 헛웃음을 흘렸다.

"네 말대로였다."

버렌이 조금 민망한 표정으로 다가왔다.

"완성되지 않은 감각검은 허초의 함정에 쉽게 빠지더군. 어이가 없을 정도로."

그는 머리를 긁적이다가 천천히 숨을 내쉬고 입을 뗐다.

"지휘만큼은 내가 더 잘할 거라고 생각했지만, 전혀 아니었다. 오늘 네가 없었다면 우리는 6 연무장에게 패배했겠지."

맞는 말이라는 듯 버렌의 뒤에 서 있던 수련생들이 고개를 끄덕였다.

"네가 수석임을 다시 한번 인정한다. 앞으로 불평 없이 네 지시를 따르겠다."

그는 가슴을 쿵 두드리고, 등을 돌렸다. 귀가 빨개진 걸 보니 또 민망해하고 있었다.

퍼억!

마르타는 들고 있던 6 연무장의 깃발을 바닥에 꽂았다.

"마음에 들지 않지만, 저놈의 말이 맞아. 짜증 나지만 오늘 승리의 일등 공신은 너다."

그녀는 이상한 지휘였으면 그 약속을 때려치울 생각이었다고 말했다.

"라온."

누구보다 멀쩡한 모습으로 돌아온 루난은 잘했다는 듯 고개를 크게 끄덕였다. 그녀 나름의 칭찬이었다.

라온은 세 사람을 차례로 보며 옅게 웃었다.

'이래야 5 연무장이지.'

"허…."

메툰이 헛웃음을 흘렸다. 시선은 케인을 제압해서 꿇린 라온에게 고정되어 있었다.

'작은 불꽃이 저리 강할 줄이야.'

라온의 작은 불꽃은 케인의 큰 불꽃 앞에서도 밀리지 않았다. 아니, 사나운 면에서는 오히려 압도했다.

리메르가 말한 먹어 치운다는 말이 헛소리가 아니었다.

'위력만 강한 게 아니야. 상대를 제대로 보고 있었어.'

케인의 불길은 분명 강렬했지만, 칼날 아랫부분에 오러로 메우지 못한 빈틈이 있었다.

평범한 수련생이라면 알아차리기 힘들 정도로 작은 구멍.

'하지만….'

녀석은 알아차렸지.

라온 지그하르트는 케인의 실수를 파악하고, 그 약점을 향해 검을 내리그어 승리를 움켜쥐었다.

'대단하군.'

케인의 감각도 놀랍다고 생각했지만, 라온은 더 했다. 저 녀석의 감각은 직접 보고도 믿기 힘들 정도로 민감하고 세련되었다.

'배짱도 정신이 나간 수준이고.'

그 급박한 상황에 적의 약점을 파악하고 검을 지르는 건 감각만으로 할 수 있는 일이 아니다. 저 녀석의 정신력은 이미 자격을 얻은 검사급이었다.

"후…."

메툰이 한숨을 내쉬고 일어섰다. 뒤를 돌며 고개를 끄덕였다.

"인정할 수밖에 없군."

"흐흥."

반쯤 드러누워 있던 리메르가 흡족한 얼굴로 고개를 끄덕였다.

"난 저 아이를 칭찬했는데, 왜 네가 그리 뿌듯해하는 거냐."

"내 제자니까."

"제자는 무슨. 넌 놀고 저 아이 홀로 수련했겠지."

"뭐, 그런 적도 있긴 하지."

리메르가 피식 웃으며 일어섰다.

"그럼 가자."

"어딜?"

"저 아이들이 라이벌 의식은 있었어도 적이라거나, 서로 미워하진 않잖아. 지그하르트라는 이름으로 묶였으니 친분을 쌓기 좋은 기회지. 함께 회식이나 시켜 주자고."

"음, 그건 괜찮군."

"네가 내는 거다?"

"알겠다."

메툰이 고개를 끄덕였다. 리메르와 내기를 했으니, 아이들의 식사 비용을 책임지는 정도야 얼마든지 할 수 있었다.

"역시 통 크다니까!"

리메르가 씩 웃으며 라온에게 모이는 수련생들에게 달려갔다.

"오늘은 남의 돈으로 회식이다!"

라온은 길쭉한 사각 테이블 위로 쌓여 가는 음식을 보고 포크와 나이프를 들었다.

바로 앞에 있는 돼지 통구이를 조금 잘라 입에 넣었다. 껍데기 부분은 바삭하고, 살코기는 촉촉하여 혀에서 녹아내렸다. 자극적이지만 맛 하나는 끝내줬다.

-크흠! 좋구나. 아주 좋아. 본왕의 까다로운 입맛을 사로잡는 농축된 맛이로다.

'그러게. 맛이 괜찮네.'

-다음에는 저 옆의 파이를 먹어 보아라. 본왕은 마계에 있을 때부터 저런 파이를 좋아하여 아침저녁으로….

라온은 그의 말을 무시하고 우측의 스튜를 먹었다. 부드러우면서 감칠맛이 넘쳤다.

-이, 이것도 괜찮지만, 본왕의 말을 들어라. 파이! 파이다!

'이런 곳도 있었군.'

리메르는 전투가 끝나자마자 5 연무장과 6 연무장 수련생들을 영지 내 식당으로 데리고 갔다.

식당의 외부가 낡아 걱정했지만, 음식은 다양했고 맛도 좋았다. 질 좋은 재료를 훌륭한 요리사가 조리한 것 같았다.

'그런데….'

돼지고기를 하나 더 집어 먹으며 주변을 둘러보았다. 낡은 피아노 줄처럼 늘어진 분위기. 승리한 5 연무장도, 패배한 6 연무장도 처져 있는 상태였다.

'뭐, 당연한가.'

5 연무장은 손쉽게 이길 줄 알았던 6 연무장에게 당할 뻔했고, 6 연무장은 단단히 준비한 계획이 모두 깨져 버렸다. 둘 모두가 침울해하는 건 그리 이상한 일이 아니었다.

물론 안 그런 사람도 있었다.

"내가 진짜 잘 가르치긴 했나 봐."

리메르가 제일 비싼 흑맥주를 입에 털어 넣으며 낄낄 웃었다.

"조언을 해 준 것도 대단하지만, 그 조언을 듣고 그대로 따라 하는 거 봤지? 대단한 제자들이야."

"오늘 네놈은 아무것도 안 했다."

"라온을 누가 가르쳤지? 바로 이 몸! 그러니 녀석의 공은 내 공이나 마찬가지지."

"후우….'

두 사람은 따로 떨어져서 오늘 결투의 반성회를 열었다. 물론 옆에서 들을 때는 반성회가 아니라, 리메르의 자기 자랑이었지만.

반면 수련생들의 테이블에서는 훈련 후 점심을 먹는 것처럼 씹는 소리밖에 들리지 않았다. 어쩔 수 없다고 생각하며 닭튀김을 먹으려 할 때였다.

'던이라고 했던가?'

중앙에서 마르타와 싸웠던 덩치 큰 남자가 마르타에게 다가갔다.

"듣던 것 이상의 강함이었다. 공격과 방어 모두 대단했어. 첫 번째도 놀라웠지만, 두 번째 대결에서 검진의 빈틈을 노릴 때는 식겁했다."

던은 순박해 보이는 외모 그대로 본인이 느꼈던 점을 읊었다. 마르타도 당황했는지 포크에 찍혀 있던 브로콜리를 떨어뜨렸다.

"언젠가 함께 수련해 보지 않겠나? 분명 양쪽에 도움이 될…."

"꺼져."

물론 마르타는 보지도 않고 손을 저었다.

'저 정도라면 난동은 부리지 않겠군.'

라온이 슬쩍 고개를 끄덕였다. 원래의 마르타라면 바로 주먹이 날아갔을 텐데, 저렇게 말했다는 건 나름 마음에 든다는 의미였다.

"버렌 님."

데칼도 기회라고 생각했는지 버렌의 자리로 움직였다.

"뭐 할 말 있나?"

버렌이 인상을 찡그리며 고개를 들었다.

"허초를 평소에도 연습하십니까?"

"그리 많이 하진 않는다."

"제가 보기엔 많은 훈련을 한 허초였습니다. 솔직히 진짜 같아서 놓칠 수가 없더군요. 먹이를 본 개처럼 뛰어들었습니다."

"크흠!"

칭찬이 기뻤던지 버렌의 얼굴이 살짝 붉어졌다.

"뭐, 너희들의 감각검도 예리했다. 허초를 쓰기 전까지는 뚫을 방법을 찾지 못했으니까. 내 검술이 그렇게 막힌 건 처음이었어."

버렌은 반대로 데칸의 장점을 칭찬했다.

"하지만 결국엔 버렌 님에게 패했죠. 마지막에 허초를 역이용할 때는 정말 꼼짝할 수가 없었습니다."

"뭐, 검술도 검술이지만, 내 오러가 너희보다 뛰어나기도 하니…."

버렌은 솔직하게 말하는 데칼이 마음에 들었는지, 몸까지 돌린 채로 검술과 오러에 대해 이야기했다.

이게 계기였는지 눈치를 보던 수련생들은 전투에서 만났던 상대를 찾아가 오늘 있었던 대결에 대한 이야기꽃을 피우기 시작했다.

어떤 점이 대단했고, 어떤 점이 문제였는지 토론을 하듯 털어놓았다.

"아이스크림을 좋아한다고?"

"응."

"무슨 아이스크림?"

"구슬."

루난도 귀여운 인상의 여자아이와 마주 앉아 있었다. 대화가 통하는지는 잘 모르겠다.

"웃차."

왼쪽 빈자리에 누가 앉는 소리가 들려왔다. 옆을 보니, 마지막에 싸웠던 6 연무장의 수석 케인 지그하르트였다.

"마지막은 완전히 당했어. 설마 오러가 약한 곳을 공격해서 검을 터트릴 줄은 몰랐다."

그가 감탄이 나온다는 듯한 얼굴로 고개를 끄덕였다.

"우연은 아니겠지?"

"그렇습니다."

솔직하게 고개를 끄덕여 주었다.

"이제 와서 말을 올릴 필요는 없어. 어차피 같은 수련생이잖아."

"그러지."

본인이 말을 놓으라는데 거절할 필요는 없었다. 고개를 끄덕였다.

"무력은 몰라도 감각 쪽은 또래 중 최고라고 생각했는데, 자만했던 모양이야."

케인이 아까와는 달리 모든 것을 받아들인 얼굴로 웃었다. 이런 성격의 직계라니 새로웠다.

"전략적인 부분도, 정신적인 부분도 크게 배웠어. 고맙다."

"배웠다고?"

"네 덕분에 끝까지 방심해서는 안 된다는 것과 전략이 실패할 때도 대비해야 한다는 걸 배웠다. 아마도 내게 가르침을 주기 위해서 그런 말을 했겠지."

케인이 일어서서 느릿하게 고개를 숙였다.

"넌 내 은인이다. 고맙다."

"어…."

라온이 고개를 갸웃거렸다.

얘 또 뭐라는 거지?

제66화

라온이 눈매를 좁혔다.

'고맙다고?'

이해할 수가 없네.

열심히 세운 전략을 가볍게 깨부수고, 일대일 대결에서도 이겼으며, 마지막엔 가슴을 후려쳤는데 고맙다고 고개를 숙이는 이유를 모르겠다.

"모르겠다는 눈빛이네."

케인 지그하르트가 그럴 줄 알았다는 듯 피식 웃었다.

"난 이번 전면전에서 무조건 너희를 이길 수 있다고 생각했어. 언제 붙어도 이길 수 있도록. 대련이 결정되기도 전에 너희들의 성격과 무력을 파악해 두었으니까."

"확실히 위협적이긴 했지."

마르타와 버렌의 성격과 검술을 파악한 뒤 그에 걸맞은 상대와 공략법을 내놓은 건 유효했다. 루난을 보내지 않았다면 둘 다 그곳에서 쓰러졌을 것이다.

"맞아. 하지만 위협적이기만 했지. 실제로 이긴 건 아니야. 한 번의 작은 승리를 이뤘다고 다 끝났다고 생각해 버렸지. 네가 나보다 감각이 좋고, 기적을 숨기는 데 능하다고는 생각도 못 했고, 마르타와 버렌이 그렇게 달라질 줄도 몰랐어."

케인이 한숨을 푹 내쉬었다.

"마지막으로 너와의 일대일에서 내가 지게 될 줄은 상상도 못 했다. 회복하는 동안 연공만 해서 오러만큼은 자신 있었는데, 그런 작은 불꽃에 깨졌다는 게 아직도 믿기질 않아."

그는 지금도 만화공이 약하다고 생각하고 있었다. 착각이었지만 딱히 말할 필요는 없어서 가만히 있었다.

"이번 전투를 통해 정말 많은 걸 배웠다. 적 중에 나보다 어리면서도, 뛰어난 인물이 있을지도 모른다는 걸 항상 생각하고, 늘 긴장해야겠어."

케인의 눈을 보았다. 맛있는 음식으로 배를 채운 듯 만족스러운 눈빛이다. 아무래도 지금까지 한 말이 전부 진심이었던 것 같다.

'직계치고는 괜찮네.'

그의 말대로 항상 적이 능력을 숨길 수도 있다는 가정을 하고 움직여야 한다. 암살자 시절에도 모든 상황에 대비했기 때문에 최고라 불릴 수 있었다.

"그래."

라온은 케인에게 고개를 끄덕여 주고 식당 내부를 쭉 돌아보았다.

이제 5 연무장 수련생들과 6 연무장 수련생들은 친구라도 된 것처럼 웃고 떠들며 음식을 먹고 있었다.

"검을 날릴 때 무슨 생각을 하십니까?"

"생각은 무슨 생각. 느낌대로 꽂는 거지. 그리고 꺼지라니까?"

짜증을 내던 마르타도 칭찬을 듣다 보니 마음이 풀렸는지 조금 반응해 준다. 아주 조금….

"지그하르트의 검사가 될 자라면 그 정도 의지는 가지는 게 맞죠."

"물론이다. 승리를 위해서라면 오른쪽에 칼을 찔려도 왼쪽도 내주는 게 지그하르트 검사지."

버렌과 데칼은 술이라도 마신 듯 벌게진 얼굴로 껄껄 웃고 있었다.

사각사각.

루난은 카린과의 대화를 끝내고 과일을 먹고 있었다. 마음에 들었는지 자기 앞에 우르르 쌓아 놓고 먹는 모습이 꼭 다람쥐 같았다.

'신기하네.'

서로 죽일 듯이 싸워 놓고 지금은 저렇게 친해진 게 기묘했다.

처음 다 같이 회식을 한다고 했을 때 장례식 분위기가 될 거라고 생각했는데, 완전 반대였다. 지금 음식점 안은 작은 축제가 열린 거나 다를 바가 없었다.

"너도 특이하군."

왜일까 생각하고 있을 때 치킨을 뜯어 먹은 케인이 피식 웃었다.

"뭐가?"

"조금 전까지 싸우던 놈들이 왜 저리 친해진 건지 궁금한 거 아닌가?"

"음…."

"역시."

케인이 그럴 줄 알았다는 듯 고개를 끄덕였다.

"왜인지 알려 줄까? 싸웠기 때문이다."

"그건 나도 알고 있어. 그런데 왜 싸워서…."

"아니, 그냥 싸웠기 때문이 아니라, 지그하르트라는 이름 안에서 싸웠기 때문이다."

그가 오늘 전투에 대해 떠드는 수련생들을 쭉 가리켰다.

"우린 같은 지그하르트다. 비겁한 수를 쓰지도 않았고, 서로가 서로를 이기기 위해 전력으로 부딪쳤지. 그건 검을 맞댄 모두가 알고 있어."

라온이 눈빛을 가라앉혔다. 그 말 그대로다. 케인과 검을 부딪치며 그의 마음가짐이 확실하게 느껴졌다. 그는 오직 승리만을 원했었다.

"상대에게 할 수 있는 모든 것을 털어 냈으니, 이기든 지든 속이 시원할 수밖에 없지. 저 녀석들은 친한 척하는 게 아니라, 조금이지만 친분이 생긴 거다."

케인은 그 말을 하고, 주스를 맥주처럼 들이켰다.

"그런가…."

조금이지만 느낌이 왔다. 왜들 저렇게 친해 보이는지 그리고 왜 자신이 이해를 못 했는지.

'전생에선 안 이랬으니까.'

암살자 교육을 받을 때도 전면전 훈련이 있었다.

다만 이곳과 달리 훈련임에도 약한 자는 목숨을 잃었기 때문에 친분을 쌓는다는 것 따위는 생각지도 않았고 하루하루 살아남았다는 것에 감사하고 절망했다.

'이게 맞는 거겠지.'

같은 이름으로 묶이고, 같은 공간에 선 사람들끼리 최선을 다해 부딪치고, 후회를 남기지 않는다면 이런 결과가 이루어져야만 했다.

반면 전생에서 조교들이 원한 건 인간이 아닌, 말 잘 듣는 개였다. 죽고 죽이는 훈련이 벌어졌으니, 서로 의심하고, 원망하는 결과가 나온 건 당연한 일이었다.

"싸울 때는 산전수전 다 겪은 노장처럼 여유롭더니, 지금은 제 나이처럼 보이는군. 신기한 기질이야."

케인이 고기를 씹으며 웃었다. 놀란다기보다는 재밌어하는 얼굴이었다.

"그런가."

라온이 마주 웃었다. 물론 케인과는 다른 의미의 미소였다.

'난 정말 아는 게 없어.'

무력은 점점 강해지고 있고, 암살 기술과 경험은 머리에 그대로 남았지만, 인간적인 부분은 이곳에 있는 누구보다도 모자랐다. 스스로를 한심해하는 웃음이었다.

"후…."

천천히 숨을 내쉬며 창밖을 보았다. 지는 해가 아릿하게 눈을 짓눌렀다.

이런 상황이라서일까. 아니면 전생의 기억을 불러일으키는 말을 들어서일까.

옛 기억이 떠오른다.

라온이라는 암호명도 없었던 시절. 살아남기 위해서 단검을 꼬나 쥐고, 발악했던 시절이 뇌리에 차올랐다.

실전 훈련에서 나를 죽이려고 달려들던 아이들. 복면을 써서 얼굴조차 모르는 아이들도 그곳에 잡혀가지 않았다면 이들과 같은 삶을 살았을지도 모른다.

마음 맞는 친구들을 만나고, 즐겁게 웃고 떠들었을 거다. 아무리 힘들어도 그렇게 죽어 가는 것보다는 나은 삶을 살았을 거다. 안타까움에 손이 떨렸다.

'그래. 그 전부는….'

데루스 로베르트.

남쪽의 선왕이자, 천검성이라 불리는 그 망할 협잡꾼 때문이다. 오랜만에 놈에

대한 분노가 가슴에 차올랐다.

"라온?"

이를 바득 깨물 때 루난의 맑은 목소리가 들려왔다. 확 정신이 들었다.

-쯧. 저 망할 꼬맹이가 방해를!

아쉽다는 듯 팔찌에서 라스의 목소리가 울렸다. 아무래도 이놈이 중간에서 감정을 살짝 자극했던 것 같다.

'하여튼 너란 놈은.'

-자, 잠깐! 그 좋은 분노를 왜 가라앉히는 거냐! 조금 더 끌어 올려라! 원수를 갚아야지 않느냐! 본왕….

'좀 가.'

-끄으윽! 이놈….

라온이 라스를 팔찌 안으로 집어넣었다.

"후."

라스가 자극을 하긴 했지만, 이 감정은 진짜다. 데루스 로베르트만큼은 무슨 일이 있어도 죽일 것이다.

"괜찮아."

"응."

뚱하게 쳐다보는 루난에게 옅게 웃어 주자, 다시 과일을 먹기 시작했다. 먹는 것도 꼭 다람쥐 같다.

"라온 지그하르트."

어느새 닭 한 마리를 다 먹어 치운 케인이 테이블을 두드리며 자신의 이름을 불렀다.

"제안이 있다."

"제안?"

"가끔 이렇게 연무장끼리 대련을 해 보는 건 어때? 일대일도 좋고, 오늘 같은 전면전도 다 의미가 있다고 생각한다."

그의 목소리가 조금 컸는지 음식점이 조용해졌다. 떠들던 수련생들이 전부 이쪽을 보았다.

"음….".

쭉 아이들을 둘러보니 딱히 마음에 들지 않아 하는 사람은 보이지 않았다.

마르타는 하지 말라는 듯 인상을 찌푸렸지만 한 명의 의견이니 신경 쓰지 않았다.

"그래. 괜찮을 것 같아."

"역시 시원하네!"

케인이 테이블을 탁 치고 일어섰다.

"오오!"

"앞으로 재미있겠는데!"

"다음에는 절대 안 진다!"

"뭔 소리야 다음에도 무조건 이길 거야!"

수련생들의 목소리가 더욱 커졌다. 새로운 인연을 만난 것에 모두가 즐거워했다.

"이런 시발!"

딱 한 명. 마르타만 욕을 내뱉고 라온을 노려보았다.

라온은 그녀의 시선을 무시하고, 우측 끝을 보았다. 사실 케인의 제안을 결정할 가장 중요한 인물들은 다른 생각에 빠져 있었다.

"아니, 여기 식비가 내기에서 진 대가가 아니라고?"

"당연하지. 내가 한 번이라도 내기에서 졌으니 밥값 내라고 한 적 있냐? 그냥 내라고 했지."

"이미 돈도 줬잖아."

"그건 계약금이지."

리메르와 메툰은 오늘 수련생들의 활약이나, 반성할 점이 아니라 내기에 대해 떠들고 있었다.

"그런 법이 어디에…."

"이건 이거고, 저건 저거. 기본적으로 내기의 대가는 금화죠. 자자, 빨리 내놓으세요. 여기 밥값도 계산하시고."

리메르가 히죽 웃으며 손을 펼쳤다.

"너처럼 돈을 밝히는 엘프는 없을 거다."

"아, 그건 칭찬인데."

"크으, 화병 나겠군."

메툰은 묵직한 금화 주머니로 리메르의 손을 내리찍었다.

"감사합니다. 호갱님. 아니, 고객님 다음에 또 이용해 주십시오."

리메르는 돈을 챙기자마자 맥주잔을 들고 일어섰다.

"애들아 오늘 수고했다. 내일은 쉬고, 모레 훈련장에서 보자!"

그는 손을 빙빙 돌리고 그대로 식당을 나갔다.

'어딜 가려고.'

라온이 코웃음을 치며 그의 뒤를 따라갔다.

'혼자만 이득을 챙기게 놔둘 수는 없지.'

❖❖❖❖❖

"라온에게 걸기만 하면 따는구만."

리메르가 경쾌한 발걸음으로 도박장을 향했다.

'라온이 복덩이야. 복덩이.'

수련생들이 일방적으로 밀려서 조금 불안했지만, 역시 기대한 대로였다.

라온이 움직이자마자 불리한 상황이 역전되고 완벽하게 승리할 수 있었다. 앞으로도 라온에게만 걸면 잃는 일은 절대 없을 것이다.

"100% 딸 수 있는 도박이라니, 금송아지구만, 금송아지! 매일 했으면 좋겠네."

"세상에 그런 도박은 없습니다."

"억?"

뒤에서 들려온 낭랑한 목소리에 황급히 고개를 돌렸다. 라온이 서늘한 눈빛으로 손에 든 금화 주머니를 보고 있었다.

"라, 라온? 왜 여기 있냐? 가서 더 먹지…."

"저희한테 걸어서 많이 좀 따셨나 봅니다."

"어어…."

"그것도 한두 번이 아니죠?"

"윽."

둘 다 맞는 말이다. 라온 덕분에 많은 이득을 보긴 했다. 아니, 좀 많이.

"반."

라온이 손가락을 들어 금화 주머니를 가리켰다.

"반?"

"저희 때문에 땄으니, 딴 돈의 반은 저희를 위해 써 주십시오."

"바, 반이라니! 너무 많잖아!"

"어차피 내일이면 반이 아니라, 먼지만 남을 거 아닙니까."

"3배로 딸 수도 있다고!"

"도박장에 가서서 따신 걸 못 봤습니다만."

녀석이 코웃음을 쳤다. 분했지만, 저 말도 사실이었다. 하지만 이번에는 달랐다. 끗발이 바짝 선 느낌이다.

"이번엔 느낌이 좋아. 10배로 따서 그중 절반을…."

"됐습니다. 저희는 반이면 충분합니다."

"싫어! 전부 내가…."

"그러면 앞으로 저도 협조 못 합니다."

"뭐?"

"교관님이 도박을 어디에 거실지는 뻔하니, 일부러 질 수도 있다구요."

"네가 그런 짓을 할 리가… 음."

리메르가 침음성을 삼켰다. 라온의 저 가라앉은 눈빛은 진심이라는 뜻이었다.

'너, 너무 했나.'

그러고 보니 버렌과 마르타와 대련할 때도 따기만 하고, 너무 입을 싹 닦았던 것 같다.

"제게 달라는 게 아니라, 수련생들을 위한 물건을 사자는 겁니다."

"에휴, 그래. 뭔데. 뭐가 필요하냐."

"오늘 6 연무장 수련생들과 싸우는 모습을 보며 느낀 게 있습니다."

라온이 처음으로 옅은 미소를 지으며 말을 이었다.

"수련생들에게 필요한 건…."

이틀 뒤.

"어? 이게 뭐야?"

"인형?"

"이거 검술 연습용 인형이잖아"

수련생들은 연무장 좌측에 설치된 인형들을 보고 두 눈을 빛냈다.

"검술 연습용 인형?"

"그래. 인형에 검을 내리치면 그 이상의 힘으로 반탄력이 돌아오거든. 실전 연습용으로 굉장히 좋대."

"진짜? 근데 이게 왜 갑자기 생겼지?"

수련생들은 인형을 보며 고개를 갸웃거렸다.

"교관님이 사 오셨다."

"어?"

"진짜?"

라온의 말에 수련생들이 놀란 눈으로 단상 위에 엎어져 있는 리메르를 보았다.

"이번 실전에서 느꼈겠지만, 상대와 검을 부딪치다 보면 반탄력 때문에 검을 놓치거나 손목에 부상을 입기 쉽지. 그 대응책으로 사셨을 거다."

"헉!"

"저 도박쟁이가…."

"그럼 그저께 딴 돈으로?"

"교관님…."

수련생들이 감동을 받은 눈빛으로 리메르에게 다가갔다.

"음…."

리메르를 대놓고 싫어하는 버렌조차 놀라서 눈을 부릅떴다.

"그래. 열심히 쓰렴."

리메르는 손을 흔들며 힘없이 웃었다.

'더럽게 비싸네.'

저 인형 생각보다 비쌌다. 몇 개 사고 나니 금화가 반도 남지 않았다. 그리고 남은 금화는 홧김에 질렀다가 모조리 날려 버렸다. 라온의 말대로 정말 빈털터리가 되었다.

다만 인형을 치며 즐거워하는 수련생들을 보는 리메르의 입가에는 얇은 웃음이 그려져 있었다.

제67화

책장과 책상 그리고 탁자까지. 온통 검은색 원목 가구로 가득 찬 고풍스러운 방에서 사각거리는 필기 소리가 들려왔다.

소리의 근원은 책상이었다.

설원처럼 반짝이는 은발이 흘러내리는 미중년이 백지만 가득한 책에 뭔지 모를 문양을 그려 넣고 있었다.

신기하게도 그가 적은 문양은 얼마 지나지 않아 사라져서 책은 계속 아무것도 적혀 있지 않은 것처럼 보였다.

중년인이 잠시도 멈추지 않고, 문양을 새겨 넣을 때였다.

툭.

그의 오른 손등에 벌어져 있는 상처에서 핏방울이 떨어져 책을 적셨다.

중년인의 손이 처음으로 멈췄고, 그의 시선이 백지를 빨갛게 물들이고 있는 혈

흔을 향했다.

쯧.

은발의 중년인이자, 남방의 지배자. 천검성 데루스 로베르트가 짧게 혀를 찼다.

'아직도 아물지 않다니.'

17년 전 라온이라는 사냥개를 죽였을 때 벌어진 손등의 상처는 지금도 사라지지 않았다.

질 좋은 영약을 먹고, 명성 있는 회복사나 신관을 불러 봤지만, 누구도 이 검흔을 지우지 못했다.

'그렇다고 벌어지지도 않지만.'

상처는 아물지도, 벌어지지도 않았다.

꼭 기억하고 있으라는 것처럼 처음 모습 그대로 유지만 되었다. 참으로 신기한 일이다.

"죽은 망령을 기억이라도 해 달라는 건가."

데루스 로베르트가 피식 웃으며 손등의 상처를 매만졌다. 배어 나오던 피가 천천히 멎기 시작했다.

"미안하지만 난 돌아보지 않는다. 앞으로 나아갈 뿐이다."

그는 다시 만년필을 들고, 책에 문양을 그려 넣기 시작했다.

중천에 뜬 태양이 지고, 다시 새로운 태양이 떠오를 때까지. 데루스는 책상에 앉아 끊임없이 문양을 새겼다.

데루스가 마침내 마지막 페이지를 넘기자, 흑룡이 그려진 책 표지가 보였다. 꼭 살아 있는 것처럼 생생했다.

"되었군."

데루스 로베르트가 완성된 책을 보고 만족스러운 미소를 지었다.

'이제 대계도 얼마 남지 않았어.'

그가 책에 손을 올리자, 표지에 그려진 흑룡의 눈동자가 번뜩였다.

새해가 밝았다.

15살이 되어 미려하다는 단어가 그대로 외형으로 녹아내린 것 같은 라온이 숯가마가 있던 자리에 눈을 감고 앉아 있었다.

그의 어깨 위로는 붉은 아지랑이가 끝없이 피어올랐고, 모공에서는 서늘한 한기가 뿜어졌다.

냉기와 열기가 교차하며 숯가마의 주변은 안개 같은 뿌연 연기가 가득했다.

라온은 그런 신비한 상황을 모르는지 떠오른 태양이 서산으로 내려갈 때까지 눈을 뜨지 않았다.

석상이라도 된 듯 움직이지 않던 라온의 변화는 달이 떠오를 때가 되어서야 시작되었다.

어깨 위로 피어나던 붉은 아지랑이가 뻘건 불꽃이 되었고, 모공에서 흘러나오던 김이 냉기가 되었다.

빠직!

화염과 냉기가 경합하며 스파크가 튀긴 순간.

라온이 두 눈을 떴다. 벼락이 떨어진 듯한 붉은 눈동자가 밤의 어둠을 꿰뚫었다.

꾸욱.

그는 주먹을 말아 쥔 채 들뜬 숨을 흘려 냈다.

"드디어."

꽉 잠긴 목소리 위로 반투명한 메시지들이 떠올랐다.

> <혹한의 저주> 한 가닥이 사라졌습니다.
> <만화공>이 3성에 올랐습니다.
> <혹한의 냉기>가 3성에 올랐습니다.
> <설화의 감각>이 3성에 올랐습니다.
> <화속성 저항력>이 3성에 올랐습니다.
> 소드 익스퍼트 - 초입의 단계에 오르셨습니다.
> 오러 운용 속도가 빨라집니다.
> 모든 능력치가 크게 상승합니다.
> 검술 숙련도가 상승합니다.
> 보법 숙련도가 상승합니다.

쭈르륵 떠오르는 메시지.

"드디어 익스퍼트인가."

라온은 메시지를 확인하며 만족스럽게 고개를 끄덕였다.

여러 사건을 겪으면서도 수련을 계속한 덕분에 새해가 된 지 한 달 만에 익스퍼트의 단계에 올랐다.

하급도 아닌 초입이지만, 성취의 기쁨에 미소가 절로 지어졌다.

-익스퍼트? 소드 마스터도 하찮은 벌레일 뿐이건만, 고작 익스퍼트가 되었다고 좋아하는 게냐?

라스는 마음에 들지 않는다는 듯 콧방귀를 끼었다.

"15살에 익스퍼트가 된 건 드문 일이니까."

익스퍼트가 뛰어난 경지임은 분명하지만, 대륙 전체로 보았을 때는 강자라 불리기 힘들다.

하지만 그게 15살의 아이라면 일반적인 가문이나, 왕국만이 아니라, 육황이나 오마에서도 경악할 만한 성취였다.

-나이? 전장에서 나이를 따지는 건 멍청이들뿐이니라. 나이와 상관없이 약자는 약자일 뿐이다.

"그 말도 맞긴 하지. 전장에서 나이가 어리다고 봐주는 멍청이는 없으니까."

고개를 끄덕이며 픽 웃었다.

"하지만 익스퍼트가 되었다고 멈춰 있을 생각은 없어."

라온은 이죽거리는 라스를 밀어내고 일어섰다.

'가벼워.'

항상 전신을 꽉 조이고 있는 듯한 냉기의 족쇄가 또 한 가닥 풀린 덕분일까. 몸이 나뭇잎처럼 가볍고, 활력이 넘쳤다.

"상태창."

라온은 몸을 가볍게 움직여 본 뒤 상태창을 불러왔다.

<상태창>
이름 : 라온 지그하르트.　　　칭호 : 최초의 승리.
상태 : 혹한의 저주(다섯 가닥)
특성 : 분노, 불의 고리(4성), 수속성 저항력(4성),
설화의 감각(3성) 만화공(3성), 혹한의 냉기(3성),
화속성 저항력(3성). 블리딩 커스(1성).

근력 : 55　　　민첩성 : 56
체력 : 57　　기력 : 40　　감각 : 62

상태창을 보자마자 입가가 절로 올라갔다. 만화공과 혹한의 냉기, 화속성 저항력의 단계가 올라갔고, 능력치도 크게 상승했다.

이런 단순한 수치만이 아니라, 마나 회로가 늘어서 한 번에 운용할 수 있는 오러의 양과 운용 속도도 빨라졌다.

'익스퍼트 초입이지만, 하급 정도는 되겠지.'

보여지는 등급이나, 수치보다 뛰어난 무력을 갖췄다는 생각에 손에 저절로 힘이 들어갔다.

-한심하도다. 본왕의 손가락 하나. 아니, 손톱조차 버티지 못할 무력이다.

"그렇긴 하지."

라온이 빙긋 웃었다.

-그런데 왜 웃는 것이냐.

"예전 같으면 손톱이라는 말도 꺼내지 않았을 테니까. 네가 나름 성장했다고 인정해 준 거 아니야?"

-본왕이 인간 따위를 인정하겠느냐!

"목소리가 살짝 떨리는 거 보니까 맞네. 너랑 오래 같이 있다 보니, 네 생각을 어느 정도는 알 수 있거든."

-본왕을 꿰뚫어 보려는 인간이라니, 뼈를 씹어 먹어도 부족하다!

라스의 냉기가 해일처럼 솟구쳤다.

화아아아!

라온은 3성에 오른 만화공을 일으켜 라스의 냉기를 모조리 녹여 버렸다.

"그게 다야? 너 빨리 힘을 회복하지 못하면 조만간 나한테 먹히겠는데?"

-흥! 헛소리를 듣고 있으니, 옛 생각이 나는군. 본왕이 마계에 있을 때 성에 찾아와 시비를 거는 마족들이 있었….

"아, 난 몸이나 풀러 가야겠다."

-어딜 가느냐! 본왕의 말을 들어라!

"훈련 끝."

"수고하셨습니다."

리메르의 간결한 목소리에 라온이 탁한 숨을 내쉬며 고개를 숙였다.

"수고하셨습니다!"

수련생들은 라온을 따라 감사 인사를 외쳤다.

"오냐."

리메르는 히죽 웃으며 손을 휘적였다. 귀찮아서 대충 대답하는 것 같지만, 그 나름의 인사였다.

'이젠 모두 익숙해진 모양이군.'

라온은 리메르와 교관들 그리고 수련생들을 보며 살짝 고개를 끄덕였다.

3년이 넘는 시간을 가장 가까이에서 함께 보내며 모두 상당히 가까워져 있었다.

제일 까탈스러웠던 버렌이나 마르타도 이제 리메르가 어떤 사람인지 알고 조금 너그러워졌다.

"교관님. 오늘 20분 지각하셨으니, 훈련 20분 추가해야 하는 거 아닙니까?"

물론 지각에 관해서는 여전히 타협이 없었다.

"그건 내일 보충하자. 오늘은 충분해."

리메르는 어색하게 웃으며 단상에서 내려갔다. 뒷걸음질을 치는 모양새를 보니, 대충 말을 흘리다가 도망칠 게 분명했다.

"당번은 연무장 정리를 시작하도록."

라온은 여전하다고 중얼거리며 뒤를 돌아 정리를 지시했다.

"알겠습니다!"

당번인 도리안이 세차게 고개를 끄덕이고서 청소 도구가 있는 구석으로 달려갔다.

"허억!"

그는 도구함을 열다 말고 옆에 선 사람을 보고 비명을 질렀다.

"뭐야? 내가 당번인 게 꼬와?"

검은 머리칼이 다시 어깨를 적시는 마르타가 눈썹을 내렸다.

"아, 아뇨. 절대! 영광입니다…."

"쯧."

그녀는 혀를 한 번 차 주고서 연무장을 다지는 기구를 들고 도리안보다 먼저 당번 일을 시작했다.

예전의 마르타라면 잡일을 방계나 추천생들에게 떠넘기고 직계 수련에 갔겠지만, 라온의 지시 때문에 당번 일에서 도망치지 못했다.

"다들 구경났어? 정리해야 하니까 다른 곳으로 꺼져!"

"으허헉!"

"어억!"

마르타가 쿵 하고 발을 굴렀다. 강력한 진동. 멍하니 그녀를 보고 있던 수련생들이 황급히 출구로 달려갔다.

"히이익!"

그녀의 옆에 있던 도리안은 깜짝 놀라 주저앉았다.

"여전하구만, 성격이 바뀐 건 너한테만인가 보다."

라온은 등 뒤에서 들린 목소리에 고개를 돌렸다. 리메르가 실실 웃으며 다가오고 있었다.

"버렌의 잔소리에 도망가신 거 아닙니까?"

"아, 까먹은 게 있어서 다시 왔어."

"까먹…."

"모두 주목!"

리메르가 손뼉을 치자, 마르타의 윽박에 도망치던 수련생들이 모두 멈춰 섰다.

"할 말이 있다."

수련생들이 다가오자, 리메르는 다시 단상 위로 올라갔다.

"내가 엄청 중요한 일을 까먹었거든."

그는 민망한 미소를 지으며 뒷머리를 긁적였다.

"또 뭡니까."

"아, 너희들에게 두 번째 임무가 내려왔다."

순간 연무장 전체에 침묵이 내려앉았다.

"임무!"

"그걸 까먹어?"

"저 인간은 정말…."

설마 임무를 까먹을 줄은 몰랐기 때문에 수련생들이 이를 갈았다.

"임무라…."

라온이 눈을 내리감았다.

'생각보다 길었군.'

첫 번째 임무를 성공적으로 마쳐서 금방 두 번째 임무가 올 거라 생각했는데, 반년 이상이 지났다.

수련생에게 임무는 그렇게 자주 있는 기회가 아닌 것 같다.

'지그하르트가 아이들을 생각보다 여리게 키우든지 아니면 임무가 굉장히 어렵든지.'

둘 중 하나. 개인적으로는 후자이길 바랐다. 그게 더 큰 성장을 할 수 있는 기회일 테니까.

"지그하르트 남동쪽에 있는 세부 마을 근처에서 오크들이 나타난다고 하더군."

리메르는 텅 빈 허공에서 손짓으로 세부 마을을 가리켰다. 지도를 가져오지 않는 걸 보니, 귀찮은 게 뻔했다.

"세부 마을에 가서 사람들을 위협하는 오크와 몬스터들을 처치하고, 마을을 지키는 게 너희들의 임무다. 즉, 마을의 보호와 몬스터 토벌이지."

"오크!"

"몬스터 토벌이다!"

몬스터 토벌은 호위나, 던전 탐사와 비교하면 가장 쉬우면서도 시원한 임무다. 첫 임무였던 산적 토벌보다 더 쉬웠기 때문에 수련생들은 환호를 질렀다.

"임무를 좋아하다니, 어리구만."

리메르는 끌끌 혀를 차고서 말을 이었다.

"첫 임무와 달리 교관들은 움직이지 않는다. 세부 마을에 가는 건 너희들뿐이라는 거지. 임무의 시작과 끝 모두 스스로 생각하고 판단해야 한다는 건 그리 쉬운 일이 아닐 거야."

"질문이 있습니다."

버렌이 손을 쭉 올렸다.

"대체 무슨 생각을 하셨기에 저희만 가는 임무를 까먹고 이제야 말씀하시는 겁니까?"

"음, 그건 질문이 아니라, 질책이잖냐."

리메르가 찔끔 땀을 흘렸다.

"후우!"

버렌은 나무껍질처럼 인상을 꾸기다가 한숨을 내쉬었다.

"그럼 진짜 질문을 드리겠습니다. 저희끼리만 움직인다고 하셨는데, 만약 극복할 수 없는 위기가 찾아오면 어떻게 해결해야 하는 겁니까."

"그걸 파악하는 것도 너희들의 능력이다. 무리한 임무라면 포기하고 돌아오는 것도 실력이지. 그렇기에….”

리메르의 시선이 수련생을 쭉 훑다가 라온에게서 멈췄다.

"이번에도 리더의 능력이 중요하다. 위기 상황에서 무력으로 돌파해야 할지, 계략을 써야 할지 혹은 뒤도 돌아보지 않고 도망쳐야 할지. 그걸 읽어야 한다.”

모두의 시선이 리메르의 녹색 눈동자를 따라갔다.

"이, 임무에서 도망을 치면 문제가 되지 않나요?”

이번에는 도리안이 손을 들어 올렸다.

"상황에 따라 다르다. 고블린을 마주하고 도망치면 감점에 망신당하는 거고, 오마 중 한 세력과 마주하고 물러났으면 칭찬을 받아 마땅하지.”

"오오!”

도망쳐도 된다는 소리에 도리안이 탄성을 터트렸다. 녀석의 겁쟁이 기질은 해가 지나도 변하지 않았다.

"이해했습니다.”

버렌은 마지막으로 라온을 바라보았다. 낮게 빛나는 눈. 인정과 조그마한 부러움을 간직한 표정이었다.

"출발은 모레 새벽. 오늘이랑 내일 훈련은 쉬고, 출발 준비를 단단히 하도록.”

"자, 자, 잠깐! 이틀 뒤요?”

도리안의 눈동자가 메뚜기처럼 좌우로 뛰었다.

"응. 이틀 뒤.”

"왜 이렇게 촉박해! 너무 빠르잖아요! 오늘 다 갔으니, 하루밖에 안 남았네!”

"몬스터 토벌은 호위나, 던전 탐사에 비해 한시가 급한 임무지. 너희가 늦으면 세부 마을에 사상자가 나올 거다."

"그럼 진작 좀 말하던가!"

버렌이 다시 폭발해서 발을 굴렀다.

"으음…."

"모레라니…."

"그만."

라온의 나지막한 목소리가 연무장의 중심을 꿰뚫었다.

"교관님이 예전부터 말했잖아. 임무는 언제 어떻게 내려올지 몰라. 지금은 당황하고 따질 때가 아니라, 임무 준비를 할 때다. 너희가 따질수록 교관들의 의도에 넘어가는 거다."

"으음…."

"그건 맞지."

"그래. 일단 움직이자."

버렌과 함께 열을 올리던 수련생들이 고개를 끄덕이자, 리메르가 흡족한 미소를 지었다.

"내가 언젠가 저 귀 뽑는다."

마르타는 라스와 같은 말을 중얼거리며 이를 갈았다.

루난은 어떻게 되든 상관없다는 듯 입맛을 다시며 멍하니 서 있었다. 집에 돌아가서 먹을 아이스크림을 생각하는 것 같았다.

"야생의 오크는 실전 훈련 때 상대했던 오크보다 사납고, 체력이 강해. 숫자도 많아서 일대다수의 싸움이 되겠지. 보법을 익힌 우리라면 방어보다는 회피 위주로 싸우는 게 유리해. 장비를 최대한 가볍게 하고 모레 새벽에 이곳으로 모이도록."

라온은 그렇게 말하고서 몸을 돌렸다.

"응."

"쯧…."

루난은 어린 새처럼 고개를 끄덕였고, 마르타는 혀를 차고 연무장을 떠났다.

"알겠습니다!"

라온을 따르는 수련생들은 우렁차게 대답하고 기숙사로 뛰어갔다.

"음…."

버렌은 잠시 교관들을 노려보았지만 더 이상 입을 열지 않고 몸을 돌렸다. 방계들은 그 뒤를 따라 본관으로 향했다.

"이젠 누가 봐도 리더처럼 보이는군."

리메르는 팔짱을 낀 채로 씩 웃었다. 시선에 담긴 건 당연히 라온의 뒷모습이었다.

"그러게 말입니다."

"저 아이가 저렇게 변할 줄은 몰랐어요."

"최하위에서부터 올라와서 그런지 생각도 열려 있습니다."

"제가 많은 아이를 봐 왔지만, 지위나 재능이 아니라, 노력으로 아이들을 따르게 만든 수석은 처음입니다."

교관들은 리메르의 옆으로 다가가 고개를 끄덕였다. 그들 모두 라온을 인정하고 있었다.

"음, 저도 준비해야겠네요. 아이들보다 먼저 출발해야 하니까."

막내 교관이 떠나는 아이들을 보며 입맛을 다셨다.

예전에는 정말 수련생들만 임무를 보냈지만, 글렌이 마을 벗어난 이후로 교관들이 몰래 따라가는 게 최근 두 번째 임무의 규칙이었다.

"아니."

리메르가 막내 교관의 어깨를 툭 치며 고개를 저었다.

"내가 간다."

"예?"

"에엑?"

"저, 정말이십니까?"

교관들이 눈을 부릅떴다. 교육도 귀찮아하는 인간이 임무에 따라간다고 하는 걸 믿을 수가 없었다.

"그래."

"저기 수석 교관님. 늦잠 주무시다가 아이들이 위험할 때 못 가면….."

"아잇! 날 뭘로 보고! 나 못 믿어?"

리메르가 홱 손을 내리쳤지만, 교관들은 대답하지 않았다. 훈련 기간 동안 그가 지각하지 않은 적은 다섯 번도 되지 않았으니까.

"어쨌든 내가 갈 테니까. 다들 푹 쉬고 있어."

리메르는 그 말을 남기고 등을 돌렸다. 연무장을 나가는 그에게서 '한동안 푹 자야지'라고 중얼거리는 소리가 들려왔다.

"자고 싶으면 여기서 주무시지. 왜 임무를 따라간다고….."

"여기 있으면 가주님이나, 다른 대주들이 방해하니까 나가는 거겠지."

"하….."

교관들은 리메르의 생각을 알아차리고 헛바람을 내뱉었다.

"정말 대단한 게으름뱅이야."

  라온은 이틀 뒤가 임무 시작임에도 밤 훈련까지 끝내고 숙소로 돌아왔다.

  방 앞에는 경량화 마법이 걸린 배낭이 있었다. 임무에 가져가라고 준비한 가방 같았다.

  '신경 쓰지 않겠다는 티를 팍팍 내는군.'

  이런 가방은 원래 직접 주는데 이렇게 방 앞에 놔둔 걸 보면 관심 없으니, 알아서 하라는 뜻이었다.

  "좋지."

  라온이 피식 웃으며 가방을 들고 방으로 들어갔다. 교관들이 오든 말든 상관없다. 어떤 임무라도 완벽하게 끝내고 돌아오면 그만이다.

  -건방진 녀석. 세상일이 전부 다 네 마음대로 흘러간다고 생각하느냐. 생각지도 못한 일은 얼마든지 일어날 수 있다.

  '뭐, 그렇지.'

  고개를 끄덕였다. 라스의 말대로 언제 무슨 일이 일어날지 모른다. 다만 웬만한 일은 자신의 손으로 해결할 수 있으니, 그리 와닿지 않았다.

  '네가 나한테 당한 것처럼 무슨 일이 일어날지는 모르는 거지.'

  -정말이지 그 주둥이를 찢고 싶구나.

  '불가능한 일이지.'

  라온은 픽 웃으며 짐을 싸기 시작했다. 가벼운 가방까지 받았으니, 짐을 꾸리는 건 그리 어렵지 않았다.

똑똑.

한참 짐을 싸고 있을 때 노크 소리가 들려왔다.

'누구지?'

다들 출발 준비로 바쁠 시간이라 이상하다고 생각하며 문을 열었다.

"헉!"

라온이 눈을 동그랗게 뜨며 입을 벌렸다. 유일하게 그를 당황시킬 수 있는 두 사람. 실비아와 헬렌이 붉어진 얼굴로 서 있었다.

"라온! 임무에 나가는 거면 별관으로 와서 엄마한테 말은 해 줘야지!"

"어떻게 그걸. 설마 이번에도 도리안이?"

"리메르 님이 알려 주셨어!"

실비아가 허리춤에 손을 떡 올리고 인상을 찡그렸다.

'그 엘프. 진짜….'

속에서 한숨이 절로 나왔다. 실비아나, 헬렌이 걱정할까 봐 일부러 숙소로 온 건데, 직접 찾아가서 말할 줄은 생각도 못 했다.

"미안해,"

안 들켰다면 모를까 이미 들켰으면 변명할 필요 없었다. 별관에 갈 시간은 있었지만, 교관 없이 임무에 나간다고 말하면 불편한 상황이 올까 봐 피한 건 사실이었다.

"……"

실비아는 말없이 입을 삐죽이고, 콧등을 찡그렸다. 한동안 잔소리가 퍼부어질 것 같아서 눈을 감으려 할 때 그녀의 목소리가 들려왔다.

"라온."

"으응?"

"수석은 그저 인사만 하는 자리가 아니라, 수련생들을 더 나은 방향으로 이끌어야만 하는 자리야."

실비아의 눈동자는 평소와 다르게 진중한 빛으로 반짝였다.

"너 혼자만이 아니라, 수련생 모두를 생각하고 움직여야 해. 네 선택에 아이들의 목숨이 달렸으니까."

"어. 응."

라온은 얼떨떨한 표정으로 고개를 끄덕였다.

'이런 말이 나올 줄은….'

혼나고 잔소리를 들을 줄 알았지만, 저런 조언을 할 줄은 생각도 못 했다.

"몬스터 토벌은 쉬워 보이면서도 어려운 임무야. 마을 사람들이 계속 고생하지 않게 확실하게 뿌리 뽑고 와."

실비아의 말이 맞다. 몬스터들의 번식은 굉장히 빠르기에 한 번 처리할 때 확실하게 끝내야 한다.

"임무에 나간 이상 넌 수련생이 아니라, 지그하르트의 검사라는 걸 항상 마음에 품고 있으렴."

그녀가 자세를 낮춰서 눈을 마주쳤다. 별빛처럼 일렁이는 눈망울이다.

"엄마가 말했지? 예전 지그하르트는 명예와 부끄러움을 알고, 약자를 위해 강자에게 검을 드는 사람이었다고. 엄마는 라온이 그 옛날의 지그하르트다운 모습을 보여 줬으면 좋겠어."

실비아가 라온의 어깨를 부드럽게 쓰다듬으며 웃었다.

"화난 거 아니었어?"

"화났어! 걱정도 되고! 아주 답답해! 그렇지만!"

그녀의 표정이 순식간에 변했다. 다시 입술을 삐죽인다.

"지금은 널 혼낼 때가 아니니까. 나중에 돌아오면 잔소리 들을 각오하고 있어."

"응."

라온이 옅게 웃으며, 고개를 끄덕였다. 실비아 역시 검사의 삶을 살았기 때문에 지금이 혼낼 때가 아니라는 걸 알고 있었다.

"네가 수련을 시작하면서 밝아진 건 기쁘지만, 항상 걱정을 놓을 수가 없다니까."

실비아가 라온을 꼭 끌어안아 주었다. 떨리는 손끝에서 그녀의 걱정이 가득 묻어 나왔다.

그녀는 몇 가지 조언을 더 해 준 뒤 돌아갔다. 각오한 만큼 시간을 뺏지도 않았고, 혼을 내지도 않았다.

아들을 걱정하면서도, 검사로서 임무를 제대로 완수하기를 바랐다.

그렇기에 그녀의 목소리가, 그녀의 말이 가슴 깊이 파고들었다.

라온은 짐을 챙기다가 창밖을 바라보았다. 그를 부러워하듯 달빛이 방에 스며들어 있었다.

제68화

이틀 뒤 새벽.

리메르는 해가 뜨지도 않은 연무장 단상 위에 섰다.

수련생들은 긴장과 기대감이 어우러진 눈으로 그를 바라보았다.

"마지막으로 말한다. 가문 밖에서는 그 어떠한 일도 일어날 수 있다. 의심하고 또 의심해라. 버겁다 싶으면 뒤도 돌아보지 말고 물러나도록."

"예!"

그의 시선은 수련생들의 가장 앞에 선 라온을 향했다. 라온이 담담하게 고개를 끄덕였다.

"그럼 출발해라. 원래라면 한 달이 걸리겠지만, 대관로를 열었으니, 2주일이면 도착할 수 있을 거다. 무운을 빈다."

"감사합니다."

리메르는 평소 훈련을 할 때처럼 손뼉을 쳤다. 수련생들은 그와 교관들에게 고개를 숙이고 몸을 돌렸다.

"4열 종대로 정렬. 아침에 정해 준 전우조대로 움직인다."

라온의 지시에 수련생들이 일사불란하게 움직였다.

"허."

리메르는 그 모습을 보고 헛웃음을 흘렸다.

'전우조를 만들었다고?'

아무리 수석이라고 해도 고작 10대 소년이다. 교관 없이 임무에 나가는 긴장감을 가질 때에 전우조를 계획했다니, 그 침착함이 놀라웠다.

'항상 놀라게 하는 녀석이라니까.'

라온을 보고 있으면 지루할 틈이 없었다. 매번 기대감이 생기는 녀석이다.

'가장 놀라웠던 건 구화단이었지.'

예전에 마르타를 이긴 대가로 얻은 구화단을 먹은 라온을 봤을 때 너무 놀라서 입이 저절로 벌어졌었다.

'그걸 전부 흡수했을 줄은 생각도 못 했으니까.'

영약을 먹으면 필연적으로 낭비되는 기운이 있다. 다른 사람의 도움으로 그 손해를 최소한으로 줄이는 게 영약을 먹는 법인데, 라온은 홀로 영약의 모든 기운을 받아들였다. 여러모로 괴물 같은 녀석이다.

'잘할 수 있겠지.'

라온은 무력과 오러만이 아니라, 감각에도 뛰어난 재능을 가지고 있다. 6 연무장과의 대결에서 그걸 증명했으니, 어렵지 않게 임무를 끝내고 돌아올 것이다.

"준비 끝났습니다."

라온은 정렬을 마친 뒤 리메르에게 다가왔다. 잔잔하게 가라앉은 눈. 기대감도 긴장도 보이지 않았다.

'이게 15살짜리라니….'

리메르는 팔에 닭살이 오르는 걸 느끼며 고개를 끄덕였다.

"출진해라."

"출진."

그는 낮게 대답한 뒤 수련생들을 이끌고 연무장을 떠났다.

"……."

리메르는 3년간 키운 수련생들의 뒷모습을 한참 동안 바라보았다.

수련생들이 모두 사라진 뒤 그에게 교관들이 다가왔다.

"수석 교관님. 이제 따라가야 하지 않습니까?"

"아니."

리메르가 고개를 저었다. 깍지 낀 손으로 뒤통수를 잡으며 하품을 했다.

"감각이 귀신같은 놈이 있거든. 한숨 자고 갈란다."

그는 그대로 수석 교관 사무실로 걸어갔다.

"허…."

"괘, 괜찮나?"

"지금이라도 우리가 가야 하는 거 아니야?"

뒤에서 교관들의 걱정 어린 소리가 들렸지만 리메르는 모른 척 웃었다.

'쟤들 걱정하느니, 오크 걱정을 하지.'

라온은 선두로 걸어가며 뒤를 돌아보았다. 42명의 수련생들은 4열로 움직이고 있지만, 파벌은 셋으로 나뉘어 있다.

첫 번째는 버렌 지그하르트를 축으로 하는 방계 파벌. 방계들은 버렌을 주인처럼 따르고 있었다.

두 번째는 방계와 대립하는 봉신 가문 파벌이다. 다만 그곳의 중심이 되어야 할 루난은 자신의 옆에 딱 붙어 있어서 이들의 위치는 조금 애매해졌다.

세 번째는 평민 출신 추천생들이다. 임시 수련생 때 도움을 받은 그들은 지금까지 자신을 따르고 있었다.

마지막으로 어디에도 속하지 않은 예외적인 존재 마르타.

라온은 수련생들의 얼굴을 쭉 살핀 후 눈을 내리감았다.

사실 저들이 뭘 하든, 어떻게 되든 상관없다고 여겼었다.

수련생 신분이고, 지그하르트에 속해 있지만, 자신은 이곳의 사람이 아니라고 생각했다. 실비아만 직계의 위에 올려놓고 떠나려고 했다.

하지만.

오웬 왕국과의 대련, 첫 번째 임무 그리고 6 연무장과 전투를 치르며 그게 전부가 아니라는 걸 조금 알게 되었다.

저들과 같은 마음을 가지고, 함께 보낸 시간이 길어지다 보니, 조금이지만 정이 들었다.

'엄마의 말도 마음에 걸리고.'

수석으로서 옛 지그하르트 검사다운 모습을 보여 달라는 실비아의 음성은 아직도 가슴에 박혀 있었다.

'어렵군.'

암살자로 살아왔기 때문일까. 적을 죽이고, 무너뜨리는 것보다 아군을 챙기는 게 더 어려웠다.

"여기서 잠시 휴식한다."

라온은 성인 다섯 명이 양팔을 뻗어도 안을 수 없는 거대한 나무 앞에서 멈춰 섰다. 수련생들은 나무에 등을 기대고 주저앉았다.

"할 말이 있다."

수련생들이 물을 꺼내 마시고 숨을 돌릴 때 그들의 앞에 섰다.

"날 싫어하는 사람도 있겠지만, 지금은 내가 너희들의 수석이다."

사실을 말하는 담담한 목소리에 누군가는 주먹을 말아 쥐었고, 누군가는 고개를 끄덕였으며, 누군가는 어떠한 반응도 보이지 않았다.

"몬스터 토벌이라는 임무를 듣고 심각하게 생각하지 않거나, 소풍 가는 듯 들뜬 마음으로 나온 녀석도 있다는 건 알고 있다. 마음은 자유지만, 그렇게 노는 기분으로 갔다간 너 혹은 네 뒤의 동료가 희생자가 될 거다."

"으음…."

정말 그렇게 생각했던 수련생들은 부끄러운 듯 고개를 살짝 숙였다.

"수석 교관님의 말처럼 임무 중엔 어떠한 일이 일어날지 모른다. 함부로 움직이지 말고 내 지시를 따르도록."

"응."

"예!"

루난과 추천생들은 크게 대답했고, 마르타와 봉신 가문 수련생들은 고개를 끄덕였다.

"……."

방계 수련생들은 버렌의 눈치를 보며 조용히 있었다.

"물론이다."

버렌은 본인의 머리에 물을 끼얹으며 일어섰다.

"6 연무장과 대련이 끝날 때도 말했지만, 난 널 수석으로 인정했다. 합당한 지시라면 죽을 곳이라도 달려들겠다. 하지만 지그하르트의 이름을 더럽히는 일이라면 난 네 지시에 따르지 않겠다."

"네가 생각하는 지그하르트다운 건 뭐지?"

"검사로서 명예를 아는 것이다. 약자를 돕고, 강자의 앞에서 당당하며, 단련에 힘써 부끄러운 모습을 보여서는 안 된다."

"……."

라온은 말없이 버렌의 눈을 바라보았다.

"알고 있다. 내가 널 질투해서 시비를 걸고, 판정에 불복해서 지그하르트의 이름을 더럽혔다는 건 잊지 않았다. 그걸 알고 있기에 지금 이런 말을 하는 거다. 앞으로는 절대 부끄러운 모습을 보이지 않겠다."

버렌이 꽉 쥔 주먹으로 가슴을 두드렸다. 진하게 타오르는 녹색 눈동자. 의지가 눈에 보이는 듯했다.

'정말 많이 변했어.'

이 많은 사람 앞에서 스스로의 잘못을 밝히고 다짐까지 내뱉는다. 15살 아이가 보일 법한 모습이 아니었다.

"그렇다면 알겠다."

라온은 고개를 끄덕였다. 저렇게 변한 버렌이라면 믿어도 괜찮을 것 같았다. 마시던 물을 가방에 집어넣고 몸을 돌렸다.

"다시 출발한다."

버렌은 눈길을 가르며 나아가는 라온을 보았다. 작은 등. 나름 건강을 회복했는지 나이에 맞게 보이지만, 자신을 포함한 다른 수련생들에 비하면 아직 작은 덩치였다.

'그런데…'

그 그릇의 크기는 다른 수련생들과 비교조차 되지 않았다.

임무를 완수하기 위해 이동하면서 계속 그를 관찰하며 뼈저리게 깨달았다. 녀석이 수련 중에 보여 준 인내는 아무것도 아니었다는 것을.

라온은 지치지 않는다. 아니, 지칠지언정 절대 티를 내지 않았다.

수련생들이 추위와 피로에 허우적댔지만, 그는 항상 평온했고, 여유로웠다. 덕분에 그의 뒤에 있는 수련생들의 긴장이 풀려 체력 소모가 훨씬 적어졌다.

'만약 저 녀석 혼자 출발했다면 한참 전에 도착했을지도…'

결코 헛된 생각이 아니다.

라온은 수석이면서도 항상 불침번을 섰다. 유일하게 졸지 않은 것도 저 녀석뿐이었다.

'무력도 더 강해졌겠지.'

2살이나 많은 직계인 케인을 꺾은 게 반년 전이니, 지금은 더 발전했을 거다. 아마 소드 유저 상급이나 혹은 최상급까지 갔을지도 모른다.

솔직히 말해서 점점 더 이길 수 없다는 생각만 들었다.

'그래도 포기하지 않아.'

아직 라온 정도로 노력하지 않았고, 라이벌을 두고 포기하는 건 지그하르트다운 모습이 아니다.

꾸욱!

버렌이 진검의 손잡이를 꽉 쥐었다.

라온 덕분에 제정신을 차렸다. 그 보답을 하기 위해서라도 녀석을 따라잡을 것이다.

'기다려라. 라온 지그하르트.'

공작의 깃털이 흩날리는 듯 형형색색의 지붕들이 단아하게 어우러졌다. 세부 마을의 자랑 무지개 고리 지붕이다.

2주 만에 세부 마을 근처에 도착한 라온과 수련생들은 언덕에 서서 마을을 내려다보고 있었다.

"저기 보이는군."

"드디어…."

"어휴, 이제 안에서 잘 수 있겠다."

노숙에 지친 수련생들이 어깨와 허리를 두드리며 미소 지었다.

"세부 마을…."

처음 와 보는 곳이지만, 임무 때문에 조금 조사해 봤다. 특산물이나 관광지 없이 소수의 사람이 농사를 지으며 살아가는 작은 마을이었다.

몇 년에 한 번씩 몬스터들이 내려오는 경우가 있어서 딱히 특별한 임무까진 아니었다. 실제로도 마을 주변에는 몬스터를 막기 위해 나무로 만든 목책이 설치되어 있었다.

"내려간다."

라온은 마을과 마을을 둘러싼 산지를 전체적으로 둘러본 뒤 고개를 끄덕였다.

"예!"

수련생들은 짐을 꽉 조여 맨 뒤 라온을 따라 하산했다.

'음?'

라온이 눈매를 초승달처럼 좁히며 머리를 살짝 숙였다.

'뭐지?'

등 뒤로 오싹한 감각이 흘러내렸다. 암살자 교육을 받을 때 매일 같이 느꼈던 감각. 인간의 시선이었다.

'교관? 아니야.'

이미 이쪽을 알고 있는 상태에서 관찰하는 교관의 시선과는 달랐다. 모든 것을 낱낱이 훑는 섬뜩한 감각이다.

'아무도 모르는군.'

수련생들은 몬스터와 싸운다는 긴장감으로 얼굴이 굳어져 있었다. 버렌이나 마르타, 루난 역시 아무것도 느끼지 못한 표정이었다.

'당연한가.'

자신조차 암살자로 살아온 세월이 아니었다면 느끼지 못할 정도로 미약한 감각이다. 수련생들이 알면 그게 이상한 일이다.

고개를 숙인 채로 눈동자를 굴렸다. 아직 오러도, 감각도 미약해서 위치가 잡히지 않았다.

'좋지 않군.'

이게 가문의 시험인지 혹은 다른 위기인지 알 수가 없었다. 이런 상황에선 자신을 감추는 게 가장 좋은 방법이었다.

라온은 아무 말도 하지 않고 산을 내려갔다. 일부러 걸음을 천천히 조절하고 있을 때 목을 훑는 듯한 감각이 멀어지기 시작했다.

보고를 위해 본거지로 도망가는 것 같았다. 지금이 기회였다.

우우웅.

오러로 얇은 막을 만들어서 소리가 새어 나가는 걸 막은 뒤 뒤를 돌았다.

"버렌."

"뭐지?"

버렌은 덤덤한 표정 아래 긴장을 숨긴 채 고개를 들었다.

"이번 임무. 네가 수석이 되어 지시를 내려라."

"갑자기 그게 무슨 소리…."

"첫 임무 때는 나와 루난만 움직였으니까. 이번에는 너희들이 주가 되어 활약해 봐. 네가 얼마 전에 했던 말을 증명해 봐라."

"했던 말이라면…."

"지그하르트의 검사다운 모습을 보여 주겠다는 말."

"음…."

버렌이 입술을 깨물었다. 찌푸린 인상을 보니, 자신의 말을 무겁게 받아들이고 있었다.

수련생들은 조용히 걷고 있었지만, 귀와 시선은 모두 라온과 버렌을 향해 있었다.

"좋다."

버렌이 느릿하게 고개를 끄덕였다. 눈빛에 망설임이 사라졌다.

"내가 변했다는 걸 확실하게 보여 주지. 가자!"

"예!"

그는 우렁찬 외침과 함께 걸음을 빨리했다. 버렌을 따르는 방계들의 발걸음에도 힘이 넘쳤다.

"너희들도 들었지."

"알겠습니다."

평소 자신을 따르던 수련생들은 단번에 고개를 끄덕였다.

"루난."

"응."

루난은 바로 알아듣고 그녀를 따르는 봉신 가문의 수련생들을 쳐다보았다.

"음…."

"알겠습니다."

봉신 가문은 버렌에게 힘이 실리는 게 마음에 들지 않았는지, 인상을 찡그렸지만, 결국 고개를 끄덕였다.

"마르타. 이유는 나중에 말해 줄 테니, 일단은 버렌을 수석으로 여겨 줘."

마지막으로 바로 옆에 있는 마르타를 보았다. 그녀는 차가운 표정으로 눈을 감았다가 떴다.

"그런 말 할 필요 없어. 난 이미 네 지시를 따른다고 말했으니까. 넌 그걸 결과로 보여 주면 그만이다."

마르타는 그 말을 남기고 버렌을 향해 걸어갔다.

-어린놈들이 조금은 변해 가는 건가?

라스는 무언가 마음에 들지 않는다는 듯 낮은 음성을 흘렸다.

-건방진 것들!

역시 모든 것에 분노하는 인성 파탄자다웠다.

'너 근처에서 관찰하는 놈 느끼고 있지?'

-그걸 알아차렸나? 하긴 본왕의 특성을 가져갔으니, 모른다면 혀 깨물고 죽어야겠지.

'어디에 있고? 몇 명이나 있지?'

-본왕이 그놈의 위치를 알려 줄 듯싶으냐.

'한 명이로군.'

-어?

'넌 거짓말을 못 하는 성격이니, 놈이라고 했으면 한 명이지.'

-이, 이 자식이….

라스는 분노에 차올라 바들바들 떨었다.

'그렇다고 해도 문제는 있지만….'

관찰하는 놈이 한 명이지, 놈의 동료까지 포함하면 몇 명이 있을지 모른다. 끝까지 마음을 놓아서는 안 된다.

"흐음…."

라온은 보이기 시작하는 세부 마을의 목책을 보며 입맛을 다셨다.

'이번 임무는 왠지 쉽지 않을 것 같군.'

제69화

 세부 마을 앞에 도착하자, 목책 위로 얼굴 하나가 삐죽 올라왔다. 세월이 내려앉은 회색 머리칼의 노인이었다.
 "헉! 지그하르트분들이십니까?"
 경계심 가득하던 그의 세모꼴 눈동자가 수련생들의 가슴에 박힌 불꽃에 타오르는 검 문양을 보고, 동그랗게 말려 들어갔다.
 "그렇습니다."
 선두에 서 있던 버렌이 고개를 끄덕였다.
 "드디어 오셨군요! 잠시만 기다려 주십시오!"
 우당탕거리는 소리가 들린 후 목책 좌측에서 문이 열렸다.
 "세부 마을 촌장 이가함입니다! 지그하르트 검사분들을 환영합니다!"
 회색 머리칼의 노인이 촌장이었던지, 먼저 나와서 고개를 숙였다. 그 뒤로 창과 검을 든 마을 사람들이 보였다.

"우리는 아직 검사가 아니라, 수련생입니다."

"그렇다고 해도 지그하르트에서 오신 분들은 맞지 않습니까. 와 주셔서 감사합니다!"

이가함과 마을 사람들은 어린 티가 나는 수련생들에게도 바짝 고개를 숙였다. 지그하르트의 이름값이 이곳에도 미친다는 뜻이었다.

"험."

"어음…."

수련생들은 처음 받아 보는 환대에 기쁜 기색을 숨기지 못했다. 미숙함을 드러내는 전형적인 초출의 모습이었다.

라온은 수련생들의 중간에 서서 기척을 죽였다. 주변을 면밀하게 관찰했다. 숲에서 느꼈던 시선을 찾아봤지만, 이곳을 벗어난 건지 느껴지지 않았다.

-이미 도망쳤다.

'그런 거 같네.'

라스는 답답한 걸 참지 못해서 이렇게 한 번씩 답을 알려 주었다. 갑자기 달려드는 것만 빼면 참 쓸 만한 녀석이다.

"오시느라 힘드셨을 텐데, 일단 쉬시죠."

이가함 촌장은 손을 들어 수련생들의 안내를 자처했다.

"아닙니다."

버렌은 마을 안에 들어가서 멈춰 섰다.

"먼저 상황부터 듣겠습니다. 몬스터의 움직임을 말해 주십시오."

"수련생이라고 해도 지그하르트는 지그하르트군요."

촌장은 감동한 얼굴로 고개를 주억였다.

"흐흠!"

버렌은 지그하르트답다는 말을 듣고서 어깨를 쭉 폈다. 무게를 잡더니, 금세 아이다운 모습으로 돌아갔다.

"저길 봐 주십시오."

촌장이 우측의 산을 가리켰다.

"저 산은 저희 마을과 이름이 같은 세부산입니다. 매년 몬스터가 나타나지만, 숫자가 적어 저희끼리 처리할 수 있었습니다. 하지만 올해는 몬스터의 숫자가 3배 이상 늘어서 저희가 감당할 수 없게 되었습니다."

"3배 이상이면?"

"관측된 것만 100마리 이상입니다. 보이지 않는 놈들을 생각하면 200은 되겠죠."

"200마리라, 알겠습니다."

버렌은 세부산을 보며 고개를 끄덕였다.

"걱정하지 말고 마음 놓고 계세요. 저 산에 있는 몬스터의 씨를 말려 버릴 테니까."

"오오!"

"가, 감사합니다!"

"정말 감사드립니다!"

마을 사람들은 이미 모든 몬스터가 정리된 것처럼 버렌과 수련생들을 향해 고개를 숙였다.

"일어나십시오. 세부는 지그하르트의 세력권에 있는 마을. 당연히 해야 할 일입니다."

버렌은 마음이 들떠 얼굴이 붉어졌지만, 티를 내지 않고 몸을 돌렸다.

"오늘은 늦었으니, 내일 새벽. 몬스터들이 깨어나기 전에 산으로 향한다."

"그럼 휴식하실 수 있게…."

"그전에."

촌장의 목소리는 다시 한번 버렌에게 막혔다.

"내일 우리에게 산을 안내해 줄 몸놀림이 빠른 사람을 준비해 주십시오."

"물론입니다. 이쪽으로 오시죠."

촌장은 버렌의 분위기에 압도되어 바로 고개를 끄덕이고 마을 회관으로 수련생들을 안내했다.

'나름 괜찮네.'

라온은 버렌과 촌장의 대화를 보며 고개를 끄덕였다.

-그러게 말이다. 저 눈깔 꼬마라면 오자마자 무릎을 꿇으라고 할 줄 알았건만.

라스는 아쉽다고 중얼거렸다.

'다 너 같은 줄 아냐.'

솔직히 말하면 라스와 비슷한 생각을 했다. 촌장에게 갑질할 줄 알았는데, 그는 임무에 대해서만 생각했고, 나름 대우도 해 주었다.

'다만 중요한 건 그게 아니야.'

오크와 고블린, 코볼트 정도는 자신이 없어도 버렌과 수련생만으로 처리할 수 있다.

중요한 건 세부 마을 근처에 들어서자마자, 느꼈던 그 견제의 시선이었다. 정확하진 않지만, 그 시선은 저 산 쪽으로 사라졌었다.

'내일이면 알게 되겠지.'

가문의 시험인지, 아니면 다른 세력이 무언가를 준비 중인 건지.

라온은 세부산 전체를 훑어본 뒤 가장 마지막으로 마을 회관에 들어갔다.

❈❈❈❈❈

세부산 정상. 이불처럼 깔린 눈 위로 크고 작은 몬스터들의 발자국이 어지럽게 찍혀 있었다.

다만 몬스터는 단 한 마리도 보이지 않았고, 젊은 남자 한 명이 바위 위에 걸터앉아 있었다.

스으윽.

남자가 오크 머리 형태의 투구를 손가락으로 돌리고 있을 때 녹색 복면을 뒤집어쓴 괴인이 바닥에서 솟구쳤다.

"누가 온 거지?"

"지그하르트입니다."

녹색 복면인이 고개를 조아리며 대답했다.

"지그하르트? 그 정도 기운은 느껴지지 않았는데?"

"정식 검사가 아니라, 수련생들 같았습니다."

"교관은?"

"보이지 않았습니다."

"아하, 두 번째 임무로군."

젊은 남자가 투구를 툭 두드리며 픽 웃었다.

"들키진 않았나?"

"물론입니다. 놈들은 제가 근처에 있었다는 것도 몰랐을 겁니다."

"하긴. 수련생이 네 은신을 알아차릴 리가 없지."

그가 고개를 끄덕이며 입맛을 다셨다.

"몬스터를 확실하게 통제했는데, 왜 저놈들이 온 걸까요?"

"마을 사람들은 변화에 민감하니까. 몬스터들의 숫자가 늘어나서 지그하르트에 지원을 부탁했겠지. 물건을 금방 찾을 줄 알고 너무 방심한 모양이야."

젊은 남자는 고개를 젖히며 혀를 찼다.

"산 전체를 뒤져도 나오지 않았으니, '마석'은 결국 저 마을에 있는 듯합니다."

"그렇겠지."

"바로 공격하시겠습니까?"

남자는 돌리던 투구를 손가락으로 잡고 고개를 저었다.

"아니."

"예? 지그하르트의 새싹을 죽일 좋은 기회인데…."

"놈들을 죽이는 거야 간단하지만, 괜히 건드렸다간 지그하르트가 마석의 존재에 대해 알게 될 수도 있다. 작은 걸 얻으려다 큰 걸 놓친다면 오히려 손해야."

"그러면…."

"적당히 몬스터를 내어 줘. 지그하르트의 어린 것들이 훌륭히 임무를 완수하고 돌아갈 수 있게 말이야."

남자가 손에 든 녹색 투구를 머리에 썼다. 투구는 오크의 머리처럼 뻐드렁니와 살벌한 눈이 조각되어 있었는데 그 눈에서 흉악한 살기가 흘러나왔다.

"놈들이 돌아간 뒤에 세부 마을을 친다. 모조리 갈아엎어 버려."

❈❈❈❈❈

다음 날 새벽.

라온은 수련생들과 함께 세부산 입구 부근에서 대기했다.

'나타났군.'

산 앞에 다가가자마자 어제 느꼈던 그 시선이 다시 찾아왔다.

'서쪽인가.'

어제 한 번 느꼈던 덕분에 놈의 위치가 살짝이나마 잡혔다. 서쪽에 있는 것 같았다.

'지금은 올 생각이 없어 보이는데.'

라온은 눈을 내리감고 기감을 펼쳐 냈다. 산 주변을 훑어보았다. 크고 작은 기척들. 촌장의 말대로 오크와 고블린, 코볼트들의 움직임이 느껴졌다.

암살자로 살아온 감각이 올라오지 않는 걸 보면 큰 위험은 없을 것 같았지만, 혹시 모르니 감각은 계속 열어 두었다.

"관찰 결과. 오크, 고블린, 코볼트 모두 확인되었다."

버렌은 뒤를 돌아 모든 수련생과 눈을 마주쳤다.

"전투력은 오크가 뛰어나지만, 배웠듯이 고블린과 코볼트는 독침과 독 연기 같은 더러운 기교를 사용한다. 절대 방심하지 말도록."

"예."

몬스터들이 튀어나올 수 있기에 수련생들은 작게 대답했다.

"조별로 움직이는 게 가장 좋지만, 우린 실전 경험이 적다. 서로를 보조할 수 있게 함께 움직인다."

그 말을 끝으로 버렌이 라온을 쳐다보았다. 허락을 구하는 듯한 눈빛이었다.

"……."

라온은 말없이 작게 고개를 끄덕였다. 버렌은 눈으로 인사를 보낸 뒤 다시 몸을 돌렸다.

"우리의 땅을 위협하는 몬스터들에게 지그하르트의 힘을 보여라!"

버렌이 검을 뽑으며 산으로 뛰어 올라갔다.

"가자!"

"으아아아!"

수련생들은 우렁찬 함성을 내지르며 버렌의 뒤를 따랐다.

루난과 마르타는 자신의 시선을 확인한 뒤 그들과 함께 산속으로 들어갔다.

-멍청한 것들.

라스는 수련생들의 뒤를 보며 코웃음을 쳤다.

-지금까지 기습을 준비해 놓고, 저렇게 소리를 지르다니, 한심하기 그지없군.

'첫 실전의 긴장을 함성으로 떨치려는 거야. 긴장하지 않는 게 기습보다 중요하니까.'

수련생들에겐 이게 첫 번째 실전이나 다름없다. 저 정도 실수는 이해할 수 있는 범주다.

-네놈도 몬스터 토벌은 처음인데, 그 심장박동은 뭐냐.

라스의 목소리에 짜증이 어렸다.

-백전노장의 심장 소리 같다. 지금 이곳만이 아니라, 많은 것을 보고 있어. 짜증 날 정도로 묵직한 소리다.

'난 특이하니까.'

라온은 픽 웃으며 검을 뽑았다.

"그럼 가시죠."

"아, 예!"

옆에 있던 갈색 머리 청년이 떨리는 턱을 끄덕였다. 길 안내를 맡은 마을 사람이었다. 자신의 역할은 전투가 아니라, 길잡이의 보호였다.

"크어엉!"

"카아악!"

비명이 들리는 방향으로 걸어가자, 이미 전투가 한창이었다.

"오크들을 막아서고, 고블린과 코볼트부터 처리해!"

버렌의 지시에 전위에 선 수련생들이 오크와 검을 맞대고, 뒤에 있던 수련생들이 앞으로 뛰어들어 고블린과 코볼트를 베었다.

몬스터로 이루어진 녹색의 벽이 순식간에 무너졌다.

폭풍처럼 몬스터를 학살하는 수련생 중에서도 특히 세 명이 눈에 띄었다.

바람의 기운을 검에 두른 버렌은 오크의 도끼를 그대로 베어 버렸고, 루난은 주변에 냉기를 둘러 다가오는 몬스터들을 제어한 뒤 목을 갈랐다.

마지막으로 마르타는.

콰아앙!

검에 무시무시한 오러를 담아 눈앞에 있는 것을 아예 깨부숴 버렸다.

이대로라면 자신이 나서지 않아도 산 전체에 있는 몬스터들을 어렵지 않게 처리할 수 있을 것이다.

"꾸어어어!"

라온이 기감을 퍼뜨리고 있을 때 수련생들의 포위망을 벗어난 오크 두 마리가 도끼를 들고 달려들었다.

"히이이익!"

오크에게서 피어나는 피비린내에 길잡이가 떨리는 다리를 주체하지 못하고 주저앉았다.

촤아아악!

라온은 그의 앞에 서며 검을 뽑아 그대로 그었다.

"끄륵…."

붉은 기운이 담긴 검이 허공을 질주하자, 오크의 목이 나무 열매처럼 툭 떨어졌다.

"으음."

"……."

버렌은 그 모습을 보고 마른침을 삼켰고, 마르타는 검은 눈동자를 빛냈다.

"걱정하지 마세요."

라온은 입을 쩍 벌린 길잡이의 손을 잡아 일으켜 세워 줬다.

"털끝 하나 다치지 않고 돌아가게 해 드릴 테니까."

올해로 25살이 된 칸바르는 최악의 아침을 맞이했다. 어제 마을 회의에서 자신이 토벌대의 길잡이로 결정되었기 때문이다.

'괜찮을까?'

걱정이 앞섰다.

지그하르트의 토벌대가 마을을 구하기 위해 와 준 건 고맙지만, 생각보다 너무 어려 보였다.

거기다 오늘 아침 자신을 보호해 준다고 붙은 검사는 그중에서도 가장 어려 보이는 아이였다.

당황스러울 정도로 잘생겼지만, 덩치가 너무 작아 신뢰가 가지 않았다.

하지만 별수 있나.

이미 결정은 내려졌고, 따를 수밖에 없었다.

칸바르는 자신보다 작은 아이를 앞에 세운다는 민망함을 지닌 채 산을 올랐다.

산 초입에 들어가자마자 본 건 몬스터들을 휩쓰는 아이들의 칼날이었다.

힘겨운 싸움이 될 거라는 예상과 달리 오크와 고블린, 코볼트들이 아무것도 못 하고 순식간에 쓸려 나갔다.

'미친!'

헉 소리가 절로 나왔다.

장정 5명이 모여야 겨우 상대할 오크의 목이 나뭇가지처럼 부러져 나갔다. 수련생 한 명 한 명이 괴물 그 자체였다.

'이래서였군.'

촌장이 이 어린아이들에게 예의를 다한 이유를 알 수 있었다. 이들은 평범한 자신들과 결이 다른 사람들이었다.

여유를 찾고, 마음을 놓고 있을 때 좌측에서 오크 두 마리가 달려들어 왔다. 놈들의 숨결에서 퍼지는 노린내에 다리가 움직이지 않았다.

"으어어억!"

머리가 하얗게 질려 주저앉았을 때 조용히 있던 아이가 나섰다.

검을 뽑고, 긋는다.

이미 죽은 고기를 자르는 듯한 간결한 흐름에 다가오던 오크 두 마리의 목이 떨어져 나갔다.

"허…."

칸바르는 눈을 부릅뜨고 이빨을 탁탁 부딪쳤다.

'뭐지?'

간단하고 가벼운 검술에 조금 전에 보았던 아이들의 막강한 무력이 모조리 잊혀졌다. 아이가 아니라, 수백 번의 실전을 겪은 노장을 보는 기분이었다.

검술에 무지했지만, 저 아이가 이 중에서도 남다르다는 건 확실하게 깨달았다.

그 뒤로 산을 오르면서도 자신의 옆에 있는 금발적안의 아이는 있는 듯 없는 듯 서서 주변을 관찰했다.

대단한 활약을 보이지는 않았지만, 모든 상황을 살피며 위험한 상황을 사전에 차단했다.

'이 아이가 진짜야….'

이건 가까이에서만 봐야 알 수 있다. 40명이 넘는 아이 중 최고는 가장 어려 보이는 이 아이였다.

"칸바르라고 했습니까?"

헉 소리를 내며 관찰하고 있을 때 금발 아이가 말을 걸어왔다.

"아, 예! 그렇습니다! 검사님!"

자신도 모르게 극존칭으로 대꾸했다.

"이 산에 내려오는 전설 같은 건 없습니까?"

"저, 전설이요?"

"네. 대단한 보물이 있다던가, 특별한 몬스터가 있었다던가."

"아, 이, 있긴 있습니다. 몇백 년 전이긴 한데, 서쪽에서 내려온 고블린들의 왕과 기사단이 이 산에서 전투를 벌였다고…."

"음, 보물 같은 건 없습니까?"

"고블린 왕의 반지가 발견되지 않았다는 이야기가 있긴 했는데…."

"그렇군요."

아이의 눈빛이 아주 잠깐 빨갛게 빛났다.

그거였어.

나지막하게 흐르는 혼잣말을 들은 순간 등골에 오싹한 소름이 돋아 올랐다.

제70화

촤아악!

라온은 길잡이에게 독침을 날리려던 고블린의 목을 베었다. 뒤이어 달려드는 코볼트는 몽둥이째 갈라 버렸다.

"가, 감사합니다."

칸바르의 인사에 고개를 끄덕여 주고, 기감을 더 미세하게 퍼뜨렸다.

'이번엔 동쪽이로군.'

수련생 모두를 관찰하는 시선은 이번에 동쪽에서 느껴졌다. 서쪽에서 동쪽으로 옮겨 간 것 같았다.

'이제야 알겠어. 저 시선을 어디서 느꼈는지.'

라온이 검에 흐르는 피를 털어 내며 입매를 꽉 다물었다.

'에덴이었어.'

에덴은 대륙의 어둠이라 불리는 오마의 한 축으로 세상에 존재하는 수많은 세력 중 정신 나간 걸로는 1, 2위를 다투는 미친놈들의 집단이다.

놈들의 목적은 환원(還元).

천년 전 인간이 몬스터에게 사냥당하고, 타 종족에게 배척받던 그 절망의 시대를 낙원이라 여기며 그때로 돌아가 몬스터의 신을 부활시키길 원했다.

에덴은 그야말로 미친놈들의 집단이지만, 아쉽게도 정신 나간 게 다가 아니라, 지그하르트에 뒤지지 않는 막강한 무력을 보유했다.

놈들은 테이머처럼 몬스터를 다루기도 하고, 인간의 몸으로 몬스터의 능력을 운용하기도 했다.

그런 기이한 힘을 다루는 방법은 대륙의 명가들도 알지 못하는 비밀이었다.

'다만…'

라온은 에덴의 비밀을 알고 있었다.

'데루스 로베르트 덕분이지.'

데루스가 내린 마석 탈취 임무 때문에 에덴과 부딪쳤고, 그림자 10개 조. 90명이 몰살당했었다. 그 지옥에서 살아 나온 건 오직 자신뿐이었다.

'근데 그놈은 그걸 어떻게 안 거지?'

지금 생각해 보면 데루스 놈은 처음부터 에덴이 몬스터의 마석을 이용한다는 걸 알고 있었다.

육황 중 하나인 그놈이 어떻게 그걸 알고, 왜 그 사실을 밝히지 않는 건지 모르겠다.

-네놈. 지금 무슨 생각을 하는 거지? 깊고도 짙은 분노가 느껴진다.

라스가 팔찌 위로 진한 냉기를 뿜어내며 솟구쳤다.

"음…."

라온이 인상을 찡그렸다. 데루스 로베르트에 대해 생각하자마자, 분노가 끓어오르는 게 다행인지, 아닌지 확신이 서지 않았다.

"후…."

한숨에 분노를 흘려보내며 지금도 쏟아지는 시선을 감지했다.

'놈들은 아마 고블린 왕의 마석을 찾고 있겠지.'

칸바르의 말대로라면 이 산에는 고블린 왕이 죽은 뒤 시간이 흐르면서 만들어진 마석이 있을 거다.

마석의 종류는 다양하지만, 에덴 놈들이 찾는 건 네임드급 몬스터의 마석뿐이다.

'몬스터들이 멍하니 있는 이유도 알겠어.'

에덴은 자신과 수련생들이 빨리 돌아갈 수 있도록 몬스터들을 내어 주는 중이었다.

'우릴 공격할 생각이 없는 거야.'

에덴은 지그하르트의 시선을 피하기 위해서든, 우리의 뒤를 따라왔을지도 모를 교관이나 검사들을 대비해서든 정체를 드러내지 않으려는 것 같았다.

'이렇게까지 하는 걸 보면 중요한 물건인 것 같네.'

이곳에 묻혀 있는 고블린 왕의 마석은 에덴에게 굉장히 중요한 물건인 게 분명했다.

'일단 지금은….'

라온은 눈앞에 다가오는 오크의 목을 베면서 눈매를 좁혔다.

'어쩔 수 없이 그냥 가야겠군.'

이 산에 있을 마석을 건드리는 순간 근처에 있는 에덴 놈들이 벌 떼처럼 달려들

거다.

　자신은 몰라도, 수련생과 마을 사람들은 모조리 죽을 테니, 벌집을 건드리는 멍청한 짓은 하지 말아야 한다.

　여기선 모른 척하고 몬스터만 잡고 돌아가는 게 가장 좋은 방법이었다.

　"몬스터들이 도망친다! 끝까지 쫓아라!"

　버렌의 힘찬 목소리에 고개를 들었다.

　"가시죠. 금방 끝날 겁니다."

　라온은 안정을 찾은 칸바르에게 거짓 미소를 지었다. 나무뿌리를 씹은 듯 약간의 씁쓸함이 혀끝에 돋아났다.

　새벽부터 시작된 몬스터 토벌은 순조롭게 진행되어 해가 지기도 전에 산 정상에 도착했다.

　"끼에에엑!"

　산 정상에 자리를 잡은 오크 주술사의 외침에 오크와 코볼트, 고블린이 뛰어든다. 흡사 녹색 벌 떼가 달려드는 것 같았다.

　"이곳이 마지막이다!"

　버렌이 피에 젖은 검을 들어 하늘을 찔렀다.

　"궁지에 몰린 쥐는 고양이를 무는 법. 절대 방심하지 말고 끝까지 싸워라!"

"으아아아아!"

버렌이 녹색 오러를 휘감은 채 앞으로 뛰쳐나갔고, 수련생들이 포효하며 땅을 박찼다.

"흐읍!"

라온도 칸바르를 뒤에 둔 채 앞으로 달려가 몬스터들을 베었다. 검술 숙련도를 낮춰서 다른 수련생들과 차이가 없도록 움직였다.

'계속 보고 있어.'

이제 시선의 정체도 알았다. 에덴의 정찰병으로 '홍안귀'라 불리는 놈이다. 참새만 한 눈알만 떠 있는 몬스터 '서치 아이'의 탐색 능력을 가지고 있다.

"얼마 남지 않았다!"

버렌이 오크 주술사가 뿜어낸 불꽃을 가르며 소리쳤다. 그가 오크 주술사를 향해 짓쳐 들 때 하늘에서 거대한 검이 떨어져 내렸다.

콰아아앙!

산이 흔들리는 듯한 묵직한 굉음과 먼지가 동시에 퍼졌다.

후우욱.

먼지가 가신 그곳엔 찌부가 된 오크 주술사와 검을 땅에 박고 있는 마르타가 서 있었다.

"내 거거든?"

"쯧."

버렌은 인상을 찌푸렸지만, 빠르게 상황을 파악하고 뒤를 돌았다.

"오크 주술사가 죽었다! 잔챙이들뿐이니, 확실하게 마무리해라!"

"우와아아아!"

수련생들은 첫 번째 전투를 성공적으로 끝낼 수 있다는 기대감에 남아 있는 오러를 모조리 끌어 올려 검을 휘둘렀다.

촤아악!

라온은 주변에 있던 오크들을 가볍게 베어 낸 뒤 칸바르의 옆으로 돌아왔다. 아무에게도 들리지 않게 기막을 펼친 뒤 그를 불렀다.

"아까 고블린 왕에 관한 이야기 말입니다."

"아, 예."

칸바르는 허리를 굽히며 대답했다.

"고블린 왕이 죽은 뒤 산에서 보석이나, 보물이 나온 적은 없습니까?"

"아, 그것이…."

칸바르는 섣불리 대답하지 않고 뜸을 들였다.

"나왔군요."

"예. 그렇습니다. 은인을 속여서는 안 되겠죠. 제가 어릴 적에 촌장님이 산의 정상에서 붉은 보석을 캐 오신 적이 있습니다."

"그거 지금 어디 있죠?"

"촌장님 집 바닥에 묻은 걸로 알고 있습니다. 그 이후로 마을이 따뜻해졌죠. 대부분은 모를 겁니다."

"그런…."

라온이 입술을 깨물었다.

'이러면 완전히 달라지는데….'

에덴은 이곳을 뒤지다가 보석을 구하지 못한다면 분명 세부 마을을 습격할 거다. 그 미친놈들의 참을성은 그리 깊지 않으니까.

"우리가 이겼다!"

"첫 번째 임무 성공이다!"

"우와아아아아!"

산의 정상을 차지하고 몬스터들을 베어 버린 수련생들이 함성을 내질렀다.

"흐음!"

버렌이 검을 든 채로 자신을 보았다. 네가 준 역할을 성공적으로 완수했다는 표정이었다.

"……."

라온은 버렌의 눈빛에 답하지 않고, 눈매를 좁혔다. 머릿속이 너무 복잡했다.

"이야아아아!"

버렌은 그걸 인정이라고 생각했는지 그 누구보다도 우렁찬 함성을 내질렀다.

루난도 승리가 기쁜지 작게나마 고개를 끄덕였다.

"시끄럽네."

마르타는 별일 아니라는 듯 귀를 후비며 자신을 보았다.

라온은 환호를 지르는 수련생들을 보다가 세부 마을을 내려다보았다. 색색의 지붕 위로 피어나는 연기를 보자 마음이 더 답답해졌다.

'놈들이 이 산이 아니라, 마을에 마석이 있다는 걸 알게 된다면…'

저 마을에 남는 건 연기뿐일 것이다.

마을에 돌아가자마자 축제가 벌어졌다.

한동안 몬스터 걱정은 할 필요 없다는 생각에 마을 사람들의 얼굴엔 웃음꽃이 피어 있었다.

"수고 많으셨습니다."

"감사합니다!"

촌장과 마을 사람들은 수련생 한 명, 한 명에게 고개를 숙이며 감사 인사를 전했다.

"할 일을 했을 뿐입니다."

버렌은 기분 좋은 미소를 지으며 손을 저었다. 부상자 없이 완벽하게 임무를 끝낸 덕분에 그의 얼굴은 마법등을 켠 듯 밝았다.

"마을을 위해 힘써 주셔서 감사합니다."

촌장은 뒤에 있던 라온에게도 고개를 숙였다.

"이 녀석이 검사님이 정말 대단하셨다고 하더군요. 지켜 주셔서 감사합니다."

"솔직히 처음엔 조금 못 미더웠지만, 정말 대단한 검술 실력을 지니셨군요."

촌장은 칸바르를 가리키며 방긋 웃었다. 칸바르도 미소를 지었다.

"아닙니다."

라온은 담담하게 미소를 지었다. 촌장과 칸바르는 다시 한번 감사드린다고 말하고 다른 수련생들에게 인사를 전하러 갔다.

"후…."

그들의 눈빛을 보자, 가슴이 답답해졌다. 말을 해 주고 싶었지만, 지금 마을 전체는 감시당하고 있다. 자칫 잘못하면 이대로 전멸이다.

"기분 안 좋아?"

루난이 옆자리에 앉으며 고개를 갸웃거렸다.

"아이스크림 먹을래?"

그녀는 품에 숨겨 두었던 네모 상자를 꺼내려 했다.

"아니야."

라온은 웃으며 고개를 저었다.

"그래."

루난은 뭔가 아쉬운 표정으로 꺼내려던 상자를 도로 넣어 두었다. 아무래도 함께 아이스크림을 먹으며 기쁨을 느끼고 싶었던 것 같다.

그녀의 생각이 귀여워 웃음이 나왔다.

-무슨 짓이냐! 아이스크림을 먹을 기회를 왜 놓는단 말이냐!

'지금 그게 중요한 게 아니잖아.'

-아이스크림보다 중요한 건 없다! 당장 소녀를 불러라!

'어휴.'

라온은 놀릴 때보다 더 흥분한 라스를 억지로 팔찌에 밀어 넣었다.

"그래서."

나무 위에서 들린 소리에 고개를 들었다. 마르타가 사과 하나를 든 채로 아래를 내려다보고 있었다.

"네가 생각했던 대로 이루어진 건가? 뭘 원한 건지 모르겠는데."

"나도 잘 모르겠어."

라온이 고개를 저었다. 지금은 말할 수도, 말할 것도 없었다.

"걱정 마라. 일이 어떻게 되든, 임무가 다 끝날 때까지는 네 지시대로 움직일 테니까."

마르타는 눈을 한 번 마주치고서 아래로 내려갔다.

"다 비켜!"

음식이 차려지는 식탁의 정중앙을 가장 먼저 차지했다. 그녀다운 모습이었다.

"우리도 가자."

라온은 일어서며 루난에게 턱짓을 했다.

"응."

루난은 고개를 꾸벅이고 식탁으로 걸어갔다.

준비를 단단히 했는지, 맛깔 나는 다양한 음식들이 즐비하게 늘어서 있었다. 마을 사람들이 무리했다는 생각이 들 정도였다.

"여러분들을 위해서 준비한 음식은 아직 많이 남았습니다. 마음껏 드셔 주십시오!"

"감사합니다!"

"즐겨 주세요!"

촌장과 마을 사람들의 환호에 수련생들은 손을 치켜들면서 음식을 흡입하기 시작했다.

후우-

라온이 작게 한숨을 내쉬었다. 사람들의 웃음과 음식의 냄새 모든 것이 거북하게 느껴졌다.

'내일이 중요하겠어.'

다음 날 아침.

버렌은 수련생들을 이끌고 세부 마을을 벗어났다. 마을 사람들은 20분 넘게 따라오며 손을 흔들어 주었다.

'잘된 것 같군.'

버렌은 마을의 전경이 보였던 언덕을 오르며 빙긋 웃었다.

'완벽했어.'

세부 산에 있는 몬스터들을 완벽하게 처리했고, 사망자나, 중상자도 전혀 없다. 경상자 몇 명만 나왔으니, 처음치고 완벽하게 임무를 끝냈다고 생각해도 되었다.

슬쩍 뒤를 돌아보았다.

라온은 깊은 생각에 잠긴 얼굴로 땅을 보며 걷고 있었다. 다시 지휘권을 달라고 말하지 않고, 조용히 자신의 뒤를 따르고 있었다.

'당연하겠지.'

자신의 지휘에는 틈이 없었다. 마지막에 마르타가 오크 주술사의 목을 베는 것만 빼면 완벽한 작전이었다.

'뭘 보려고 했는지는 모르겠지만, 만족했겠지.'

라온은 자신에게 지그하르트다운 모습을 보여 주라고 말하며 지휘권을 넘겼다. 그가 무얼 원했든 불평 따위는 나오지 않을 거다.

"걸음을 빨리한다!"

버렌과 수련생들은 가슴을 가득 채우는 만족감을 느끼며 지그하르트 영지가 있는 북쪽으로 걸어갔다.

5시간 넘게 걸어 태양이 하늘의 중심에서 살짝 내려왔을 때 조용히 있던 라온 지그하르트가 앞으로 나왔다.

"모두 정지."

"갑자기 무슨…."

버렌은 라온의 눈을 본 순간 입을 다물었다. 새빨갛게 타오르는 눈동자에 숨이 턱 막혀 왔다.

"임무는 지금부터가 진짜다."

제71화

"그, 그게 무슨 소리야!"

버렌은 믿을 수 없다는 듯 눈을 떴다.

"말 그대로다."

라온은 앞으로 걸어 나가 수련생 모두와 눈을 마주쳤다.

"아직 임무는 끝나지 않았어."

"그니까 그게 무슨 말이냐고! 모든 몬스터를 잡고, 뒤처리까지 끝냈는데 왜 임무가 끝나지 않았다는 건데!"

"우리의 임무는 뭐였지?"

"어? 그건….."

버렌이 인상을 찌푸리다가 다시 입을 열었다.

"몬스터 토벌과 마을의 보호."

"그래. 우리의 임무는 몬스터 토벌만이 아니라, 마을의 보호도 있었지."

"그니까 그게 끝났잖아! 몬스터를 모두 잡았으면 된 거지!"

"아니."

라온이 고개를 저으며 지금까지 걸어온 세부 마을 쪽을 보았다.

"우린 조금 전까지 감시당하고 있었다. 감시의 시선이 떨어진 건 1시간 전이고."

"어?"

"그, 그게 무슨!"

"정말이십니까?"

깜짝 놀란 수련생들이 벌떡 일어섰다.

"교, 교관이겠지."

버렌이 억지로 입매를 비틀었다. 감시의 시선이 있었다는 걸 믿지 못하는 것 같았다.

"우릴 감시하기 위해서 온 교관이 분명…."

"교관의 기척이라면 누구인지 내가 모를 수가 없어. 그 기척은 우리만이 아니라, 마을까지 전체적으로 관찰했다. 거기다…."

라온이 지나온 길을 가리켰다.

"우리가 마을에서 반나절 거리에 떨어지자마자 기척이 사라졌어. 그것도 마을 쪽으로."

"그러면 다른 적?"

버렌이 입을 떡 벌렸다. 떨리는 눈으로 마을 쪽을 보았다.

"그 말 정말이야?"

그간 조용히 있던 마르타가 인상을 찌푸리며 일어섰다.

"확실해."

"그럼 그 시선을 언제부터 느꼈지?"

"마을이 보이는 언덕에 도착했을 때부터."

"잠깐! 그럼 버렌에게 지휘권을 넘겼던 게…"

"맞아. 그 시선을 더 확실하게 파악하기 위해서 내 기척을 감췄어."

"허…."

마르타가 마른침을 꼴깍 삼켰다.

'이 녀석은 대체 뭐야….'

라온의 말을 들은 순간 머리털이 쭈뼛 섰다.

자신조차 느끼지 못한 시선과 기척을 느끼고, 버렌을 수석으로 바꾼 뒤 수련생들의 사이에 숨어 그 시선을 파악했단다. 감각과 심계가 놀라워서 말이 나오지 않았다.

"그, 그게 나한테 지휘권을 준 이유였다고?"

"네가 지휘권을 가져가면 나 이상으로 수련생들을 잘 다룰 거라고 생각했으니까."

"나, 난…."

"넌 내 기대 이상으로 제대로 된 수석의 모습을 보여 줬어. 덕분에 놈들은 널 수석이라 생각하고, 내 존재는 느끼지도 못했지. 네 말대로 지그하르트다운 모습이었다. 돌아가게 된다면 널 부수석으로 임명해 달라고 건의해 보지."

"그게 아니다."

버렌은 고개를 숙인 채로 입술을 떨었다.

'젠장!'

창피해서 얼굴을 들 수가 없었다.

'난 내가 잘한 줄 알고….'

완벽한 지휘 덕분에 라온이 할 말을 잃었다고 생각했지만, 전혀 아니었다. 녀석은 아무도 알아차리지 못한 감시자를 견제하기 위해서 뒤에 숨어 있던 거였다.

수석 지휘권이라는 작은 것에 매몰되어 있는 동안 라온은 훨씬 멀고 높은 곳을 보고 있었다.

으드득.

다만 웃긴 건 라온의 칭찬을 듣자, 또 기분이 나쁘진 않았다는 점이다.

부끄러움과 뿌듯함이 어우러진 요상한 기분이었다.

"너희는 모르겠지만, 오크와 고블린, 코볼트는 협동을 할 수 있는 몬스터가 아니다. 우릴 감시한 놈들이 어떤 수를 썼을 거다."

라온은 에덴에 대한 이야기를 하지 않고, 직접 보고 느낄 수 있는 것들만 풀어냈다.

"우리의 첫 번째 임무는 마을의 보호. 그 감시자가 어떤 생각을 하는지 알 수 없는 이상 우리의 임무는 끝나지 않았다."

짐을 챙기고 일어섰다.

"지금부터 세부 마을로 돌아간다. 이전처럼 다 알리면서 가는 게 아니라, 그 누구도 눈치챌 수 없도록 조용히 움직인다."

모두를 훑어보며 말을 이었다.

"위장 도구가 있다면 좋겠지만, 챙기질 않았으니, 일단 걸음걸이라도…."

"저, 저 있는데요."

반쯤 넋이 나가 있던 도리안이 손을 들어 올렸다.

"뭐가?"

"군장을 가리는 가림막이랑, 옷에 수풀을 걸칠 수 있는 밴드가 있습니다."

"한두 개여선 안 돼. 오히려 눈에 띌…."

"다 있는데요."

도리안은 배 주머니에서 가림막과 밴드를 우르르 꺼내 놓았다. 이걸 전부 가지고 다니다니 뭐 하는 놈인지 모르겠다.

"이걸 어떻게…."

"혹시 몰라서 가져왔습니다."

"혹시 몰라서 위장 도구 40개를 가지고 다녀?"

"준비성은 철저해야죠."

"어, 어쨌든 잘했다."

"넵!"

도리안은 유일하게 라온의 칭찬을 듣고 히죽 미소 지었다. 물론 다시 마을에 가서 싸우게 될지 몰라서 금방 얼굴이 어두워졌지만.

"양은 충분하니까. 연무장에서 배운 대로 위장을 시작해라. 10분 뒤에 다시 이곳으로 모여. 그리고…."

라온은 가장 먼저 가림막을 두르며 고개를 들었다.

"크레인."

"어? 어어!"

"넌 당장 지그하르트 지부로 달려가서 내가 했던 말을 그대로 전해."

"내, 내가?"

"발이 빠르니까."

도리안이 더 빠르지만, 그가 필요한 일이 있을 수도 있었다.

"아, 알겠어!"

인정을 받은 기쁨일까. 크레인이 냉큼 고개를 끄덕이고 마을과 반대편으로 뛰어갔다.

라온은 달려가는 크레인을 보다가 다시 고개를 돌렸다.

"지금부터는 내 명령에 무조건 복종해라. 거부는 없어."

"모두 돌아갔습니다."

눈알이 새겨진 복면을 쓴 남자가 무릎을 꿇었다.

"확실한가?"

녹색 투구를 든 젊은 남자가 고개를 틀었다.

"예. 반나절 동안 승리에 취해서 돌아가는 걸 확인하고 왔습니다. 혹시 몰라서 반대편도 확인했지만 특별한 문제는 없었습니다."

"그러면 시작해도 되겠군."

젊은 남자는 피식 웃으며 아무런 무늬도 없는 투구를 들어 머리 위에 착용했다.

"환원."

남자의 주문 같은 말에 오크 투구 안에서 녹색 쇳물이 흘러내렸다.

촤아아!

쇳물은 살아 있는 생물처럼 남자의 몸에 달라붙어 갑옷과 같은 형태를 갖췄다.

치이이익!

팔과 가슴에 거대한 근육이 부풀었고, 손가락은 차돌처럼 단단하게 여물었으며, 다리는 나무뿌리처럼 두꺼웠다.

평범한 기사의 갑옷이 아니다.

오크. 그것도 오크 돌격대의 최전방에 서는 오크 투사의 모습을 딴 기괴한 갑주였다.

번쩍!

오크 투사 투구의 안쪽에서 살의로 가득한 붉은 눈이 번쩍였다.

"크라라라!"

남자의 목구멍에서 기괴한 포효가 터져 나왔다. 인간이 아니라, 괴물이 낼 법한 소리였다.

"우오오오!"

포효에 호응하듯, 그의 뒤에서 오크들이 우르르 몰려나왔다.

고오오!

남자는 붉은 기운이 어린 손으로 세부 마을을 가리켰다.

"크라라라!"

"갸아아아!"

오크들은 악다구니를 내지르며 땅을 뛰어 내려갔다. 그들의 움직임은 수련생들에게 당할 때와 비교할 수 없을 정도로 사나웠다.

"크르르"

오크 투사의 갑주를 착용한 남자는 살벌한 미소를 지으며 파도처럼 밀려가는 몬스터들을 바라보았다.

❋❋❋❋❋❋

라온과 수련생들은 세부 마을의 전경을 내려다 볼 수 있는 언덕에 도착했다.

"아직 아무런 일도 없는데?"

버렌은 마을을 보며 인상을 찌푸렸다. 마을에선 평온함을 비추는 연기만 올라오고 있었다.

"기다려 봐. 그리고 목소리를 낮추고, 몸도 낮춰."

"음…."

라온의 지시에 버렌은 입을 꾹 다물고 허리를 숙였다.

"지금부터 숨소리를 내는 것도 조심해. 들키는 순간 전멸당할 수도 있으니까."

"으음…."

"흐읍!"

수련생들은 손으로 입을 꾹 막고 눈동자를 떨었다.

"전멸은 무슨…."

"뭐가 나와도 상관없잖아. 우린 지그하르트인데…."

반면 라온의 말을 믿지 못하는 몇몇 방계들은 입을 삐죽거렸다. 그들은 첫 승리에 도취되어 자신감이 최고조에 올라 있었다.

"조용히 해. 불평은 확실해지고 나서 해도 늦지 않아."

버렌이 나서고 나서야 방계들은 입을 다물고, 주저앉았다.

"육포로 미리 배를 채워 두고, 방한복도 입어. 밤이 추워도 불을 피울 수 없으니까."

수련생들은 자그마한 불평을 하면서도 라온의 지시를 그대로 따랐다.

그렇게 세부산 쪽으로 해가 지고, 어둑한 밤이 찾아왔다.

깜깜한 산 아래. 수백 개의 붉은 빛이 번쩍였다. 루비 같은 빛과 함께 녹색 괴물들이 쏟아져 나왔다.

"흐읍!"

"오, 오크! 몬스터들이다!"

"지, 진짜였어?"

수련생들은 오크들의 흉악한 눈빛을 보고 침을 꼴깍 삼켰다.

"으음…."

버렌이 마른 입술을 깨물었다. 세부산과 그 주변까지 확실하게 수색했고, 그 어떠한 몬스터도 발견하지 못했다. 저 정도 숫자의 몬스터가 이렇게 빨리 나타났다는 건 말이 되지 않는다.

'그 말대로였어.'

라온의 말대로 몬스터가, 그것도 토벌한 놈들보다 더 흉폭하고, 강한 몬스터가 우르르 쏟아지고 있었다.

땡땡땡!

목책에서 경계를 서고 있던 마을 사람이 경종을 울리는 소리가 들려왔다. 어둠이 내려앉은 듯했던 마을에 불이 켜지고, 웅성거리는 소리가 여기까지 들려왔다.

"젠장!"

버렌이 이를 악물고 일어섰다. 검을 뽑고 탁한 숨을 내뱉었다.

"가자. 이번에야말로 확실하게 끝을…."

"앉아."

라온은 서늘한 눈으로 턱짓했다.

"뭐?"

"말했지. 우릴 지켜본 시선이 있었다고. 그건 몬스터 따위가 아니라, 인간이다. 놈들의 정체는 아직 밝혀지지 않았어."

"그, 그렇지만 세부 마을의 병력으로는 저 숫자의 오크를 막지 못해!"

"그렇다고 해도 대기한다. 자칫 잘못하면 이쪽이 전멸이야."

이건 감정에 치우치지 않은 정확한 판단이다. 적의 숫자와 무력이 제대로 파악되지 않는 이상 움직여서는 안 된다.

"네가 말했잖아! 우리의 임무는 마을의 보호라고! 그럼 지금 움직여야지!"

"교관님이 포기나, 물러나는 것도 임무의 한 선택이라고 하셨지. 지금은 움직일 때가 아니야."

"나, 난 못 참아."

버렌이 검을 쥔 손을 바르르 떨었다.

"저들을 저렇게 죽이는 건 지그하르트 검사가 보일 법한 모습이 아니다!"

그의 녹색 눈동자에 오크들의 돌진이 아릿하게 어렸다.

"맞아."

"우린 지그하르트다. 약자의 위기를 보고 물러나서는 안…."

"저들이 에덴이라고 해도?"

강렬한 의지로 타오르던 수련생들 사이로 라온의 냉정한 목소리가 끼어들었다.

"에, 에덴? 오마의 에덴?"

"저게 그 미친놈들이라고?"

"에덴이 몬스터를 조종하는 건 유명하지. 놈들이 아닌 이상 저 정도 몬스터가 갑자기 나타날 일은 없어."

"어…."

"오, 오마라니…."

오마의 에덴이라는 소리에 수련생들의 눈동자가 침식되듯이 흐릿해졌다. 모두 아는 것이다. 에덴이라는 존재가 얼마나 강하고 무시무시한 세력인지를.

"에덴의 강함은 알고 있다. 하지만 놈들은 우리를 공격하지 않았어. 지그하르트의 이름을 두려워한다는 뜻이다."

버렌이 피나도록 주먹을 움켜쥐었다.

"그런 놈들에게 등을 보이고 도망칠 수는 없다. 여기서 저들을 위해 검을 드는 게 내가 생각한 지그하르트의 검사다."

"아예 도와주지 말라는 의미가 아니야. 상황을 파악한 뒤 싸울 수 있다면…."

"그러면 늦어. 그동안 저 마을 사람 절반은 죽게 될 거다."

그는 흔들리는 눈으로 라온을 바라보았다.

"난 말이다. 너를 인정했다. 네 노력을 확인한 후 마음속으로 네가 나보다 지그하르트의 이름에 걸맞은 놈이라고 인정했단 말이다! 하지만 이건 아니야! 네가 막으면 싸워서라도 저 마을에 가겠다."

버렌이 그대로 검을 뽑았다. 잘 닦인 검이 달빛을 받아 그의 단호한 얼굴을 비쳤다.

"모두 따라오지 않아도 좋다. 나와 같은 생각을 한 녀석만 따라와라!"

그는 진한 녹색의 오러와 단단한 의지를 휘감은 채 언덕 아래로 달렸다.

"우리도 가자. 오마 놈들에게 지그하르트의 검을 보여 주자!"

방계들이 모두 일어섰다. 검조차 뽑지 않고 버렌의 뒤를 쫓았다.

쯧.

라온이 짧게 혀를 찰 때 옆에서 일어나는 사람이 있었다.

"나도 갈게."

루난이 검에 시퍼런 냉기를 휘감은 채 언덕 아래로 뛰어내렸다.

"함께하겠습니다!"

봉신 가문의 수련생들도 검을 뽑아 들고 그녀의 옆에 붙었다.

"우, 우리도 가자!"

"그래. 우리도 지그하르트의 수련생이야!"

버렌과 루난의 신념에 물든 평민 수련생들도 검을 뽑아 마을의 불길을 향해 내달렸다.

"……"

라온은 말없이 뒤를 돌았다. 도리안과 임시 수련생일 때부터 자신을 따르던 수련생들만 남고 모두 마을로 내려갔다.

반수 이상이 떠났지만, 라온은 당황하지 않았다.

'예상했으니까.'

수련생들이 저런 녀석들이라는 건 알고 있었다. 저들이 내려가는 것도 계획의 일환이었다.

특히 루난에게는 내려가서 버렌을 도와주라고 오러 메시지까지 보냈다.

다만 가장 의외인 사람이 남아 있었다.

"넌 왜 안 갔지?"

라온은 나무에 등을 기대고 있는 마르타를 돌아보았다.

"말했잖아. 이번 임무에서는 어떤 말을 해도 네 지시를 따르겠다고."

검은 눈동자를 빛내며 말하는 그녀에게 진심이 느껴졌다. 그녀 나름의 신념이 세워진 것 같았다.

"그런가."

라온이 픽 웃었다.

"그래서 넌 어떻게 할 거지? 여기서 관망만 할 건가?"

"아니. 우리도 간다."

라온이 고개를 젓고 일어섰다. 오크들은 어느새 마을의 목책 앞에 도착해 있었다.

사람들의 공포와 오크들의 광기가 붉은 안개가 되어 피어나는 것 같았다.

"물론 저 녀석들처럼 대놓고 가진 않고 기척을 죽인다. 언제라도 움직일 수 있게 몸을 풀어 두도록."

라온은 지시를 내리고 세부 마을이 아니라, 세부산의 중턱을 노려보았다. 저 안에서 강렬하면서도 짙은 살기가 일렁거렸다.

'저곳에 있군.'

수련생들을 막을 수 있었지만, 놔둔 이유는 하나다.

저곳에 있는 놈이 누구인지 알았으니까.

오크 투사의 힘과 투쟁심을 빌려 온 괴물이 산의 중턱에서 마을을 굽어보고 있었다.

정면에서 싸운다면 쉽지 않은 상대지만 암살이라면 이야기가 다르다.

'시선만 끌어 준다면 충분히 잡을 수 있어.'

라온은 하늘에 뜬 달처럼 붉은 눈을 빛내며 손목을 돌렸다.

'오늘은 긴 밤이 되겠군.'

제72화

"저 벌레들은 뭐지?"

오크 투사의 갑주를 입은 남자가 짐승처럼 으르렁거리는 듯한 음성을 흘렸다. 그의 시선에 언덕을 내려와 세부 마을로 달려가는 버렌과 루난이 잡혔다.

"지, 지그하르트의 수련생들입니다."

눈알이 그려진 복면을 쓴 홍안귀가 부복하며 대답했다.

"너 분명히 저 애새끼들 돌아갔다고 했었을 텐데?"

남자의 목소리에 살기가 깃들었다. 지금까지 그가 보여 주었던 냉정하고 침착했던 음성과는 결이 달랐다.

"부, 분명히 돌아갔습니다. 확실히 확인하고 돌아왔는데….'

"그럼 저놈들 중에 네 미행을 눈치챈 놈이 있다는 뜻이겠군. 머저리 같은 놈!"

남자가 발을 들어 복면인의 어깨를 찍어 버렸다.

"끄흐흡!"

복면인은 어깨 한쪽이 뭉개졌음에도 가는 신음만 흘릴 뿐 움직이지 않았다.

"쯧."

남자가 거칠게 혀를 차고 바위에서 일어섰다.

지그하르트 수련생들은 이미 마을에 도착해서 무너지는 목책으로 달려가고 있었다.

"저 둘인가?"

남자는 목책을 무너뜨리는 오크를 단숨에 베어 버린 루난과 버렌을 보고 탁한 숨을 뱉어 냈다.

"아, 아닐 겁니다. 둘보다 더 뛰어난 흑발의 계집이 하나 있었습니다."

"그년은 어디에 있지?"

"더 안 보이는 걸 보니, 아마 숨어서 지켜보고 있을 것 같습니다."

"흐음…."

오크 투사의 갑옷을 입은 남자가 팔짱을 끼고, 마을을 굽어보았다.

"잘 싸우는군."

지그하르트의 수련생들은 진을 짜듯이 선을 그어 목책을 넘어오는 오크들을 모조리 베어 버렸다.

"저놈들로는 못 뚫겠어."

그는 뒤에 있는 복면인을 보고, 턱짓했다.

"녹귀들을 보내라."

"예? 지그하르트는 건드리지 않는다고…."

"너를 눈치챈 놈들이 그냥 돌아왔을 거 같나? 분명 지부에 지원 요청을 보냈을 거다. 그놈을 잡는 건 이미 늦었어. 최대한 빨리 끝내고 모든 것을 불태운 뒤 여길 벗어나는 게 최선이다."

"…알겠습니다."

복면인은 고개를 숙인 뒤 그림자 속으로 사라졌다.

"흐음…."

남자는 손목을 돌리며 산 아래로 내려갔다. 자그맣게 보이는 그의 입가에 미소가 그려졌다.

"살려 줬는데도 돌아오다니, 너희들의 운은 지그하르트의 선택을 받은 것으로 끝난 모양이군."

촤아악!

버렌은 달려드는 오크를 몸통째로 갈라 버리고, 반만 남은 목책을 뛰어넘었다.

"목책의 앞에 서라! 오크들이 목책을 넘는 순간 사람들이 위험해진다!"

"예!"

방계의 수련생들은 우렁차게 대답하며 목책의 앞에 진을 쳤다.

샤아아아아!

좌측에서 퍼지는 서늘한 한기에 버렌이 고개를 돌렸다.

루난이다. 검에 내려앉은 서리가 바닥에 깔려 오크들의 움직임을 방해하고 있었다.

촤아앙!

허공에 뿌려진 냉기에 오크들은 제 움직임을 보이지 못하고 피를 뿌리며 쓰러졌다.

'의외로군.'

루난은 항상 라온의 옆에 딱 붙어 있었는데, 그의 의견을 따르지 않고 이곳까지 온 건 예상외였다.

'그래도 다행이야.'

오크들의 숫자도 숫자지만, 흉폭함과 힘이 어제 상대했던 놈들과는 격이 달랐다.

루난과 봉신 가문의 수련생들이 없었다면 목책이 완전히 무너져서 마을에 큰 피해가 났을 거다.

"오크의 공격을 직접적으로 받지 마라! 흘린 뒤에 반격을 가해!"

버렌은 적절한 지시를 내리며 계속해서 오크를 베었다. 한 번 지휘를 한 덕분에 상황에 맞는 지시를 내리는 건 어렵지 않았다.

'이대로라면 막는 건 어렵지 않아.'

오크들이 강화되었다고 해도 수련생들은 놈들과 싸운 경험이 있으니, 충분히 방어할 수 있다.

'다만….'

정말 라온의 말대로 에덴이라면 이대로 끝나지 않는다. 분명히….

스스스스.

버렌이 뒷일을 생각하고 있을 때 마을 앞에 있는 숲이 움직이기 시작했다.

'아니, 숲이 아니야.'

숲에서 녹색 후드로 전신을 가린 괴인들이 튀어나왔다. 대충 세어 봐도 마흔이 넘는 숫자였다.

"녹귀다!"

버렌이 악을 내지르며 검을 꽉 잡았다.

'빌어먹을! 진짜 에덴이었어.'

녹귀는 에덴의 하급 무인으로 오크와 고블린, 코볼트의 특성을 가지고 있었다.

"루난!"

버렌은 오러를 극성으로 끌어 올리며 루난을 불렀다.

"우리가 앞에서 싸우겠다. 뒤에서 보조를 해 줘!"

"응."

루난은 평소와 달리 즉답하고서, 검에 더 짙은 냉기를 피워 내 다가오는 녹귀들에게 뿌렸다.

쾅! 콰앙!

녹귀들이 등과 허리춤에 끼고 있던 도끼를 들어 수련생들을 향해 내리쳤다.

"공격을 흘려!"

버렌은 검으로 쏟아지는 도끼를 흘려 낸 뒤 녹귀의 목을 베었다.

푸칵!

인간의 살이 갈라지는 감각에 소름이 돋아 올랐지만, 입술을 씹어서 참았다.

"놈들을 인간이라고 생각하지 마라! 단숨에 목을 날려!"

버렌은 당황한 와중에도 지그하르트 검술 묘리를 제대로 살려 냈다. 예리한 검격을 뿜어내며 전진했다.

"흐읍!"

루난은 앞으로 나아가는 버렌과 수련생들을 향해 검에 맺힌 서리를 흩뿌렸다.

화아아아!

흘러간 냉기들은 그들을 지나, 녹귀의 머리 위에서 떨어져 내렸다.

찌지직!

녹귀들의 의복과 피부가 얼어붙어 움직임이 느려지기 시작했다.

"지금이다! 돌격!"

버렌은 지시만 내리는 게 다가 아니라, 가장 먼저 뛰어들어 녹귀들을 베어 넘기기 시작했다.

"이길 수 있다!"

그 말을 하면서도 가슴이 아릿했다. 녹귀는 아직 많이 남았고, 수련생들은 지쳐 가고 있었다.

거기다….

피잉! 휘이익!

고블린과 코볼트의 특성을 가진 녹귀들은 다가오지 않고, 뒤에서 독침을 날리거나, 독무를 뿌리기 시작했다.

"입을 막아!"

버렌은 옷을 올려 코와 입을 막은 뒤 녹귀가 날린 독침들을 쳐 냈다.

"윽!"

"끄으!"

"제, 젠장!"

독침을 날리는 녹귀가 많았고, 접근해 오는 녹귀도 다수였기 때문에 수련생들이 하나씩 물러나기 시작했다.

"크으…."

버렌이 거친 숨을 뱉어 냈다. 호흡을 멈춘 상태에서 독침을 쳐 내고, 전투를 벌이니, 머리가 아찔해졌다.

"하압!"

루난의 기합 소리에 슬쩍 눈을 돌렸다. 서늘한 냉기를 펼치며 녹귀를 압박하고 있었지만, 그녀가 앞으로 나왔다는 것 자체가 최악의 상황이라는 의미였다.

"끼이익!"

녹귀들은 교활했다. 루난의 냉기가 퍼지는 순간 뒤로 물러나서 독침과 독탄을 던졌다.

"허업!"

"으으윽!"

독탄을 흡입한 수련생들의 팔다리가 휘청거린다.

"버, 버텨라! 아직…."

자신의 입에서 튀어나온 버티라는 말이 공허하게 들렸다. 팔에 힘이 빠지고, 다리가 흔들린다.

'이, 이대로라면….'

얼마 버티지 못한다. 전멸이라는 단어가 머릿속을 맴돌았을 때 좌측에서 거대한 기운이 치솟았다.

콰아아앙!

황색 오러가 질풍처럼 밀어닥쳐 독침과 독탄을 던지던 녹귀들을 휩쓸었다.

후우욱!

먼지가 가라앉고, 녹귀들을 부숴 버린 사람의 모습이 드러났다.

"마르타…."

열에 가까운 녹귀가 모조리 쓰러졌고, 마르타 지그하르트 홀로 서 있었다.

"모두 죽여라!"

마르타의 지시에 라온의 곁에 남아 있던 수련생들이 전장에 뛰어들었다.

"지, 지금이다! 모조리 쓸어버려!"

버렌은 이를 악물고, 검을 다잡았다. 자신을 포함한 수련생들이 독무를 들이켰지만, 이 기회를 놓칠 수는 없었다.

"밀어붙여!"

마르타가 오러가 가득 담긴 검을 내리치자, 녹귀들의 도끼와 검이 바스러졌다.

'완벽한 타이밍이야.'

그녀가 적절한 순간에 기습해 준 덕분에 녹귀들은 반격할 틈도 잡지 못하고 쓸려 나갔다.

'됐어!'

라온은 여전히 보이지 않았지만, 승기가 눈에 보이고 있었다.

"단 한 마리도 놓치지 마라!"

버렌은 이를 악물고 물러나는 녹귀들을 향해 달려갔다.

"끝까지… 어?"

세부산까지 쫓아가서 검을 휘두르려던 그가 목을 움츠린 채 멈춰 섰다.

"뭐, 뭐야…."

숲 전체를 뒤덮은 듯한 붉은 운무 속에서 무언가가 움직이고 있었다.

꿀꺽.

뒤에서 마른침을 삼키는 소리가 들려왔다.

저벅.

부푼 근육 형태의 녹색 갑주를 입은 괴인이 모습을 드러냈다.

이마에는 하나의 십자 상흔이 돋아났고, 입가의 뻐드렁니는 둥글게 코끝까지 말려 올라가 있는 오크 투사의 투구였다.

버렌이 검을 쥔 손을 떨었다.

"오, 오크 투사의 갑옷! 녹전귀!"

녹전귀는 에덴의 하급 간부 중 하나로 인간의 몸으로 오크 투사의 무력을 이어받은 괴물이었다.

"무, 물러나!"

버렌은 검을 쥔 손을 떨며 뒷걸음질 쳤다. 저 무시무시한 기운에 손발이 흔들렸다.

"아…."

루난 역시 떨리는 눈동자를 숨기지 못했다.

"녹전귀라."

마르타는 반대로 입맛을 다셨다. 당장이라도 달려들 것 같은 눈. 하지만 그녀 역시 혼자서는 역부족이라는 걸 알고 있었다.

"귀찮게 만드는군."

녹전귀의 입이 열렸다. 정말 오크 투사가 된 것처럼 살기 짙은 으르렁거림이었다.

"가볍게 놀고 갈 기회를 만들어 줬는데, 그걸 바닥에 내던지다니, 멍청하기 그지없어."

그가 등에 매고 있던 쌍도끼를 손에 쥐었다. 숨 막히게 만드는 압도적인 기파가 수련생들을 휩쓸었다.

도끼 위로 타오르는 붉은 기운. 중상위 몬스터만 사용한다는 투기였다. 에덴의 간부들은 전부 투기를 사용할 수 있었다.

"끄윽!"

"크흡!"

수련생들은 입술을 짓씹으며 간신히 서 있었다.

'그 수련이 아니었다면 진즉에 쓰러졌을 거야.'

버렌이 손톱으로 손바닥을 긁었다. 리메르가 기세를 올리는 수련을 시키지 않았다면 지금 무릎을 꿇고 죽을 때만을 기다리고 있었을 거다.

"수련생 주제에 내 기세를 버티다니, 지그하르트의 이름값은 하는구나."

녹전귀가 히죽 웃었다.

"하지만 멍청해. 너희들이 죽는 이유는 제 능력도 모르고 함부로 나섰기 때문이다."

"으음…."

버렌의 머릿속으로 라온의 경고가 들려왔다.

"그건 해 봐야 알겠지. 징그러운 새끼야!"

마르타가 이죽거리며 앞으로 나왔다. 그녀는 손을 뒤로 젖혀서 루난과 버렌에게 수신호를 보냈다.

3초 뒤 동시에 공격하자는 수신호에 두 사람의 눈동자가 진하게 빛났다.

"너희가 무엇을 해도 소용없다."

"주둥이에서 냄새나니까. 닥쳐!"

마르타가 중앙에서 돌진하고, 버렌과 루난이 각각 좌우에서 침투했다.

"세 명이 모인다고 될까?"

녹전귀가 들고 있던 도끼를 횡으로 휘둘렀다. 무시무시한 풍압과 함께 묵직한 투기가 공간을 휩쓸었다.

"크아아악!"

"꺅!"

"끄윽!"

버렌의 검이 부러지고, 루난이 튕겨 나갔으며, 마르타가 무릎을 꿇었다. 단 한 수에 벌어진 일. 세 사람과 녹전귀는 격 자체가 달랐다.

"아아…."

"저, 저 셋으로도 안 된다고?"

"그럼 어떻게…."

"라온은? 그 녀석은 어디 있어!"

"도, 도망쳤겠지. 저걸 보고 왜 오겠어!"

수련생들의 눈동자에 절망의 빛이 드리웠다. 자신들이 모두 덤벼도 이길 수 없는 저 셋이 한 수에 무너졌으니, 방법이 보이지 않았다.

그렇다고 도망을 칠 수도 없었다. 녹전귀가 퍼뜨리는 살기에 움직이기는커녕 제대로 숨을 쉴 수도 없었으니까.

"네놈들이 강해서 우리가 그냥 보내 줬다고 생각했나?"

녹전귀가 더더욱 진한 살기를 일으키며 걸어왔다.

"너희는 지그하르트라는 거대한 나무에 올라탄 애벌레일 뿐이다. 능력도, 무력도, 정신력도 없는 주제에 뭐라도 되었다고 생각했나?"

그의 걸음마다 바닥에 투기가 담긴 불꽃이 타올랐다.

"아…."

"끄으…."

버렌이 부러진 검을 쥐었고, 루난은 팔을 떨며 몸을 일으켰다.

"제, 젠장!"

마르타는 아직 투지를 꺼뜨리지 않았다. 이를 악물고 오러를 끌어 올렸다.

"이 쓰레기 중에서는 그나마 네년이 가장 낫군."

녹전귀가 가장 앞에 있는 마르타를 향해 다가갔다.

"하긴 그 시선을 알아낼 정도였으니까."

그는 그르렁거리며 마르타의 앞에 섰다.

"으…."

마르타는 아직 오크 투사 갑옷의 기운을 풀지 못하고 입술을 깨문 채 몸을 떨었다.

"어차피 이리되었으니, 지그하르트의 새싹을 모조리 짓밟아 버리는 게 옳은 일이겠지."

녹전귀가 양날 도끼를 들어 올리며 살기 짙은 미소를 지었다.

"그만 죽어라."

"아!"

마르타가 눈을 부릅떴다. 녹전귀가 도끼를 내리치려는 찰나 놈의 뒤에서 시꺼먼 그림자가 일어났다.

라온 지그하르트.

끝까지 모습을 드러내지 않던 그가 붉은 눈을 빛내며 검을 내리쳤다.

"아니. 네가 죽어라."

시뻘건 불꽃을 두른 라온의 검이 녹전귀의 목을 향해 질주했다.

제73화

라온은 마르타와 남은 수련생들을 적절한 순간에 보내고 나서도 모습을 드러내지 않았다.

더욱더 기척을 감춘 채로 숨을 죽였다. 흡사 야생동물이나, 바람에 흔들리는 나뭇가지 수준까지.

마르타의 지원을 받은 수련생들은 용기와 의지를 되찾고, 녹귀들을 쓸어버리기 시작했다.

'지금부터로군.'

라온이 옅은 숨을 뱉으며, 더 힘을 풀었다. 승리라는 글자가 다가오는 순간이지만 지금이 가장 위험한 때였다.

'녹전귀 놈이 아직 나타나지 않았어.'

녹귀들에게 공격 지시를 내린 에덴의 녹전귀가 분명 저 위에 있다.

아주 느릿하고, 조용하게 모두가 싸우는 수풀로 다가갔다.

버렌과 루난, 마르타가 얼마 남지 않은 녹귀들을 향해 검을 내리치려는 무렵.

놈이 나타났다.

'녹전귀 역시나 있었군.'

에덴의 하급 간부. 오크 투사의 힘을 이어받은 녹전귀가 무시무시한 기세를 흘리며 다가왔다.

콰아아앙!

분노한 놈의 일격에 버렌과 루난, 마르타가 동시에 튕겨 나갔다. 세 사람은 녹전귀의 기세에 짓눌려 제대로 몸을 움직이지도 못했다.

두근.

라온이 자신의 심장박동을 녹전귀의 호흡과 맞추며 발을 움직였다.

그 발놀림은 암살자 시절에 목숨을 걸고 배웠던 무영보. 그림자에 숨은 듯 은밀하게 움직여 녹전귀의 뒤로 이동했다.

쿠구구구!

마르타를 향해 도끼를 내리치려는 녹전귀의 살기에 자신의 살기를 숨기며 검을 들었다.

"그만 죽어라!"

녹전귀가 도끼를 내리치려는 순간 만화공을 일으켰다.

화르르륵!

만화공 일화. 검 끝에서 피어난 화염의 꽃이 녹전귀의 목을 향해 떨어져 내렸다.

"너!"

뒤로 돈 녹전귀의 눈동자에 경악이 깃들었다. 놈은 이 찰나의 순간 등 쪽으로 투기를 일으켜 검의 궤도를 바꾸려 했다.

"반항 말고 죽어라."

라온은 뿜어지는 녹전귀의 투기를 만화공의 불꽃으로 갈라내며 검을 내리쳤다.

"크아아아아!"

벼락처럼 떨어지는 검이 녹전귀의 목을 가르려는 찰나 놈이 오히려 안쪽으로 파고들어 왔다.

푸카악!

새빨간 피가 폭발하고 땅에 무언가가 툭 떨어졌다.

라온은 인상을 찌푸린 채 앞을 노려보았다.

"크흐흐…."

왼쪽 어깨가 통째로 잘려 나간 녹전귀가 피를 토하며 웃고 있었다.

"안쪽으로 다가올 줄은 몰랐나 보군."

"미친놈."

인간은 위기의 순간에 도망치려고 하지 달려들지 않는다. 그 순간 안으로 들어와 목이 아니라, 팔을 내어 주다니, 미쳤다고밖에 볼 수 없는 행동이다.

이래서 저놈들이랑 싸우기 싫다니까.

라온이 혀를 찼다.

"끄흡!"

녹전귀의 어깨 위로 붉은 투기가 솟구치자, 댐이 터진 듯 흘러나오던 피가 멈추기 시작했다.

"너도 움직일 수가 없나 보군."

"……."

라온은 대답하지 않았다. 놈의 말대로 방금의 일격에 많은 것을 걸어 잠시 움직일 수가 없었다.

몸에 여유만 있었다면 당장에 달려가 놈의 목을 쳤을 것이다.

"네가 이곳의 책임자인가?"

불의 고리를 회전시켜 육체와 오러를 회복시키면서 입을 뗐다.

"그럼 이런 작은 마을에 내 윗대가리가 올 거라고 생각하나?"

녹전귀가 하나 남은 팔로 도끼를 꽉 말아 쥐었다. 가라앉았던 붉은 투기가 다시 솟구쳤다.

"그야 모르는 일이지. 너희는 미친놈들이니까."

라온은 탁기를 호흡으로 풀어내며 무릎을 살짝 굽혔다. 언제라도 튀어 나갈 수 있는 자세로 폐에 신선한 공기를 채웠다.

터엉!

녹전귀가 땅을 박찼다. 닭살이 돋아 오를 정도의 살기를 뿜어내며 도끼를 휘둘러 왔다.

화르르!

라온이 검을 쳐올렸다. 만화공 일화의 불꽃이 재점화되어 칼날을 휘감았다.

캬아아앙!

검과 양날 도끼가 충돌하며 강철이 찌그러지는 듯한 소리가 울렸다.

화아아!

새빨간 불똥이 퍼져 바닥을 불태우기 시작했다.

"그걸 견뎌?"

녹전귀가 눈을 부라리며 도끼를 수평으로 휘둘러 왔다. 강렬한 풍압. 손이 제대로 움직이지 않을 정도였다.

"그것도 못 견디면 검사 때려치워야지."

라온이 불꽃에 덮인 검을 내리쳤다.

콰앙!

녹전귀와 두 번째 격돌에 손아귀가 찢어질 듯 아려 왔지만, 표정을 숨기고 다시 검을 세웠다.

"전사의 마음가짐을 알고 있구나! 지그하르트의 애송이!"

녹전귀가 기괴한 웃음을 터트리며 도끼를 내리쳐 왔다.

"그렇다고 해도 살려 둘 수는 없지만!"

"살려 달라 한 적 없어."

라온이 검을 그어 도끼를 막아서고 한 발 앞으로 다가갔다.

캬캬갸갱!

도끼의 날에 어린 막강한 투기에 검이 부러질 듯 흔들렸다.

'견뎌야 해.'

지금의 힘으로 놈을 부술 수 없다. 도끼의 기운을 흘려 내면서 싸워야 한다.

콰아앙!

라온은 지그하르트에서 배웠던 검술의 묘리를 펼치며 본능처럼 휘두르는 녹전귀의 도끼를 막아섰다.

라온과 오크의 본능을 두른 괴물은 근접거리에서 수없이 검과 도끼를 나누었다.

"뭐, 뭐야."

버렌이 눈을 부릅뜬 채 턱을 덜덜 떨었다.

'이게 뭐냐고…'

바로 눈앞에서 검과 도끼를 나누는 두 괴물의 전투에 숨을 쉴 수가 없었다.

'지, 지금 몇 번을 휘두른 거지?'

검과 도끼의 궤적조차 제대로 볼 수가 없었다. 실력 차이가 난다는 정도가 아니라, 아예 격이 다르다는 뜻이었다.

후우웅!

녹전귀의 도끼가 벼락처럼 떨어져 내린다.

꿀꺽.

마른침이 절로 삼켜졌다.

저 도끼가 자신의 머리 위로 내려왔다면 그 순간 몸이 반쪽 났을 것이다. 그걸 생각하니, 팔뚝에 오싹한 소름이 돋아 올랐다.

하지만 라온은 검으로 반원을 그려 도끼를 그대로 흘려보냈다.

콰아앙!

떨어진 도끼가 대지를 뭉갰다. 갈라진 땅에서 붉은 기운이 터져 나왔다.

"저, 저거…"

버렌이 손가락을 펼쳐서 땅을 긁었다.

'연성검이잖아!'

지그하르트에서 가장 먼저 배우는 기본 검술 연성검. 라온은 그 연성검만으로 저 막강한 도끼를 막아내고 있었다.

놀랍다 못해 경악스러워 입이 다물어지지 않았다.

'많이 따라잡았다고 생각했는데….'

라온의 노력에 감명을 받은 뒤 전력을 다해서 육체와 정신을 키웠다. 이제 그의 등까지 다가갔다고 생각했는데 아니었다.

아까 녹전귀의 팔을 베었던 검. 그리고 지금 보여 주는 라온의 무력은 이미 수련생의 수준을 한참 넘어서 있었다.

"봤지?"

옆에서 들린 탄식 같은 숨소리에 고개를 돌렸다. 마르타가 숨을 몰아쉬며 다가와 있었다.

"저게 저놈의 진짜 무력이다."

마르타는 눈매를 좁힌 채 녹전귀와 동격의 전투를 벌이는 라온을 노려보았다.

"저 녀석이 우리에게 보여 준 건 빙산의 일각밖에 되지 않았어."

지금까지 라온이 무력을 숨기고 있다는 건 알고 있었다.

'하지만….'

자신과 버렌, 루난. 셋이 덤벼도 일격에 밀려났던 녹전귀와 맞먹는 실력을 선보일 거라곤 상상조차 하지 못했다.

'이젠 인정할 수밖에 없겠어.'

마르타가 주먹을 꽉 말아 쥐었다. 이번 임무. 모든 것은 라온의 손아귀에 있었다. 상황은 그가 말한 대로 움직였고, 그가 원하는 대로 이루어졌다.

이제 남은 건 저 괴물을 꺾는 것뿐이었다.

"하아…."

여유를 찾은 루난이 부러진 검을 들고 다가왔다. 그녀의 푸른 눈동자에 힘겹게 버티는 듯한 라온이 어렸다.

꾸욱.

입술을 꽉 깨물고 전투에 참여하려 할 때 그녀의 앞을 마르타가 막았다.

"아서라. 네가 들어가는 순간 갈기갈기 찢겨질 거다."

"도와줄 수 있어."

"그전에 네가 죽는다고."

"상관없어."

루난이 고개를 저었다. 그녀의 눈동자에 들어선 건 힘겹게 도끼를 피하는 라온의 모습뿐이었다.

'이 녀석…'

마르타가 눈매를 좁혔다. 저곳의 위험을 알면서 들어가려 하다니, 라온을 그냥 따라다녔던 건 아닌 것 같았다.

"그럼 조금만 참아라."

"뭐?"

"저 녀석…"

마르타가 라온을 가리켰다. 새빨간 벼락이 거꾸로 치솟은 듯한 눈. 그 눈을 보며 말을 이었다.

"대련에서 나를 이겼을 때의 눈을 하고 있으니까."

"크흐!"

녹전귀는 투기를 펼쳐 내며 이를 드러냈다.

"이제 힘이 달리는 모양이지?"

"……."

라온은 대답하지 않았다. 그저 검술을 펼치고, 도끼를 막아내는 것에만 집중했다.

'살기가 더 짙어지고 있어.'

오크 투사의 갑주를 땅따먹기로 차지한 건 아닌지, 놈은 상반신의 4분지 1이 날아갔음에도 힘이 넘쳤다. 진정 미쳤다는 말이 나올 맷집이었다.

'아까 끝냈어야 했는데.'

라온이 혀를 찼다. 오랜만의 암살이라 살기를 완전히 숨기지 못했다. 상황이 아쉬웠다.

"네놈은 특별해. 그 나이를 생각한다면 대륙 제일의 천재라 불려도 과언이 아니지. 하지만…."

녹전귀의 입꼬리가 초승달처럼 길쭉하게 올라갔다.

"나 역시 특별한 존재다."

놈이 든 도끼의 불꽃이 한층 더 진하게 타올랐다.

후우우웅!

내리치는 도끼에 실린 힘이 이전보다 더 빠르고 매서워졌다.

치이잉!

라온이 검을 옆으로 세워 도끼를 밀어냈다. 이전처럼 흘리기를 쓰려는 때 도끼의 날이 회전하여 검을 짓눌렀다.

"네놈이 사용했던 검술은 이제 모두 파악했다. 기본 검술을 변형시켜서 조금 난

해했지만, 이제 다 끝났어."

녹전귀의 말은 거짓이 아니었다. 라온의 검이 움직일 방향을 미리 읽고, 방어나, 흘리기를 사용할 수 없게 만들었다.

콰아앙!

검과 도끼가 부딪치며 이전과는 다른 굉음이 터져 나왔다. 힘과 힘의 격돌이었다.

"크…."

라온의 입에서 참던 신음이 흘러나왔다. 도끼에 실린 힘이 감당할 수 없을 정도로 커져 팔뚝이 바르르 떨렸다.

"그거 알고 있나? 에덴의 간부에겐 특별한 능력이 있다는 거?"

"……."

"내겐 감각이 있다. 네놈의 검이 어디로 어떻게 움직일지 보이는 감각이지."

녹전귀가 히죽 웃으며 도끼를 횡으로 휘둘렀다. 도끼날에 실린 투기가 기묘한 흐름을 만들어 내며 라온이 피할 방향을 차단했다.

"너도 누구처럼 말이 많군."

라온이 차게 웃으며 검을 올려 쳤다.

끼이잉!

톱니가 비틀리는 듯한 소리와 함께 녹전귀의 도끼가 칼날을 스쳐 땅으로 향했다.

콰아앙!

라온은 무너지는 땅을 박차고 녹전귀의 품으로 파고들었다. 놀라는 놈의 눈을 향해 검을 그어 내렸다.

촤아아악!

녹전귀의 왼쪽 가슴에서 살벌한 양의 피가 치솟았다.

"끄으윽!"

놈은 마구잡이로 도끼를 휘두르며 뒷걸음질을 쳤다.

"쯧."

라온이 혀를 찼다. 이번에도 놈의 몸을 완전히 베어 버리려고 했지만, 힘과 거리가 모자랐다. 성장하지 않은 몸으로 싸우는 건 역시나 쉽지 않았다.

"네, 네놈. 대체 어떻게…."

"네가 내 검술을 읽었듯이, 나도 네 공격 방식을 파악했을 뿐이다."

"…그게 지금 말이 된다고…."

"왜 안 되지? 네놈이 하는 건 나도 할 수 있다."

거짓이 아니다.

놈과 싸우면서 불의 고리를 운용한 덕분에 도끼가 움직일 방향을 예측해 냈다. 완벽하진 않지만, 움직임의 반 정도는 파악되었다.

"후욱…."

녹전귀의 가슴에서 피가 멎기 시작했다. 놈의 전신에서 투기의 불꽃이 타올랐다.

"네 이름이 무엇이냐."

"라온 지그하르트다. 이름조차 없는 에덴의 적귀여."

"금발적안. 볼 때부터 불안하더니…."

살기가 유형화되듯 놈의 눈동자에서 붉은 기운이 치솟았다.

"글렌 지그하르트의 피를 강하게 이어받았군."

"뭐?"

"네놈은 위험해. 무슨 수를 써서라도 여기서 죽여야겠다. 에덴의 미래를 위해서."

콰아아아!

녹전귀의 주변으로 퍼져 나가던 투기가 양날 도끼에 모여들었다. 도끼가 아니라, 붉은 피로 이루어진 철퇴를 보는 듯한 모습이었다.

"네놈과 그 뒤에 있는 지그하르트까지 모조리 부숴 주마."

녹전귀가 이를 바득 갈며 도끼를 들어 올렸다.

라온은 그 막대한 힘을 보고서도 물러서지 않았다. 거대한 기파에 흔들리는 검을 고쳐 잡았다.

"시험해 보기에 딱 좋군."

무릎을 앞으로 뻗고, 검을 뒤로 젖혔다.

고오오오!

검극에 타오르던 하나의 불꽃이 파도를 탄 듯 출렁이며 검신으로 흘러내린다.

만화공 십화.

만화공의 두 번째 문이 열리고, 칼날 위에 피어난 열 송이의 꽃이 춤을 추었다.

제74화

녹전귀는 라온에게 기습을 당한 순간부터 그를 아이라고 생각하지 않았다.

야생동물이라고 생각이 될 정도로 기척을 죽이는 능력과 조금의 망설임도 없는 검격.

'암살자. 그것도 최상급 암살자 수준.'

지그하르트라는 이름을 쓰지 않았다면 암살자라고 생각될 정도의 실력을 가진 괴물이었다.

하지만 놈의 기습은 절반만 성공했고, 자신에게는 오크 투사의 생명력이 있었다.

투기와 생명력을 불태우며 공격에 대비했다. 놈도 기습에 많은 힘을 사용했는지 바로 움직이지 못했다.

시간을 번 동안 투기로 어깨의 출혈을 막고, 힘을 끌어 올렸다.

'다 끝났어.'

어깨째로 팔을 잃었지만, 한 번을 버텼으니, 놈을 이기는 건 어렵지 않으리라 생각했다.

암살자로 키운 놈이니, 정면 대결에선 분명 약할 거라 여겼다.

도끼에 투기를 휘감아 그대로 내리쳤다. 장작처럼 두 쪽을 낼 생각으로 휘둘렀지만, 놈은 그 공격을 가볍게 흘려 냈다.

'기습만이 아니라, 다른 쪽에도 능하다고? 저 나이에?'

말이 되질 않는다.

아무리 지그하르트라고 해도 저런 어린놈이 기습에 이어 저런 흘리기를 사용하는 건 불가능한 일이다.

'보통 놈이 아니야.'

녹전귀는 뭔지 모를 불안감을 느끼며 라온을 향해 계속해서 도끼를 내리쳤다.

놈은 막을 공격은 막고, 피할 공격은 피하면서 자신의 도끼질을 모조리 방어했다. 어린놈이 아니라, 산전수전 모두 겪은 검사와 겨루는 느낌이었다.

'그래도….'

녹전귀에겐 오크 투사의 후각도 있다. 상대 검술의 약점과 부족한 부분을 파악해서 쫓는 그 능력이 있는 이상 패배는 있을 수 없다.

'됐다.'

이 어린놈의 검격이 모조리 파악되었다. 그 약점을 향해 도끼를 내리쳤다.

콰아앙!

검과 도끼가 맞부딪친 소리가 시원하게 울려 퍼졌다. 만족스러운 손맛. 이제 놈의 목을 가르는 것만 남았다.

비틀거리는 놈을 향해 도끼를 그었다. 놈의 모가지에서 피가 흩뿌리는 모습을 기대하려 할 때 놈의 검이 처음 보는 각도로 꺾여서 들어왔다.

캬아앙!

그 안에 담긴 강력한 힘과 일순간의 방심. 도끼가 밀려나고, 자세가 무너져 내렸다.

"이익!"

재빨리 몸을 가누려 할 때 놈이 먼저 들어왔다. 투기의 기운을 가르고 검을 내리쳐 왔다.

퍼어억!

가슴과 갈비뼈가 갈라지는 파육음이 귓가를 울리고, 지독한 통증이 찾아왔다.

"끄으으윽!"

녹전귀가 피를 토하며 하나 남은 손으로 가슴을 움켜쥐었다.

"네놈. 대체 어떻게…."

"네가 내 검술을 읽었듯이, 나도 네 공격 방식을 파악했다."

"그, 그게 지금 말이 된다고…."

"왜 안 되지? 네가 하는 건 나도 할 수 있다."

마른침이 넘어갔다.

옅게 피어나던 위험의 냄새가 점점 지독해졌다. 수많은 인재 중에서도 보지 못한 재능. 저놈이 더 강해진다면 에덴 최대의 적이 될 거라는 예감이 들었다.

'무슨 수를 써서라도….'

저놈을 죽여야 했다.

고오오오!

남은 투기와 생명력을 불태워서 도끼에 휘감았다. 양날 도끼의 날이 불에 담긴 듯 진하게 타올랐다.

"크아아아아!"

라온이라는 놈과 그 뒤의 지그하르트까지 모조리 제거하기 위해 도끼를 내리찍으려는 찰나.

빠직.

놈의 눈동자가 새빨갛게 타올랐다.

화아아악!

그가 '만화공 십화'라고 중얼거리자, 검 끝에서 타오르던 작은 불씨가 검날 위로 퍼지며 화염의 꽃 열 송이가 피어났다.

"아…."

그 불꽃을 본 순간 심장이 꽉 조여들었다. 지혈해 놓은 가슴의 상처가 다시 터져 나왔다.

놈이 불꽃으로 타오르는 검을 겨누며 악귀 같은 눈을 번쩍였다.

"십화의 첫 번째 희생자가 되는 걸 영광으로 생각해라."

화르르륵!

라온은 검 전체를 휘감은 불길을 보며 두 눈을 빛냈다.

'성공했군.'

아직은 무리라고 생각했지만, 실전에서 얻은 깨달음 덕분에 십화를 이뤄 낼 수 있었다.

고오오오!

힘이 넘쳐난다. 정상적인 녹전귀라고 해도 베어 낼 힘이 검 위로 용솟음쳤다.

"끄으…."

눈앞에 있는 녹전귀의 경악이 투구를 뚫고 전해졌다.

"네, 네놈은 대체 무엇이냐! 어찌 그 나이에…."

오크 투사로서 가지는 본능조차 이겨 낸 놀라움인지 그의 목소리가 인간처럼 돌아갔다.

"지금 중요한 건 그게 아니지."

라온은 불길에 휩싸인 검을 휘돌리며 한 걸음 걸었다.

"와라."

"흐욱…."

녹전귀의 투구에서 허연 김이 빠져나왔다. 가진 모든 기운을 도끼를 쥔 오른팔에 집중하기 시작했다.

콰앙!

땅을 박차고 공간으로 파고들었다. 그대로 내리치는 양날 도끼. 놈이 가진 모든 기운이 그 안에 담겨 있었다.

치이이잉!

라온은 도끼가 코앞까지 다가온 순간 젖혀 두었던 검을 내질렀다.

만화공 십화.

염권풍.

검신 위에 따리를 튼 꽃송이들이 길게 펼쳐지며 회전한다. 검날을 탄 화염의 용오름. 그 강렬한 화력이 혈귀의 투기를 갈랐다.

콰아아아아!

열 개의 불꽃에 이르러야만 사용할 수 있는 만화공의 검술 염권풍의 위력에 녹전귀가 이를 악물었다.

"아직이다! 네놈만큼은 무조건…."

"아니, 이미 끝났어."

라온은 담담하게 중얼거리며 검을 그었다.

촤아악!

이미 찢겨 나간 투기는 십화의 불길을 이겨 내지 못했다. 불꽃이 담긴 은빛 칼날이 녹전귀의 심장을 꿰뚫었다.

"끄윽, 너, 너 지그하르…."

녹전귀는 마지막 말을 맺지 못하고 뒤로 넘어갔다.

캬아앙!

놈의 얼굴을 감싸고 있던 진녹색 투구와 갑주가 반으로 갈라져서 쪼개졌다. 그 안에는 인상이 강해 보이는 20대 청년이 눈을 까뒤집은 채 죽어 있었다.

후우욱.

라온이 십화의 불꽃을 꺼뜨렸다.

"후욱…."

피로가 한순간에 몰려와 탁한 숨이 흘러나왔다. 다리에 힘이 풀려 당장에 주저앉고 싶었지만, 꾹 참고 뒤를 돌았다.

경악, 전율, 안도, 경외 등 수련생들과 마을 사람들의 다양한 감정이 담긴 시선이 그대로 느껴졌다.

"너…."

"라온."

"너란 새끼는 정말이지…."

버렌은 말을 잇지 못하고 입술을 떨었고, 루난은 본인이 더 긴장했는지 주저앉았으며, 마르타는 당장에 달려들 것처럼 눈을 빛냈다.

"아직 끝나지 않았어."

라온은 검을 들어 올려 넋이 나간 녹귀들을 가리켰다. 녹전귀가 패할 거라곤 조금도 생각하지 못했는지 놈들은 어쩔 줄을 모르고 있었다.

"모조리 쓸어버려!"

"우와아아아!"

라온의 승리에 기세가 하늘 끝까지 올라간 수련생들은 전장을 둘러싸고 있던 녹귀들을 향해 돌진했다.

"후우…."

라온은 불의 고리를 회전시켜 육체에 내려앉은 피로를 녹이고, 단전에 오러를 채워 나갔다.

'역시 대단하다니까.'

불의 고리의 진정한 효과는 전투 전과 전투 중만이 아니라, 전투 이후에 나타난다. 소모한 오러가 급류를 탄 배처럼 솟구치고, 근육에 가득 쌓인 젖산이 녹아내렸다.

특히 이제 막 발광을 시작하려는 마나 회로 내부의 냉기마저 막아 준다. 여러모로 최고의 연공법이었다.

'이것도 웃기는 일이군.'

전생에서 저 에덴과 부딪친 이후 도망치다가 불의 고리를 얻었으니, 웃기다면 웃긴 일이다.

반대로 아버지와 누나의 목숨을 가져간 원수이기도 하지만.

"이야아아아!"

"녹귀들을 모조리 베어라!"

"싸움을 끝내!"

라온이 당당히 서서 노려보고 있으니, 녹귀들은 감히 덤벼들거나, 도망치지 못하고 수련생들에게 그대로 목을 헌납했다.

전투는 10분이 채 지나기 전에 끝났고, 목책 앞에 남은 사람은 수련생들밖에 없었다.

"라온."

마지막 녹귀를 베어 버린 루난이 달려와서 어깨를 잡았다. 본인 나름대로 잘했다는 표현 같았다.

"라온 지그하르트."

뒤를 이어 버렌이 다가왔다.

"후우, 네, 네 말이 맞았다. 적은 강했고, 우린 약했어. 한 번의 승리에 도취되어서 내가 눈이 멀었던 것 같다. 미안하다."

그는 입술을 꽉 깨문 채 허리를 굽혔다. 복종의 의미라고 생각될 정도로 깊게.

"네가 아니라면 우리만이 아니라, 지켜야 할 마을 사람들까지 죽었겠지. 고맙다. 그리고 미안하다. 다만…"

버렌이 고개를 들어 올리며 말을 이었다.

"그래도 난 갔을 거다. 힘이 모자라다고 해도 불의를 넘기는 건 내가 생각하는 지그하르트 검사의 모습이 아니니까.”

"잘했어.”

라온이 버렌의 녹색 눈을 보며 고개를 끄덕였다.

"뭐?"

"너희가 전력을 다해서 싸워 준 덕분에 녹전귀의 틈을 노릴 수가 있었지. 이 승리에는 너희의 공이 커.”

"무, 무슨 의도냐! 내게 뭘 원하는 거야!”

생각지도 못한 칭찬을 들었기 때문인지 버렌이 긴장하며 손가락을 떨었다.

"진심이다.”

"으음, 다, 다음엔 이렇게 되지 않을 거다.”

버렌은 고개를 푹 숙인 채로 중얼거렸다.

"미래의 너를 따라잡을 수 있을 정도로 힘을 키워 내 역할을 똑똑히 해낼 거다!"

그는 다시 한번 고개를 숙였다. 목숨을 구해 주어서 감사하다는 의미와 깨달음을 얻게 해 줘서 감사하다는 뜻이 동시에 담긴 인사였다.

"나와 모두의 목숨을 구해 주어서 고맙다.”

그 말을 끝으로 버렌은 방계들과 마을로 들어갔다. 바로 목책 재건 작업을 시작하려는 것 같았다.

이 상황에서도 마을을 생각하다니, 역시나 녀석은 리더에 어울리는 인재였다.

"마르타.”

라온은 팔짱을 낀 채로 가만히 서 있는 마르타를 불렀다.

"수고했다. 네가 제 역할을 해 준 덕분에 싸움을 쉽게 가져갈 수 있었어.”

마르타가 녹전귀의 시선을 끝까지 가져가지 않았다면 기습에 실패해서 놈과의 싸움이 훨씬 더 거칠어졌을 거다.

그녀는 지시 그 이상으로 잘해 주었다.

"시키는 대로도 못 하면 혀 깨물고 죽어야지."

마르타가 입꼬리를 살랑살랑 움직이다가 고개를 홱 돌리고 마을로 들어갔다. 말과는 달리 칭찬이 마음에 들었던 것 같다.

"하아…."

라온이 숨을 내뱉었다. 완전히 긴장이 풀렸기 때문일까. 육체의 피로와 상관없이 다리에 힘이 풀렸다.

턱.

뒤로 넘어지려는 순간 등 뒤에서 부드러운 감각이 느껴졌다. 돌아보니 루난이 등을 잡아 주고 있었다.

"쓰러질 것 같았어."

그녀는 고개를 꾸벅였다.

"그걸 어떻게 알았는데?"

"수련을 했을 때와 같았으니까."

루난이 입을 다문 채 턱을 끄덕였다.

"그러냐."

자신이 이들을 봐 온 것처럼 이들도 자신을 잘 봐 왔던 것 같다.

"후."

라온이 픽 웃으며 주저앉았다. 그동안 너무 긴장했던지 잠이 쏟아졌다.

극한의 전투….

눈앞에 몇 가지 메시지가 떠올랐지만, 볼 기운이 없었다. 그대로 눈을 감고 잠에 빠져들었다.

환생한 암살자는
검술 천재

제75화

라온은 늦잠을 잔 듯한 개운함을 느끼며 눈을 떴다. 낯선 천장 아래 여러 개의 메시지가 올라와 있었다.

극한의 전투에서 한계를 넘어선 능력을 발휘하셨습니다.
모든 능력치가 1포인트 상승합니다.
자신보다 격이 높은 상대를 꺾으셨습니다.
칭호 <꺾이지 않는 자>가 생성되었습니다.
자신보다 강한 상대에게 기습을 성공시키셨습니다.
특성 <암습>이 생성되었습니다.

전부 좋은 의미의 메시지들이었다.

"으음…."

라온이 눈을 깜빡이며 상체를 일으켰다. 처음 보는 통나무집 안. 아직 세부 마을에 있는 것 같았다.

"이게 다 뭐지?"

다시 한번 메시지들을 확인해 보았다. 녹전귀와의 전투 덕분에 얻은 능력치와 칭호 특성들이었다.

-그런 허접한 놈을 잡았다고 이런 보상을 주다니….

라스는 보상을 받는다는 것 자체가 마음에 들지 않는 듯 이를 갈았다.

-그저 근성만 있는 멍청이일 뿐이었는데, 능력치에 칭호, 특성까지 주다니. 어처구니가 없도다.

'네 능력이잖아.'

라온은 손바닥을 들어 냉기와 분노를 동시에 일으키는 라스를 밀어냈다.

-젠장! 직접 쓸 때는 몰랐는데, 저건 정말이지….

말을 마치지 않았어도 무슨 말을 하려는 건지 이해가 갔다.

'확실히 사기야.'

라온이 느릿하게 고개를 주억이며 상태창을 불러왔다.

<상태창>

이름 : 라온 지그하르트.　　칭호 : <꺾이지 않는 자>.

상태 : 혹한의 저주(다섯 가닥).

특성 : 분노, 불의 고리(4성) 수속성 저항력(4성),

설화의 감각(3성) 만화공(3성), 혹한의 냉기(3성),

화속성 저항력(3성), 블리딩 커스(1성), 암습(1성).

근력 : 57　　민첩성 : 58

체력 : 59　　기력 : 42　　감각 : 64

가장 먼저 눈에 들어온 건 칭호였다. <최초의 승리>에서 <꺾이지 않는 자>로 바뀌어 있었다.

칭호가 바뀌어도 칭호가 가졌던 능력치는 유지되고 있었다. 새로 얻은 칭호를 확인해 보았다.

<꺾이지 않는 자>

강자와 싸워도 꺾이지 않는 정신력을 가진 자에게 주어지는 칭호.

능력 : 자신보다 강한 상대와 싸울 때 모든 능력치 3% 상승.

'이거 진짜인가?'

라온이 눈매를 좁혔다. 3% 상승이라고 하면 별거 아닌 것 같지만, 이건 성장할수록 특별해지는 능력이다.

특히 앞으로 만날 상대들 대부분이 자신보다 강할 테니, 거의 항상 유지된다고 봐도 되는 칭호였다.

'그럼 다음으로….'

두 번째 새로 생겨난 특성 <암습>을 보았다.

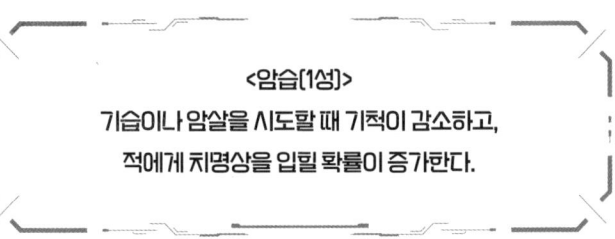

'암살용 특성이군.'

기척을 죽이고, 치명상 확률을 높이는 암살용 특성이었다.

'이게 이전에 있었다면….'

녹전귀는 자신이 검을 내리치기 전에 이미 기척을 파악했었다.

만일 이 특성을 미리 가지고 있었다면 놈을 일검에 베어 버릴 수도 있었을 거다.

'뭐, 그랬다면 이 능력들을 얻지는 못했겠지만.'

힘겨운 싸움을 겪은 이후에 한층 더 강해졌으니, 전화위복이라는 게 바로 이런 때에 쓰는 말이다.

라온은 상승한 능력치를 확인한 뒤 상태창을 껐다.

'네 덕분에 날이 갈수록 강해지네. 고맙다'

-끄으….

상태창을 보지 못한 라스가 푸른 눈을 겨누고 있었다.

-네놈은 절대 곱게 죽지 못할 것이다. 네놈의 육체를 씹고, 씹고, 또 씹은 뒤 평생 고통에 살게 하리라.

'가능하면 얼마든지.'

이미 최악의 죽음을 겪고 두 번째 삶을 살고 있는 라온에게 라스의 분노와 협박은 웃으며 넘길 수준밖에 되지 않았다.

"으윽…."

라온이 기지개를 펴고 일어섰다. 능력치가 올랐기 때문인지 육체의 근육통도, 머리를 울리던 두통도 모두 사라진 상태였다.

덜컥.

문을 열고 나가니, 기절할 때처럼 하늘이 껌껌했다. 아무래도 하루 내내 잠에 빠져 있었던 모양이다.

"다시 만들었군."

수련생들이 모두 함께 움직였는지 무너졌던 마을의 목책은 이전보다 더 높고 단단하게 만들어져 있었다.

"라온?"

놀란 목소리에 뒤를 돌자, 루난이 맹하니 서 있었다. 세숫대야를 들고 있는 걸 보니, 방에 오는 길이었던 것 같다.

"괜찮아?"

"그래."

라온이 고개를 끄덕였다. 푹 자고 일어났더니, 완벽하게 정상으로 돌아왔다.

"그럼 가자."

"어딜?"

"저녁. 모두 모여 있어."

그녀가 손가락으로 뒤를 가리켰다.

"음…."

라온이 배를 쓰다듬었다. 하루 이상 아무것도 먹지 않았더니, 허기가 지긴 했다.

"알겠어."

"응."

라온은 루난의 뒤를 따라 마을 중앙으로 향했다. 가운데에 큰 화로에서 불이 타오르고 있었고, 마을 사람들과 수련생들이 모여 있었다.

몇 명은 보이지 않는 걸 보니, 경계를 서고 있는 것 같았다.

"어? 라온!"

"라온 님!"

"라온 지그하르트!"

"으, 은인이 일어나셨다!"

"은인!"

화로 주변으로 둥글게 앉아 있던 수련생들과 마을 사람들이 벌떡 일어나서 소리쳤다.

"모, 몸은! 몸은 괜찮은 거냐?"

"이상은 없습니까?"

"일어나셔서 다행입니다!"

버렌이 가장 먼저 뛰어와 눈을 크게 떴고, 그 뒤로 다른 수련생들도 쫓아와 걱정으로 가득 찬 눈으로 라온을 살폈다.

"은인!"

"마을을 구해 주셔서 감사합니다! 은인!"

"저희 마을을 위해서 그렇게 싸워 주시다니…."

촌장을 비롯한 마을 사람들도 달려와 무릎을 꿇고 감사 인사를 전했다.

"……."

라온은 그들 모두를 지켜보며 마른침을 삼켰다.

모두의 눈.

그 눈에 담겨 있는 감정들이 피부에 와 닿았다. 감사, 고마움, 보답, 경외.

수련생들의 눈빛에서는 부끄러움과 고마움, 경의, 열망, 동경 등이 느껴졌다.

열망은 질시와 비슷한 눈빛이었지만, 그와 전혀 다른 감정이다.

그들은 라온을 질투하는 게 아니라, 그처럼 되고 싶다는 감정을 마음에 담고 있었다.

그 뒤를 쫓고, 그 검을 추구하는 롤 모델로 라온을 고른 것이다.

"……."

라온은 가슴 깊숙하게 다가오는 사람들의 눈빛을 받아들였다.

가슴이 뛴다.

단 한 번도 느껴 보지 못한 감정이 심장을 휘감았다.

전생에서 암살자로 살아갈 때 감사와 인정, 동경의 감정 따윈 받은 적이 없었다.

그저 삶과 죽음만이 존재했다.

로베르트 가문을 위해서 목숨을 걸고 사람을 죽이고, 정보를 캐내도 그 인정과 보상은 데루스 로베르트를 비롯한 양지의 인간들이 받았다.

나의 삶에서 이러한 인정을 받은 것은 처음.

검술이나, 오러를 수련하면서 느끼는 성취감과는 다른 전율이 일었다.

다시 모두를 보았다.

마을 사람들은 감사하다 외치고, 수련생들은 동경과 감탄이 어린 눈빛으로 자신을 걱정했다.

'그래. 앞으로는….'

라온이 주먹을 꽉 말아 쥐었다. 앞으로의 삶은 암살자가 아닌, 검사의 삶. 이런 모습을 수도 없이 보게 될 것이다.

욕심이 난다.

더 큰 인정을 그리고 더 동경의 눈빛을 받고 싶다는 욕망이 뭉클 솟아올랐다.

앞으로는 더….

라온은 식사를 끝낸 뒤 촌장을 찾아갔다. 촌장은 어쩔 줄을 몰라 허리를 푹 굽힌 채 고개를 숙였다.

"잠시 이야기 좀 할 수 있겠습니까?"

"무, 물론입니다!"

굼벵이처럼 몸을 말은 촌장을 일으키고, 구석으로 데리고 갔다.

"마을을 습격한 놈들이 누구인지는 알고 계십니까?"

"아, 예. 몬스터를 조종하는 에덴이라는 놈들이라는 건 알고 있습니다."

촌장이 고개를 끄덕였다. 이런 작은 마을에도 에덴의 악명은 퍼져 있었다.

"그런데 그런 놈들이 왜 여기를 노렸는지는 모르겠습니다. 정말 아무것도 없는 작은 마을인데…."

촌장은 이상하다고 중얼거리며 고개를 흔들었다.

"제가 놈과 싸우면서 들은 건데, 혹시 세부산에서 붉은 보석 하나를 구해 오시지 않았습니까?"

"붉은 보석? 아, 있습니다. 제가 젊을 때 산에서 발견해서 마을로 가지고 왔지… 서, 설마!"

"네. 놈들이 노린 물건이 바로 그 보석입니다."

라온의 말에 촌장의 눈동자가 휘둥그레졌다.

"그, 그럼 그 돌 때문에 이 난리가 난…."

"그렇습니다."

고개를 끄덕였다. 촌장이 스스로 보석을 넘길 수 있도록 여기서는 솔직하게 말을 해 줘야 한다.

"내가, 내가 마을을 망하게 할 뻔했다니! 아이고! 내가!"

촌장은 바닥에 주저앉아 땅을 치기 시작했다.

"그 보석이 마을에 있는 한 에덴의 귀신들이 계속해서 찾아올 겁니다."

"보석을 땅에 묻은 이후부터 땅이 비옥해지고, 냉기가 줄어들어서 수호신처럼 모셔 놨는데, 그런 일이…."

촌장의 말을 들으니, 더 확실해졌다. 고블린 왕은 강한 화속성을 지닌 몬스터. 놈이 남긴 보물이니, 마을을 따끈하게 데워 주었을 것이다.

"그, 그럼 어떻게 해야 합니까? 지금이라도 보석을 버려야…."

"제가 가져가겠습니다."

"예? 은인께서?"

"에덴은 대륙의 인간을 지우려는 악랄한 놈들입니다. 버린다면 결국 놈들의 손에 넘어갈 가능성이 높으니, 제가 지그하르트로 가져가겠습니다."

"또 그런 실례를 범할 수는 없습니다."

"괜찮아요. 그게 지그하르트의 길이니까요."

"아아!"

라온은 버렌이 할 법한 대사를 읊었다. 감동했는지 촌장의 눈동자가 이슬처럼 반짝거렸다.

"지그하르트는 또 한 번 저희에게 갚을 수 없는 은혜를 베풀어 주시는군요."

"또 한 번?"

"예. 현 가주이신 글렌 지그하르트 님께서 몇십 년 전에 저희 마을을 구해 주신 적이 있습니다. 그때 제 나이가 은인보다 조금 더 많았을 겁니다."

촌장은 옛날을 생각하는 듯 턱을 올려 노란 별이 가득한 하늘을 보았다.

"가주님이요?"

"예. 은인처럼 마을 전체를 구하시고, 미소를 지으시며 친절하게 대해 주셨습니다."

"음…."

라온이 고개를 갸웃거렸다.

'친절과 미소라…'

지금 글렌의 얼굴을 생각해 보니, 전혀 상상되지 않는 그림이었다.

"어이구, 이 노인네가 쓸데없는 옛이야기를 했군요. 이쪽으로 오시죠. 바로 드리겠습니다."

촌장은 민망한 듯 머리를 긁적이며 동쪽에 있는 본인의 집으로 향했다.

'그 사람에게도 그런 때가 있었군.'

라온은 얼음덩이 같은 글렌의 미소를 상상하며 촌장의 뒤를 따라갔다.

촌장의 집은 라온이 깨어났던 서쪽 끝에 있었다. 보통 촌장 집은 중앙에 있기 마련인데, 끝에 있는 건 의외였다.

"여기가 촌장님 집이었군요. 실례했습니다."

"어휴! 아닙니다!"

촌장은 라온에게 손을 저었다.

"그런데 보통 촌장님들은 마을 중앙에 살지 않으십니까?"

"전 처음부터 여기에 살다 보니, 정이 들어서 떠나기 뭣하더군요."

촌장은 볼을 긁적이면서 집의 마당으로 향했다.

"이곳에 묻어 놓았습니다. 마을을 따뜻하게 덥혀 주어서 복이 찾아왔다고 생각했는데, 흉이었군요."

그는 마당에 있는 작은 밭을 파기 시작했다. 거의 30분가량 땅을 파고 나서야 검은색 천에 쌓인 무언가를 꺼냈다.

"그 천은…"

"저희 집안에서 대대로 내려온 보자기입니다. 이 돌이 진한 붉은빛을 내뿜어서 보이지 않도록 감싸 놓았습니다.”

촌장은 그렇게 말하며 천을 풀었다.

화아아아!

후덥지근한 열기와 함께 강렬한 붉은빛이 어둑한 텃밭을 밝혔다. 거대한 불길을 피운 듯 세상이 밝아졌다.

'이게 고블린 왕의 마석….'

이 마석이 에덴에게 주어진다면 고블린 왕의 능력을 가진 새로운 괴물이 탄생하게 될 것이다.

"어르신. 일단 그걸 다시 그 천에 감….”

"그래서였군.”

보석을 다시 감추라고 말을 하려 할 때였다. 우측에서 침착하고 굵직한 목소리가 들려왔다.

"헉!”

라온이 촌장의 앞을 막아서며 고개를 들어 올렸다.

전장의 장수가 이러할까?

거칠고 사나운 인상에 육체는 흉터로 가득했다. 덩치가 굉장히 컸는데, 그 큰 체격으로 가느다란 목책을 밟고 있는 모습이 이질적이었다.

가장 시선을 끌어 모으는 건 눈이다. 샛노란 눈빛에서 머리털을 쭈뼛 서게 만드는 광기가 느껴졌다.

'느끼지도 못했는데?'

저런 덩치가 이곳까지 올 동안 감각에 잡히지 않았다니, 보통 고수가 아니었다.

"넌 누구냐.”

"나? 글쎄?"

중년인이 손가락을 튕기자, 그의 눈앞에 녹색의 투구가 생겨났다. 둥그런 두상에, 위아래로 거대한 뼈드렁니가 드러났고, 머리 위엔 외뿔이 하나 돋아 있었다.

오우거.

숲과 산의 제왕이라는 몬스터의 얼굴이 새겨진 투구가 남자의 손에서 빙그르르 돌아갔다.

"내가 누굴까?"

제76화

오우거.

강력한 근력과 민첩성에 지능까지 뛰어나 숲과 산의 폭군이라 불리는 몬스터다.

흉폭함으로는 몬스터 중에서도 손에 꼽을 정도라, 테이밍을 건 마법사를 역으로 죽이는 일도 잦았다.

몬스터의 힘을 운용하는 에덴에도 당연히 오우거의 특성을 이어받은 괴물이 있었다.

광혈귀.

피에 미친 귀신이라는 뜻의 이름은 흉폭함과 광기를 자랑하는 오우거와 너무도 잘 어울리는 이름이었다.

"…광혈귀인가?"

라온이 입술을 짓씹었다. 입술에서 흘러나온 피가 턱을 스치는 게 느껴졌다.

"아무리 지그하르트의 새싹이라고 해도 한 눈에 이 투구를 바로 알아보다니, 보통 눈썰미가 아니야."

광혈귀는 키득거리며 돌리던 투구를 손아귀에 잡았다.

"거기다 무력을 정확하게 예측할 수가 없군. 역시 네가 녹전귀를 베었나?"

"……."

라온은 대답하지 못하고 손을 떨었다. 광혈귀의 무력은 지금의 자신으로는. 아니, 이곳 모두의 힘을 합쳐도 감당할 수 없는 수준이었으니까.

"너 같은 놈이 왜 여기에…."

"녹전귀에게 임무를 넘긴 게 나였으니까. 그리 쉽게 갈 줄은 상상도 못 했거든."

광혈귀가 키득 웃으며 일어섰다. 거대한 키. 목책 위에 철탑이 솟아오른 것 같았다.

"그 천. 다르크라는 물건이다. 내부의 기운을 감춰 주는 특별한 효능이 있지. 영감. 운이 좋았어. 그걸로 감싸지 않았다면 이 마을은 처음부터 잿더미가 되었을 거야."

광혈귀는 고블린 왕의 마석을 감싼 천을 아주 친절하게 설명해 주었다.

"뭐, 덕분에 나한테까지 순서가 돌아왔지만."

그가 솥뚜껑만 한 오우거의 투구를 머리에 착용했다.

당연히 맞지 않았지만, 오러를 운용하자 투구에서 기이한 울림이 일어났다.

기이잉!

내부의 무언가가 돌아가는 듯한 소리와 함께 투구의 크기가 광혈귀의 머리에 맞게 축소되기 시작했다.

우우우웅!

투구에서 녹색 쇳물이 쏟아져 광혈귀의 몸을 뒤덮었다. 바위만 한 근육이 도드라진 오우거의 갑옷이 만들어지기 시작했다.

'틈이 없어.'

라온이 입술을 깨물었다. 공격하고 싶었지만, 광혈귀에게선 조금의 틈도 보이지 않았다.

쿠구구구!

비어 있던 투구의 눈에서 광기가 어린 빛이 솟구치자, 순간 숨이 쉬어지지 않았다.

-라온 지그하르트.

간신히 버티고 있을 때 팔찌에서 라스가 솟구쳤다. 납을 단 것처럼 목소리가 무거웠다.

-솔직하게 말하지. 지금 너에겐 두 가지 선택권이 있다.

'선택?'

-저놈에게 죽거나, 본왕에게 몸을 넘기거나.

진실만을 말하는 듯 라스의 목소리는 진중했다.

-네게 주어진 선택권은 오직 그 둘 뿐이다.

버렌 지그하르트는 수련생들과 함께 설치한 목책을 다시 한번 점검하고 있었다.

'괜찮군.'

교관들에게 배웠던 방식으로 목책을 지으니, 짧은 시간에 완성했음에도 내구성이 나쁘지 않았다.

오크나 고블린의 공격이라면 어렵지 않게 버틸 수 있을 것 같았다.

재료는 대부분 도리안의 주머니에서 나왔다. 도움이 되긴 했지만 이런 물건을 왜 가지고 다니는 건지 모르겠다.

"버렌 님. 라온이 촌장과 함께 사라졌는데 괜찮겠습니까?"

바로 뒤에 있던 방계가 버렌에게 다가와 속삭였다.

"그런데?"

버렌이 뒤를 돌아보며 되물었다.

"아니, 녀석이 촌장이 주는 보물 같은 걸 챙기면…."

"의미 없다."

픽 웃으며 고개를 저었다.

"너희도 알지 않느냐. 라온이 아니었다면 우리만이 아니라, 이 마을 전체가 피에 잠겼을 거다. 녀석이 무엇을 받든, 무엇을 배우든 우리에게 발언권은 없어. 그리고…."

진심이 담긴 목소리에 방계들이 모두 입을 다물었다.

"우리 모두는 지그하르트의 이름을 걸고 있다. 내부에서 강해지기 위한 경쟁이라면 모를까. 밖에서는 다툴 필요도 질시할 필요도 없다. 너희들도 어느 정도 깨달았지 않느냐."

"음, 그건…."

"그렇습니다."

방계 수련생들이 고개를 끄덕였다.

'맞는 말씀이야.'

녹전귀와의 전투를 통해 수련생들은 라온에게 큰 감명을 받은 상태였다. 솔직히 이젠 질시나, 질투도 느껴지지 않았다.

"버러지들도 이제야 정신을 좀 차린 모양이네."

"마르타?"

한심함이 담긴 목소리에 버렌이 고개를 들었다. 마르타가 목책 옆 나무 위에서 다리를 흔들고 있었다.

"네가 왜 여기에 있지?"

"너희들이 목책을 제대로 만들었는지 확인해 보려고."

"그래서 목책의 상태는?"

"허술한 놈들치고는 나쁘지 않네. 그래도 대가리가 아예 돌은 아닌가 봐?"

"확인했으면 사라져라. 여긴 우리가 마무리할 테니."

"내게 명령할 수 있는 건 한 명뿐이야."

마르타는 코웃음을 치며 나무에서 내려왔다. 그녀가 버렌에게 다가가려 할 때 안쪽 수풀에서 바스락 소리가 들려왔다.

"누구냐!"

"거기 나와!"

버렌과 마르타가 자세를 낮출 때 수풀에서 은빛 머리칼의 소녀가 불쑥 솟구쳤다.

"루난?"

"여기서 뭐 하는 거지?"

"열매."

루난이 들고 있던 바구니를 보여 주었다. 노랗게 잘 익은 금색 사과가 담겨 있었다.

"그걸 여기서 왜 따는데?"

"라온 주려고."

"마을 사람들이 따 놓은 거 있잖아."

"이게 신선해."

루난은 멍한 눈으로 조곤조곤 답했다.

"누가 보면 이미 결혼한 줄 알겠어."

마르타가 차가운 눈으로 이죽거렸지만, 루난은 별 반응 없이 바구니를 챙겼다.

"갈게."

그녀가 그대로 떠나려고 할 때였다.

콰아아아앙!

마을 외곽에서 지축이 뒤틀리는 듯한 어마어마한 굉음이 터져 나왔다.

"뭐, 뭐야!"

"이게 무슨….”

"저긴….”

머리를 감싼 채 주저앉았던 버렌, 루난, 마르타가 눈을 부릅떴다.

"라온."

"라온과 촌장이 간 방향이다!"

루난과 마르타가 먼저 움직였다.

"긴급 상황이다! 너희들은 무기를 챙겨서 다른 수련생들을 불러와!"

"예!"

버렌이 두 사람을 쫓으며 지시를 내렸다.

쿠우우웅!

모두가 라온이 있는 곳으로 달려가려 할 때 다시 한번 터져 나온 막강한 기운이 마을 중앙까지 이어졌다.

"콰아아아!"

주저앉는 건물들 사이에서 무언가를 안고 있는 금발의 소년이 튕겨 나왔다.

"어?"

"헉!"

루난과 마르타는 바닥을 구르는 소년을 보고 입을 떡 벌렸다.

"라온?"

"라, 라온 지그하르트!"

그 아이는 라온이었다. 그는 녹전귀를 상대할 때보다도 더 긴장한 표정으로 입술을 깨물고 있었다.

"루난!"

라온이 루난의 이름을 부르며 품에 안고 있던 무언가를 던졌다.

"으응."

루난은 앞으로 달려가 라온이 던진 걸 받아 냈다. 그건 이마에 피를 흘린 채 정신을 잃은 촌장이었다.

"루난. 마르타. 오지 마! 당장 여길 벗어나!"

그의 표정은 다급하다 못해 숨이 끊어질 것 같았다.

"너 대체…."

마르타는 라온에게 다가가다 말고 멈춰 서서 서쪽을 바라보았다.

쿵!

대지가 비명을 지르는 듯한 사나운 걸음이 허공을 메운 모래 먼지를 갈랐다.

산 그 자체가 인간으로 화한 듯한 녹색의 거인이 다가온다. 팔과 다리의 근육은 바위를 뭉친 듯 단단했고, 샛노란 눈빛에선 광기가 이글거렸다.

"저건…."

"오, 오우거의 갑주…."

산과 숲의 제왕이라 불리는 오우거의 투구와 갑옷을 착용한 남자의 기파에 마르타와 루난의 생각이 멈춰 버렸다.

"과, 광혈귀…."

마르타의 입에서 오우거 투구를 착용한 남자의 이름이 흘러나왔다.

그 피 냄새가 흐르는 이름에 공기가 더욱 무거워졌다.

"귀여운 녀석들도 있었군."

"아…."

광혈귀의 투구에서 광기가 스멀스멀 피어난다. 마르타와 루난은 곧 주저앉을 것처럼 다리를 떨었다.

"라온! 이번엔 뭐…헉!"

뒤늦게 달려오던 버렌과 수련생들이 움찔 놀라며 멈춰 섰다. 광혈귀의 기세에 몸이 굳어 버린 것이다.

"지그하르트의 이름을 달고 있는 것치고는 움직임이 늦구나."

"아아…."

"저…."

광혈귀의 눈동자가 누렇게 번쩍였다. 포식자가 뿜어내는 짙은 살기에 수련생들이 가슴을 움켜쥐고 무릎을 꿇었다.

"정신 차려!"

수련생들이 무너지려 할 때 라온의 낭랑한 목소리가 광혈귀의 공포를 뚫어 냈다.

"고오오오!"

라온의 정심한 기운이 퍼져 나가자, 수련생들의 어둑해진 눈동자에 빛이 돌아왔다.

"그렇게 멍청하게 있다간 전멸이다! 버렌! 수련생들에게 지시를 내려서 마을 사람들을 대피시키고, 마르타와 루난은 뒤로 떨어져서 견제를 준비해!"

"응."

"후우…."

"아, 알겠다. 금방 돌아오마!"

버렌은 이를 악물고 뒤로 뛰었고, 루난과 마르타는 오러를 운용하며 양옆으로 떨어졌다.

"저놈의 주먹에 얻어맞으면 죽는다고 생각해. 절대 정면에서 부딪치지 말고, 나를 보조해."

라온은 광혈귀에게서 눈을 떼지 않은 채 작게 입을 뗐다.

루난과 마르타가 동시에 고개를 끄덕였다.

"리메르 교관이 매번 말했지? 한계를 넘어야 한다고."

라온이 이를 악물며 말을 이었다.

"지금이 그때야. 정신과 육체 모두 한계를 넘어야 할 순간이다."

"한계를 넘는다?"

광혈귀가 히죽 웃으며 손아귀를 움켜쥐었다. 붉은 투기가 치솟으며 공기가 일그러졌다.

"그걸로 될까?"

❖❖❖❖❖

치이이잉!

라온은 불의 고리를 회전시켜 긴장을 풀어내며 검을 고쳐 잡았다.

'일격이었지.'

광혈귀가 펼쳐 낸 권격을 피했음에도 피부가 터져 나갔다. 가히 압도적인 무력. 끝이 보이지 않는 힘이다.

'전생이었어도 힘들어….'

암살이라면 모를까. 정면으로 싸운다면 전생의 육체로 싸워도 이 괴물을 이긴다는 확신이 들지 않았다.

그야말로 절망적인 상황이지만, 이대로 물러설 수는 없다. 어떻게 해서든 빈틈을 노려 놈의 목을 베어야 한다.

'그런데….'

보이지 않는다.

끝을 모를 절벽이 인간이 된 것처럼 자그마한 틈도 보이지 않았다.

"금방이라도 덤빌 것처럼 굴더니, 안 오는 거냐?"

광혈귀가 턱을 치켜든 채 히죽 웃었다.

"네가 오지 않는다면 내가 가마!"

놈이 대지를 뭉개며 발을 굴렀다. 순식간에 시야 전체가 광혈귀로 가득 찼다. 말도 안 되는 속도였다.

후웅!

초고속으로 다가온 광혈귀가 주먹을 내뻗어 온다. 머리를 노려 오는 바위만 한 주먹을 향해 검을 내리그었다.

만화공 십화.

회천.

대기를 가르는 화염이 검이 광혈귀의 주먹을 향해 쏟아져 내렸다.

"화력 하나는 좋구나!"

광혈귀가 흥겨운 목소리를 흘리며 주먹을 비틀었다. 새빨간 투기가 피어나 회천과 그대로 부딪쳤다.

쿠와아앙!

검을 휘감은 불길의 불꽃의 뱀이 광혈귀의 오러에 짓눌려 사그라들었다.

"흐읍!"

라온의 눈동자가 일그러졌다. 회천의 검격을 지워 버린 광혈귀의 주먹이 그대로 심장을 노려 왔다.

"크아아아!"

악을 내지르며 검을 비틀었다. 광혈귀의 주먹이 검면을 따라 옆으로 흘러내려 갔다.

콰아앙!

무시무시한 파공음이 터지며 우측 건물들이 폭삭 무너져 내렸다.

"허억!"

라온이 숨을 돌리며 뒤로 물러섰다. 공격을 흘렸음에도 어깨가 빠질 것처럼 아려 왔다.

'진짜 죽을 뻔했어.'

이마 위로 식은땀이 흘러내렸다.

불의 고리로 주먹의 흐름을 읽지 못했다면 토마토처럼 터져 버렸을 것이다.

옆을 보았다.

루난과 마르타는 어쩔 줄을 모르는 눈으로 입술을 깨물고 있었다.

'아직 아니야.'

라온은 눈빛으로 그들에게 의사를 전했다. 지금은 움직일 때가 아니라, 관찰할 때라고.

조금이라도 광혈귀의 주먹을 버텨서 저들이 참여하기 전에 놈의 움직임을 보여 줘야 한다.

그래야 10% 아니, 1%의 가능성이라도 생긴다.

화르르르!

라온은 다시 십화의 불꽃을 일으켰다. 검극에서 시작된 불꽃이 검신 전체를 휘감았다.

"그래. 주먹 한 번에 꺼지는 불꽃은 재미없지!"

광혈귀가 새처럼 도약해서 주먹을 내리찍었다.

연성검법의 여섯 번째 형을 사용해서 운석처럼 떨어지는 주먹을 쳐 냈다.

콰르르르!

광혈귀가 펼치는 붉은 투기에 십화의 불길이 다시 짓눌리기 시작했다.

"강력한 불꽃의 오러. 멍청한 녹전귀가 네게 당한 것도 이해가 갈 정도의 화력이다. 하지만 내게는 통하지 않지. 그 이유를 아나?"

광혈귀가 섬뜩한 미소를 지으며, 주먹을 내질렀다.

"물론이다."

라온이 광혈귀의 주먹을 종이 한 장 차이로 피하며 검을 내리쳤다.

"네놈의 특성이잖아."

"잘 알고 있군. 맞다. 불꽃으로는 날 벨 수 없다."

광혈귀가 손바닥을 내리치며 키득거렸다. 간신히 피했지만, 그 풍압에 뺨에서 피가 터져 나왔다.

"오우거의 힘을 이어받은 내게 화염의 오러 따위는 의미가 없어!"

놈의 말대로다.

오우거는 화속성에 강한 몬스터. 불화살 수십 대를 맞고도 성을 부수는 괴물이다. 다만 라온이 가진 무기는 만화공만이 아니다.

"그럼 다른 걸 쓰면 되겠네."

"뭐?"

라온의 붉은 눈동자에 시퍼런 냉기가 솟구쳤다.

혹한의 냉기.

그가 쥔 하얀 칼날 위로 바다 같은 푸른빛이 차올랐다.

제77화

　라온의 검에 어린 혹한의 냉기가 바람처럼 퍼져 나가며 대지가 새하얗게 얼어붙기 시작했다.
　"얼음? 수속성이라고?"
　광혈귀의 노란 눈동자에도 당황이 드러났다.
　"어처구니가 없을 정도로 강한 화속성 오러에 이어 수속성 오러라니, 네놈 정체가 뭐냐?"
　만화공의 화력에 맞먹는 빙결 오러는 광혈귀에게도 신기한 일인 모양이다. 놈의 걸걸한 목소리에 처음으로 놀람이 깃들었다.
　"네가 알아서 뭐 하게."
　라온은 검을 비틀어 그었다. 검신에 어린 냉기가 빛살처럼 쏘아졌다.
　"허, 검기까지?"

광혈귀가 헛웃음을 흘리며 주먹을 내뻗었다. 바위 같은 주먹이 새하얀 검기를 부숴 버렸다.

전력으로 쏘아 낸 검기가 깨졌지만, 라온의 눈빛은 덤덤했다.

'냉기의 힘은 공격만이 아니니까.'

호수가 얼어붙는 듯한 소리와 함께 광혈귀의 손등 위로 새하얀 얼음이 돋아났다.

"이건…."

광혈귀가 인상을 찌푸리며 얼어붙은 손을 노려보았다. 주먹을 쥐려 했지만, 잘되지 않는 것 같았다.

"속성의 개화까지 한 건가? 정말이지 한계를 모르는 놈이로군."

"……."

라온은 긴장감을 꺼뜨리지 않은 채 다시 혹한의 냉기를 담은 검기를 쏘아 냈다.

'방심해서는 안 돼.'

공격이 조금 먹힌다고 방심했다가는 한 방에 머리가 날아간다.

공격하면서도 방어를 염두에 두어야 하고, 끊임없이 보법을 밟아 위치를 변화시켜야 한다.

"이놈…."

광혈귀는 이전처럼 주먹을 날리지 않고, 몸을 회전시켜 검기를 회피했다.

치이잉!

라온은 혹한의 냉기를 극한으로 운용하며 검을 휘둘렀다. 칼날에서 피어나는 차디찬 냉기가 공간을 가득 채웠다.

우우웅!

바닥이 얼어붙고, 대기의 온도가 내려가며 광혈귀의 움직임이 점차 느려지기 시작했다.

'봐 둔 보람이 있군.'

라온이 입술을 깨문 루난을 보았다. 그녀가 서리를 뿌리는 방법을 관찰한 덕분에 어렵지 않게 냉기의 오러를 펼쳐 낼 수 있었다.

"크으…."

광혈귀는 바닥과 대기에 깔린 냉기와 라온이 뻗어 내는 검기를 피하느라 쉴 새 없이 움직였다.

강렬하고 재빨랐던 광혈귀의 주먹이 점차 느려지고, 약해진다.

"끄아아아! 쥐새끼 같은 놈!"

광혈귀가 괴성을 터트리며 주먹을 내질렀다.

후우웅!

라온은 발목을 돌려 그 주먹을 피해 낸 뒤 다시 검을 그어 내렸다. 차디찬 검기가 허공을 반으로 갈랐다.

"큭!"

광혈귀가 냉기를 피해 뒤로 물러서며 신음을 흘렸다.

누가 봐도 우위에 선 상황.

하지만 라온의 깊은 눈빛에선 긴장이 사라지지 않았다. 처음 싸움을 시작할 때보다 더한 기세를 두른 채 검을 휘둘렀다.

'아직 기회는 오지 않았어.'

"헉! 헉!"

버렌은 사람들을 모두 대피시킨 이후 열 명의 수련생과 함께 마을로 돌아왔다.

마을 중앙은 마법 폭격을 맞은 듯 폐허가 되었다. 한쪽에선 불이 타올랐고, 다른 한쪽에선 바닥이 꽁꽁 얼어붙어 있는 기괴한 상태였다.

콰아아아앙!

좌측에서 울린 굉음에 고개를 돌렸다. 아니, 소리가 나기 전부터 고개가 돌아갔다. 검에 푸른빛을 두른 라온과 광혈귀가 근접거리에서 검과 주먹을 나누고 있었다.

'검기? 저 녀석 언제 소드 익스퍼트에…'

검기를 사용한다는 건 소드 익스퍼트 하급에 올랐다는 뜻이다. 15살에 익스퍼트 하급이라니, 이런 상황에서도 당황스러웠다.

'아니, 잠깐! 라온의 오러가!'

버렌의 경악은 검기로 끝이 아니었다. 라온의 검에서 피어나는 냉기를 보고 눈이 튀어나올 정도로 커졌다.

'냉기라니!'

루난보다 더 서늘하고 날카로운 냉기의 오러. 저걸 지금까지 감추고 있었다는 것에 헛웃음이 터졌다.

'냉기의 오러에 익스퍼트라니. 대체 넌 어디까지 올라간 거냐.'

대륙의 무인들은 강함을 몇 가지 단계로 나누어 놓았다.

검, 창, 궁, 권. 무기에 상관없이 모두에게 통용되는 단계로 오러에 입문을 하면 비기너라 불리게 된다.

비기너 초급, 중급, 고급을 넘어 오러에 익숙해지면 육체만이 아니라, 무기에 오러를 실을 수 있는 유저의 단계에 도달한다.

유저도 똑같이 초급, 중급, 고급의 단계가 있고, 그 위가 바로 무기에 담긴 오러를 배출할 수 있는 익스퍼트의 경지다.

흔히 말하는 검기를 쓸 수 있는 경지이고, 지금 라온이 위치한 단계였다.

광혈귀는 익스퍼트의 최상급 혹은 마스터로 알려져 있었다.

익스퍼트 하급인 라온이 그보다 훨씬 위에 있는 광혈귀를 밀어붙이는 모습에 가슴에 불이 차올랐다.

"후우."

버렌이 몸을 부르르 떨었다.

'괴물…'

주먹을 내지를 때마다 주변이 터져 나가는 광혈귀보다 그를 상대하는 라온이 더 무섭게 느껴졌다.

단순히 두 가지 오러를 사용하고, 어린 나이에 익스퍼트의 경지에 올랐다는 것 때문이 아니다.

검술과 보법.

누구나 알 법한 기본 검술과 보법으로 광혈귀를 상대하는 모습에 오싹한 소름이 돋아 올랐다.

터엉!

라온의 움직임은 표홀했다. 태풍에 걸친 어린 꽃잎처럼 광혈귀가 뻗어 내는 풍압을 이용하여 그의 주먹을 회피했다.

경지, 재능을 떠나 어마어마한 노력이 있어야 가능한 일이다. 라온은 노력의 괴물이었다.

'그렇지만…'

라온의 공격은 날카로웠지만, 광혈귀에게 큰 피해를 입히지 못했다. 오직 놈의 오른팔만 새하얗게 얼어붙어 있었다.

'역시 힘의 차이가 나는군. 그럼…어?'

버렌이 두 사람의 전투를 관찰하다가 눈매를 좁혔다. 라온이 검을 내리치며 자신에게 눈길을 주었다.

'저건…'

그래도 3년 넘게 함께했기 때문일까? 라온이 보낸 눈빛의 의도를 바로 파악할 수 있었다.

'도우라는 뜻이야.'

녀석은 틈을 만들 테니, 함께 공격하자는 눈빛을 보내왔다.

"음…."

양옆을 돌아보았다.

마르타와 루난도 라온의 의도를 읽고, 언제라도 움직일 수 있도록 오러를 빠르게 운용하고 있었다.

'그래. 광혈귀가 별거냐. 우린 지그하르트야.'

주먹을 움켜쥐며 단전에 차오른 오러를 끌어 올렸다. 차오르는 녹색 바람을 느끼며 검을 뽑아 들었다.

'우리가 여길 구하는 거야!'

버렌은 눈을 동그랗게 뜬 채로 라온과 광혈귀의 전투에 집중했다.

언제 어떻게 나가야 할지 모르기에 호흡을 고르며 오러를 끊임없이 운용했다.

두 괴물이 벌이는 전투를 보며 손에 땀이 찰 무렵.

라온의 검격이 광혈귀의 왼손에 적중했다.

빠드드득!

고드름이 돋아나는 듯한 소리와 함께 광혈귀의 손이 꽁꽁 얼어붙었다.

"지금이다! 모조리 쏟아부어!"

버렌은 라온이 말을 하기 전에 이미 몸을 움직였다.

콰앙!

땅을 박차고 검을 세워 광혈귀를 향해 뛰어들었다.

우측과 좌측에서도 같은 소리가 들렸다. 루난과 마르타도 함께 달려온 것이다.

우우우웅!

버렌과 루난, 마르타가 쥔 검에서 각자의 오러가 밤을 지우는 태양처럼 솟구쳤다.

"이…."

광혈귀가 당황한 듯 얼어붙은 양손을 떨며 이를 갈았다.

'이길 수 있어!'

놈의 당황한 얼굴을 보니, 확신이 들었다. 승리가 보였다.

우우우웅!

세 사람이 광혈귀의 급소를 향해 최강의 검격을 쏟아부으려고 할 때였다.

"아…."

"어?"

버렌, 루난, 마르타는 갑작스럽게 무거워진 공기에 고개를 들어 올렸다. 세 사람은 약속이라도 한 듯 눈을 부릅떴다.

고오오오.

당황으로 가득 찼던 광혈귀의 눈빛이 얼음장처럼 차갑게 가라앉아 있었다.

광기가 어렸음에도 정제된 그 눈빛을 본 순간 심장이 쿵 내려앉았다.

찌지지직!

광혈귀의 흉악한 미소에 대기가 일그러졌다.

"기다리고 있었다. 벌레들아."

쿠구구구!

광혈귀는 오러 가득한 주먹을 뻗어 냈다. 권격과 함께 뻗어 나간 권풍에 바닥이 찌그러졌다.

하지만 라온은 그 권풍을 견뎌 내며 검을 날렸다. 냉기가 올라오는 시퍼런 검격을 광혈귀의 어깨에 박아 넣었다.

"끄으…."

광혈귀가 노란 눈빛을 터트리며 이를 갈았다.

하지만 그의 속마음에는 조금의 흔들림도, 분노도 없었다. 그저 흥미와 기대감만이 가득했다.

'대륙의 역사에 남을 천재라.'

외모와 피부로 볼 때 저 녀석은 아직 10대 중반이면서 검기와 화속성, 수속성 오러를 자유자재로 사용한다.

언젠가 대륙 최강이 될 자질을 가진 천재.

'다만….'

그건 저 아이가 저대로 성장했을 때의 이야기다.

광혈귀가 주변을 돌아보았다. 라온이라 불린 괴물을 제외하더라도 뒤에 있는 3명의 아이 역시 평범한 재능이 아니다.

치이이잉!

라온의 검기가 광혈귀의 가슴을 가늘게 베었지만, 그의 심장은 조금도 흔들리지 않았다.

당연한 일이다.

밀리는 것처럼 보이는 것과 달리 실제 그는 가진 힘의 10분의 1도 사용하지 않았으니까.

후우욱.

광혈귀가 투구 밖으로 더운 김을 뿜어냈다.

웃음이 절로 나왔다. 저 어린 새싹들의 희망을 짓밟을 기대감에 등골이 오싹했다.

챠아아앙!

라온이 날카로운 검기를 절묘한 순간에 뿌렸다.

"크읍!"

광혈귀는 충분히 피할 수 있는 상황임에도 당황한 듯 왼팔을 저어 검기를 막아냈다.

빠드드득!

새하얀 냉기가 솟아올라 그의 손이 얼어붙기 시작했다.

"지금이다! 모조리 쏟아부어!"

라온의 지시에 옆에서 힘을 끌어 올리던 루난, 버렌, 마르타가 광혈귀를 향해 뛰어들었다.

쿠구구구!

버렌은 검날에 바람을 담았고, 마르타는 대지의 기운을 모조리 쏟았으며, 루난은 칼날 위로 고드름 같은 냉기를 펼쳐 냈다.

세 사람은 가지고 있던 모든 오러를 끌어 올려 최강의 검격을 내리쳤다.

우우웅!

라온은 광혈귀를 향해 정면으로 달려가며 푸르게 타오르는 검을 내질렀다.

"캬하!"

광혈귀는 그 위기의 순간에 웃었다. 사냥감이 그물에 완벽하게 걸린 순간이었으니까.

콰아아아!

오우거의 투구 전체가 노랗게 번쩍였다. 그의 손을 가두었던 하얀 얼음들이 깨져 나가며 어마어마한 기운이 치솟았다.

"기다리고 있었다. 벌레들아."

지그하르트의 어린 것들이 자신의 빈틈을 노려서 전력으로 달려들 때가 바로 놈들을 절망의 구렁텅이에 빠뜨릴 때였다.

쿠구구구구!

광혈귀의 양손 위로 유형화된 노란 빛이 폭발했다. 거대한 손을 완벽하게 뒤덮은 유형화된 오러.

강기.

마스터의 증명인 강기가 그의 손에서 지옥 불처럼 타올랐다.

"아…"

"이런!"

"가, 강기!"

공간조차 짓누르는 강기는 같은 강기가 아닌 이상 막을 수 없다.

루난, 마르타 버렌의 안색이 희망에서 절망으로 가라앉았다.

"끝이다!"

광혈귀가 흥분이 가득 담긴 웃음을 터트리며 주먹을 내질렀다. 바위만 한 강기가 떨어지며 아이들의 눈빛이 어둠으로 물들었다.

'너는 어떨까?'

그는 마지막이 될 시선을 금발 꼬마에게 보냈다. 놈이 절망하는 눈빛을 마지막으로 즐기기 위해서.

하지만.

"어?"

광혈귀가 눈을 부릅떴다. 라온의 눈에는 절망도, 희망도 보이지 않았다.

덤덤한 눈빛. 그저 적을 죽이겠다는 살의만이 가득했다.

콰아아아!

라온의 칼날 위로 지금까지 느껴 본 적 없었던 어마어마한 살의가 뒤덮였다.

"기다리고 있던 건 너만이 아니야."

제78화

알고 있었다.

광혈귀가 마스터의 경지에 오른 무인이라는 것도, 화속성에 강하다는 것도, 사냥감을 농락하고 죽이는 지저분한 성격이라는 것까지도.

모든 것을 알고 있었기에 놈이 파놓은 함정을 역으로 이용하기로 마음먹었다.

이길 방법은. 아니, 살 수 있는 방법은 그것뿐이었다.

고오오오!

광혈귀가 본색을 드러내자, 공기의 무게감이 달라졌다.

쇳덩이가 전신을 내리누르는 듯한 감각. 이를 악물고 암살자 라온의 살의를 모조리 끌어왔다.

찌이이이잉!

살의와 광기가 어린 기파가 경합하며 격이 달리는 버렌, 루난, 마르타가 뒤로 튕겨 나갔다.

이것도 계획대로.

다만 아직 가장 중요한 것이 남았다.

라온은 세 사람을 광혈귀의 강기에서 벗어나게 한 뒤 허리가 끊어질 정도로 몸을 비틀었다.

콰아아아아!

강기에 휘감긴 거대한 주먹이 왼쪽 어깨 주변을 훑고 지나갔다.

뿌드드득!

직격은커녕 스치기만 했음에도 왼팔의 뼈가 뭉개졌다.

"끄읍!"

라온이 부러질 정도로 이를 악물었다. 초인적인 인내로 고통을 견디며 오른팔로 검을 세웠다.

고오오오!

가진 모든 기운과 살의를 검의 끝에 휘감았다.

"네놈!"

놀람에 눈을 부릅뜬 광혈귀의 심장을 향해 서리 가득한 칼날을 쏘아 냈다.

만화공 극점.

만화공의 검결이 혹한의 냉기에 의해 풀려나온다. 창공을 노니는 빙룡이 깃든 듯 은빛 칼날이 푸르게 물들었다.

찌지지직!

푸른 칼날이 오우거 갑주를 가르고 들어가는 관통음이 귓가를 울렸다.

"으…."

하지만 라온의 눈은 밝아지지 않았다. 노을이 진 하늘처럼 점차 어두워졌다.

"망할…."

강철조차 뚫어 버릴 검극이 광혈귀의 거죽에 막혀 더 이상 들어가지 못했기 때문이다.

"후, 대단하군."

광혈귀가 가슴에 검을 박은 채 순수한 감탄을 뱉어 냈다.

"네가 내 덫을 역으로 이용할 줄은 꿈에도 몰랐어. 정말 죽을 뻔했어. 하지만…."

그의 가슴에 박힌 푸른빛의 검이 캬앙 소리와 함께 부러졌다.

"커헉!"

라온이 피를 토하며 뒤로 날아갔다.

"네가 너무 약했다. 너와 나의 실력 차는 그 정도 기습으로 메울 수 있는 수준이 아니야."

광혈귀의 가슴에 박힌 칼날이 진흙에 박힌 돌처럼 스르륵 빠져나왔다.

'근육에 막혔어….'

라온이 피가 덕지덕지 묻은 입술을 깨물었다. 놈은 피부와 근육을 강화시켜 자신의 검을 막아냈다.

육체의 수발이 자유로운 마스터의 경지에 오른 괴물다운 방법이었다.

"허억."

라온이 뒤로 물러서며 뒤에 있는 버렌, 루난, 마르타 그리고 남아 있던 수련생들을 보았다.

"계, 계획은 끝이다. 모두 도망쳐!"

"라, 라온?"

"야. 너…."

"못 이겨."

지금 이 상태로는 무슨 수를 써도 이기지 못한다. 계획이 무너진 이상 전투는 여기서 끝이었다. 남은 건 도주뿐.

"수석의 이름으로 명한다. 마을 사람들과 함께 물러나! 크레인이 찾아간 가문의 지원대가 달려오고 있다. 서쪽으로 달려!"

"라온."

"나, 나도…."

"버렌 지그하르트!"

라온은 입술을 떨며 몸을 일으키던 버렌의 이름을 외쳤다.

"지금 여기서 개죽음을 당하는 게 네가 말한 지그하르트의 길인가? 그렇다면 나와 함께 싸워라. 그게 아니라면 너는 네가 할 일을 해!"

"나, 나는…."

그 말에 버렌이 입술을 깨물었다. 고민을 길었지만, 결정은 짧다.

"후퇴한다. 모두 물러나! 도망치는 데 집중해!"

그는 결국 입술을 뜯어 버리고서 몸을 돌려 마을 쪽으로 달렸다. 수련생들이 눈물을 글썽거리다가 버렌의 뒤를 따라 달렸다.

"아…."

루난의 보랏빛 눈망울에 부러진 팔을 부여잡고, 피를 토하는 라온이 잡혔다.

"아아아아아악!"

비명을 지르며 광혈귀에게 돌진하려는 때에 뒤에 있던 마르타가 루난의 목을 후려쳤다.

뻑 소리와 함께 루난이 정신을 잃고 바닥으로 쓰러졌다.

"……."

마르타는 그대로 루난을 업고, 라온을 보았다. 정말 답이 없냐고 묻는다.

터엉!

라온이 고개를 끄덕이자, 몸을 돌려 버렌이 간 방향으로 뛰어갔다.

"…고맙다."

라온이 가늘게 웃었다. 말이 통하는 녀석들이 있어서 다행이었다.

파앙!

광혈귀가 가슴에 박힌 검신을 아예 뽑아 버렸다. 피가 흘러내렸지만, 금방 지혈되고, 상처가 아물기 시작했다. 오우거가 가진 체력과 재생력의 힘이었다.

'망할.'

라온이 입술을 깨물었다. 블리딩 커스가 적중되었지만, 지금에선 아무 소용이 없다. 1할이 아니라, 5할이 약해져도 이길 수 없으니까.

"저 벌레들이 도망칠 수 있다고 생각하나?"

광혈귀가 손에 든 검신을 과자처럼 으깼다.

"주변에 오우거를 풀어 두었다. 놈들은 얼마 지나지 못하고 산 채로 뜯어먹히게 될 거다. 아니. 그전에…."

광혈귀가 낄낄 웃으며 라온을 굽어보았다.

"네가 버틸 수 있다고 생각하나? 그 팔, 그 체력으로?"

"……."

라온은 대답하지 않았다. 광혈귀가 아니라, 팔에 있는 라스를 보았다.

'라스.'

-이제야 본왕의 차례가 왔군.

라스가 연기처럼 스멀스멀 일어섰다. 놈의 기세만큼은 마스터인 광혈귀를 한참 넘어서고 있었다.

-말했듯이 네놈의 무력으로는 저놈을 꺾지 못한다. 육체를 내놓아라. 저놈만이 아니라, 이 공간 자체를 얼려 주지.

'후우, 넌 참 착각을 잘해.'

-뭐?

'거래다.'

라온이 피를 토하며 두 눈을 빛냈다.

-거래라니?

'예전에 네가 분노로 거래를 할 수 있다고 했었지. 네 분노를 받겠다. 내 육체와 오러를 정상으로 되돌려라.'

-너….

라스가 불기둥처럼 푸른 냉기를 피워 올렸다.

-이 멍청한! 네놈의 무력으로는 죽었다가 깨어나도 저놈들을 잡을 수 없다! 회복된다고 이길 수 있는 게 아니란 말이다!

'그건 내가 알아서 해. 할 거야 말 거야?'

-끄으….

라온의 단호한 태도에 라스가 뜸을 들이며 이를 갈았다.

-…좋다. 10의 분노를 주고 네 몸을 완벽하게 회복시켜 주마. 하지만 넌 아무것도 이루지 못할 것이다.

'입 닫고 주기나 해.'

-흠!

라스에게서 콧김을 내뿜는 듯한 소리가 들리고, 놈의 냉기가 몸으로 흡수되기 시작했다.

"흡!"

피부가 냉기에 찢겨 나가는 것 같은 고통에 이를 악물었다.

뿌드드득!

부러진 팔과 갈비뼈가 저절로 맞춰진다. 부러질 때보다 더한 통증 때문에 입술이 덜덜 떨렸다.

"후욱…."

자신도 모르게 눈물이 떨어졌다. 전생, 현생을 통틀어 가장 심한 고통 중 하나였다.

"너 뭐냐?"

팔이 저절로 돌아가는 모습을 본 광혈귀가 걸음을 멈추고 눈을 부릅떴다.

"허억…."

라온이 숨을 몰아쉬었다. 바닥 난 단전에 오러가 차오르는 것마저 고통이었다. 다만 진정한 고통은 그게 전부가 아니었다.

<분노>와의 계약에 따라 분노가 10포인트 생성됩니다.

폐가 마른 장작처럼 우그러들고, 심장이 꽉 조여들었다. 세포 하나하나에 바늘로 찌르는 듯한 고통이 일어났다.

"으어어…."

고통은 둘째 치고 육체와 영혼이 어긋나는 기분이다. 끈적하고 사악한 무언가가 몸에 깃든 느낌이었다.

'그래도….'

회복은 확실했다. 정신력은 바닥이지만, 육체와 오러는 평소 이상으로 돌아갔다.

"이해할 수가 없군."

광혈귀가 의문이 담긴 노란 눈동자를 도르륵 굴렸다.

"오우거나 트롤의 피를 마신 것도 아닐 터. 어떻게 그런 회복력을 가지는 거지? 인지를 벗어난…."

"네놈은 모를 거다."

이 고통이 어느 정도인지를.

"후우…."

뜨거운 숨을 뱉어 내며 땅에 떨어진 다른 수련생의 검을 들어 올렸다.

'라스.'

-뭐냐. 이 건방진 놈아.

'죽을지도 모르는데, 나랑 내기 하나 할까?'

-내기?

'그래. 난 저놈이 죽는다에 걸지.'

-또 미친 소리를 하는군.

'왜, 쫄려?'

-좋다! 얼마든지! 본왕은 네가 육체를 넘긴다는 것에 걸겠다.

라스의 대답을 들은 라온이 광혈귀에게 검을 겨누었다.

"와라. 동이 틀 때까지 놀아 주마."

❄❄❄❄❄

"허억! 허억!"

마르타는 루난을 등에 업은 채 버렌과 수련생들의 뒤를 따라 달렸다.

모두가 전력으로 달렸기 때문에 앞서가던 수련생과 마을 사람들을 금방 따라잡을 수 있었다.

"대, 대체 무슨 일입니까."

"우리는 괜찮겠죠?"

마을 사람들은 나름 빠르게 걷고 뛰었지만, 마르타가 보기에는 답답할 정도로 느렸다.

어쩔 수 없는 일이지만, 짜증이 돋아 올랐다.

"젠장, 젠장…."

버렌은 흔들리는 눈으로 꽉 쥔 주먹을 바르르 떨었다. 앞도 주변도 보지 않고 그저 멍하니 걷기만 했다.

"으…."

"라온 님…."

"아윽!"

그만이 아니라, 다른 수련생들도 혼이 빠져나간 것처럼 눈이 풀려 있었다.

"그 녀석은."

작은 욕과 숨소리만이 들리는 공간에서 마르타가 나지막하게 입을 뗐다.

"우리를 위해 그리고 이 사람들을 위해 그 거대한 괴물 앞에 혼자 섰다."

절망과 분노가 가득 어린 목소리에 모두가 그녀를 돌아보았다.

"팔이 부러지고, 갈비뼈가 나간 지금도 그놈을 막고 있지. 그런데 너희들은 뭐냐."

"뭐?"

"거기서 아무것도 하지 않아 놓고, 여기서도 멍청하게 있다가 죽을 셈이야!"

"그게 아니라, 지금 버렌 님도 힘든…."

"아니!"

버렌이 마르타의 앞에 선 방계를 막아섰다.

"그 말이 맞아. 이러고 있을 때가 아니야. 1조는 전방 경계! 2조와 3조는 각각 좌측과 우측을 경계한다. 항상 오러를 운용하여 바로 움직일 준비를 마쳐라!"

그의 빠른 지시에 멍하니 있던 수련생들이 각기의 움직임을 이뤄 냈다.

"마르타. 네가 가장 감각이 좋으니, 뒤를 맡아라. 루난은 이쪽에 넘겨."

"흠."

마르타는 인상을 찌푸렸지만, 고개를 끄덕이고 기절한 루난을 방계 수련생에게 넘겨주었다.

"지금부터 속도를 올린다! 가문의 지원이 달려오고 있을 테니, 최대한 빨리…."

"잠깐."

마르타가 버렌의 말을 끊고 숲이 우거진 우측으로 고개를 돌렸다. 버렌과 다른 사람들도 홀린 듯 그 시선을 따라갔다.

스스스슥!

강한 바람이 숲을 스치는 듯한 소리. 그냥 지나갈 수 있는 바람 소리였지만, 마르타는 식은땀을 흘리며 검을 뽑았다.

"모, 모두 물러서! 당장 도망…."

그녀가 말을 끝내기 전에 숲이 무너져 내리고 4m가 넘는 녹색 괴물이 솟아올랐다.

오우거.

숲의 제왕이라 불리는 흉악한 몬스터가 붉은 눈을 빛냈다.

"아…."

마르타가 마른침을 삼켰다.

'생각을 못 했어.'

광혈귀는 오우거의 힘을 가지고, 오우거를 조종하는 괴물이다. 이곳에 오우거가 있는 건 당연한 일이었다.

'모, 못 이겨….'

만전일 때라면 모를까. 지금이라면 모두 달려들어도 오우거를 잡는 건 무리다. 그야말로 전멸에 가까운 상황이었다.

"크어어어어!"

오우거가 괴성을 내지르며 바위 같은 주먹을 내리쳤다.

"흐아아압!"

"하앗!"

마르타와 버렌이 뛰어들어 오러로 가득 찬 검을 올려 쳤다.

"크르르!"

오우거는 그 둘의 검에 피어난 오러를 보고, 슬쩍 몸을 뺐다.

후우웅!

두 사람의 검이 허공을 베고 힘이 빠졌을 때 다시 달려가 주먹을 내뻗었다.

콰아아앙!

강렬한 기운이 폭발하며 마르타와 버렌이 몸을 가누지 못하고 밀려났다.

"끄으…."

"윽!"

두 사람은 비틀거리며 일어섰지만, 힘이 많이 빠진 상태였다.

"젠, 젠장…."

마르타가 입술을 깨물었다. 그 순간에 몸을 빼다니, 놈은 듣던 것 이상으로 타고난 사냥꾼이자, 괴물이었다.

"크르르."

오우거가 손에 미약하게 흘러내리는 피를 핥으며 다가온다. 입가에는 노골적인 비웃음이 그려졌다.

"너희들은 먼저 가라! 나와 마르타는 이놈을 잡고 뒤따라가겠다!"

버렌이 떨리는 오른 손목을 왼손으로 다잡으며 외쳤다. 이제 자신의 차례였다.

"버, 버렌 님!"

"빨리!"

"으으…."

도리안이 이를 악물고 고개를 돌렸다. 하지만 그가 움직이기 전에 다른 소리가 들려왔다.

콰아아앙!

땅을 부수는 듯한 굉음과 함께 좌측에서 거대한 그림자가 졌다.

두 번째 오우거가 수련생들의 앞을 막아섰다.

"아…."

마르타의 눈동자가 격하게 출렁였다.

'그래서였어.'

자신들이 도망쳐도 광혈귀가 웃고 있었던 이유가 바로 이것 때문이었다. 놈은 미리 주변에 오우거를 풀어 두었던 거다.

"다, 다 끝났어."

누군가의 절망에 찬 목소리에 분위기가 더 가라앉았다.

"크르르르!"

"크아아아!"

이제 들리는 소리라고는 먹이를 발견한 오우거의 배고픈 울음소리와 겁먹은 인간의 신음뿐이었다.

"물러서지 마라."

버렌이 입가에서 흘러내리는 피를 훔치고 검을 들었다.

"라온도 아직 싸우고 있다! 여기서 죽는다면 홀로 광혈귀를 막고 있는 녀석의 얼굴을 못 봐!"

그가 악을 내지르며 오러를 끌어 올렸다. 확고한 의지로 인해 강해진 푸른 바람이 휘몰아쳤다.

"너치고는 맞는 말을 하네."

마르타가 키득 웃으며 고개를 끄덕이며 검에 타이탄의 오러를 둘렀다.

"라온을 도와주러 가야 해."

기절했다가 깨어난 루난도 검을 세우고, 은빛 서리를 뿜어 냈다.

절망적인 상황이지만 세 사람의 눈빛에는 그 어둠이 보이지 않았다.

"크르르!"

"쿠어어어어!"

두 마리의 오우거는 그들의 눈빛이 마음에 들지 않는 듯 포효를 터트리며 땅을 박찼다.

세 명의 검사와 두 마리의 괴물이 부딪치려는 찰나.

후우우웅!

숲의 중심에서 녹색 바람이 휘몰아쳤다.

콰아아앙!

누런 오러가 푸르고 붉은 오러를 짓눌러 터트려 버렸다.

후우욱!

라온은 시꺼먼 연기를 뚫고 뒤로 날아갔다.

끼기기긱!

검을 땅에 박아 넣고 나서야 간신히 멈출 수 있었다.

"하악!"

라온은 시꺼멓게 죽은 피를 토하며 턱을 떨었다. 고쳤던 왼팔은 다시 뭉개졌고, 허리까지 뜯겨 나갔다.

온몸에서 올라오는 고통에 숨도 제대로 쉴 수 없었다.

"거머리 같은 녀석."

광혈귀가 차돌 같은 손가락을 풀며 다가온다. 점차 거대해지는 기파에 피부가 터져 나갔다.

콰앙!

놈이 바닥을 부수고 포탄처럼 날아왔다.

"흐읍!"

땅을 박차고 몸을 회전시켰다.

티이익!

광혈귀의 주먹을 종이 한 장 차이로 피하고 뒤로 물러섰다.

"쯧."

혀를 찼다. 완전히 부러져서 휘청이는 왼팔이 거슬렸다. 자칫 잘못했으면 잡혀서 그대로 숨이 끊어질 뻔했다.

자를까?

잠시 왼팔을 잘라 버릴까 생각했다. 그러면 조금 더 버틸 수 있을 테니까.

'그런데…'

내가 왜 여기서 이러고 있는 거지?

팔이 두 번 조각나고, 옆구리가 뜯겨 나가고, 근육과 피부가 비명을 지른다.

전생에서도 겪지 못한 고통을 참으며 왜 여기에서 저 괴물과 싸우는 건지 모르겠다.

여러 기억이 스쳐 지나간다. 태어났을 때부터 지금까지.

가장 긴 시간을 함께 보냈고 가장 불편했으며, 가장 미안한 사람의 말이 기억났다.

'나는 라온이 그 옛날의 지그하르트 검사다운 무인이 되었으면 좋겠어.'

그렇지. 바로 그 말이다.

실비아의 그 말이 지금의 자신을 이곳에 묶어 두었다.

전생이라면 무조건 도망쳤다.

버렌, 루난, 마르타와 수련생들. 아니, 마을 사람들까지 미끼로 던져서 이 괴물에게도 벗어났을 거다.

하지만 실비아의 말이.

함께 시간을 보낸 수련생들의 기억이 날 이곳에 묶어 두고 있었다.

루난은 차가워 보이고, 맹하지만 누구보다 다정하다. 싸이코 같은 오빠에게서 가족을 구하기 위해 홀로 고통을 삭인 아이다.

버렌은 얍실한 녀석이었지만, 아이답게 금방 변해 본인의 목표를 향해 달리기 시작했다.

마르타는 거칠지만, 의지가 뛰어나고 신념이 굳건하다. 확실치는 않지만, 친엄마를 그리워하고 있다.

다른 수련생들도 처음과 달리 점점 변하는 모습을 보여 주었다. 정이 들지 않았다면 거짓말이다.

'많이 변했지.'

그들이 날 보는 눈빛은 그렇게 너무나도 달라졌고, 내가 그들을 보는 눈빛도 달라졌다.

그렇기에 이곳에 남았다.

실비아의 말대로 지그하르트의 검사다운 모습이 되어 가는 녀석들을 살리고 싶어서.

전생에서 수백의 생명을 죽이고, 수십의 전장에 참여할 때와는 다르다.

지금 난 나의 의지로 저 괴물과 싸우고 있었다.

"하!"

웃음이 나왔다.

사람을 죽이기 위해서가 아니라, 사람을 구하기 위해서 사용하는 검이라니. 기분이 요상했다.

"이 상황에 웃음이라. 네놈도 정상은 아니로군."

"그러게. 나도 이럴 줄은 몰랐어."

라온이 고개를 끄덕였다. 자세를 잡고 있을 때 조용히 지켜보던 라스가 일그러진 모습으로 올라왔다.

-이제 알겠군.

'뭐?'

-네놈 본왕에게 몸을 넘길 생각이군.

'……'

-지금은 시간을 끌고 있는 거였어. 그 어린놈들이 본왕의 사정거리에서 벗어날 때까지.

'너도 눈치는 있군.'

-정말이지 광오하도다!

라스의 불꽃이 밤하늘의 별처럼 치솟았다. 그 어느 때보다도 지독한 분노였다.

-라온 지그하르트. 본왕을 무시해도 정도가 있지. 이놈을 죽이고 네 동료들을 찾는 그 짧은 시간 동안 다시 육체의 제어권을 찾아올 수 있다고 생각한 거냐!

'확신하진 않는다. 그저 도박일 뿐이지.

라온이 고개를 저었다.

'방법은 그것 하나니까.'

지금 광혈귀를 이길 방법은 없다. 지원이 빨리 온다고 해도 몇 시간은 걸릴 터.

여기서 놈에게 살아남고 모두를 구하는 길은 라스에게 몸을 넘겨서 이놈을 잡고, 수련생들에게 가기 전에 몸을 되찾는 방법뿐이었다.

-네놈은 이미 본왕의 분노를 받아들였다. 이전처럼은 되지 않아.

'그래도 해 봐야지.'

원수를 남겨 두고 이대로 개죽음을 당할 수는 없으니까.

-착각하지 마라. 지금의 넌 정신력도, 체력도 바닥이다. 감정 역시 격해져 있지. 느끼게 해 주마.

라스가 이를 갈며 몸에 달라붙었다.

"끄아아악!"

라온이 참지 못하고 비명을 질렀다. 이전과는 격이 다른 고통에 피부가 검게 물들었다.

"이, 이게…."

-그게 지금 네놈의 상태다. 본왕의 빙의는 버틸 수 있겠지만, 스스로 몸을 넘긴다면 다시는 돌아올 수 없다.

"허억…."

라온이 사지를 떨었다. 라스의 말대로 방금의 고통과 충격을 이겨 낼 자신이 없었다.

'그럼 어떻게….'

"이제야 네놈에게도 문제가 생긴 모양이군. 아! 재밌는 생각이 났어."

광혈귀가 큼지막한 손가락을 돌렸다.

"너보다 먼저 네 동료들을 죽이는 게 좋을 것 같다. 그 아이들의 목을 하나씩 뽑으면 네가 어떤 얼굴을 할까?"

놈이 키득 웃으며 몸을 돌렸다. 대지를 쪼개며 달려갈 것처럼 놈의 허벅지가 부풀었다.

'안 돼.'

수련생들은 광혈귀의 한 수도 버티지 못한다. 그야말로 몰살. 이렇게까지 버틴 의미가 없어진다.

그것만큼은 참을 수 없다.

"멈춰라."

라온이 부러진 검을 고쳐 잡았다. 이를 악물고 허리를 폈다. 불의 고리와 만화공을 극성으로 운용하며 격을 끌어 올렸다.

"나를 보아라."

부러진 검으로 광혈귀를 겨누었다. 손은 떨렸지만, 검 끝은 흔들리지 않았다.

"내 이름은 라온 지그하르트. 북멸왕 글렌 지그하르트의 피를 이은 손자이며 언젠가 대륙 최강이 될 검사다."

글렌이 인정하지 않더라도 상관없다. 남들이 받아들이지 않아도 괜찮다.

"나는 아직 살아 있다. 내 심장을 멈출 때까진 이곳을 떠날 수 없다! 에덴의 미친 귀신이여!"

바닥을 친 격과 오러가 이글거리며 타올라 검날을 휘감았다.

"하!"

광혈귀의 노란 눈동자에 한줄기 감탄이 어렸다.

"그 나이에 그 기상. 대단하다는 말로도 부족하다. 좋다. 진짜 무인에게는 그만한 예를 갖춰야겠지."

놈의 기운이 폭발적으로 치솟았다. 달려가기 위해 증폭시켰던 근육을 이쪽으로 돌렸다.

"후우욱!"

일단 시선을 돌렸지만, 방법이 없다.

'어떻게 해야.'

라스에게 몸을 넘기지 않으면 광혈귀에게 죽는다.

라스에게 몸을 넘긴다면 수련생들이 죽게 되고, 내 몸을 평생 찾을 수 없을지도 모른다.

'빌어먹을!'

설상가상. 방법이 없었다.

광혈귀가 코앞까지 다가왔다. 격과 오러를 끌어 올리느라 힘을 다했는지 다리가 움직이지 않았다.

"네 이름을 기억하겠다. 라온 지그하르트."

놈이 바위 같은 주먹을 내리치려 할 때까지 마음을 정하지 못했다.

'그래도!'

이대로 죽을 수는 없어. 내겐 할 일이 있다고!

'라스. 네게 내 몸을….'

-결국 결정을 했군. 이제 너와는 작별이다.

라스의 목소리에 한줄기 희열과 알 수 없는 작은 감정이 차올랐다.

'넘긴….'

라온이 말을 하다 말고 눈을 부릅떴다. 12살 이후 수없이 맡았던 다정하면서도 시원한 바람의 향이 콧등을 스쳤다.

-뭐 하는 거냐! 빨리 결정해라!

'넘기지 않겠다.'

-이런 젠장! 왜 지금!

라스의 비명을 들으며 검을 내렸다. 눈까지 감았다.

"죽어라!"

광혈귀가 들어 올린 주먹을 내리쳤다. 쏟아지는 풍압에 피부가 찢겨 나갔지만 라온은 눈을 뜨지 않았다.

후웅.

고통은 없었다. 작은 바람이 꽃잎을 스치는 소리를 들으며 눈을 떴다.

펄럭이는 긴 적발. 녹색 바람을 휘감은 널찍한 등이 보였다.

그가 쥔 얇은 검이 광혈귀의 주먹을 완벽하게 막아내고 있었다.

"늦으셨습니다."

라온은 그 남자를 보며 입매를 찡그렸다.

"미안하다. 살짝 늦잠을 잤거든."

적발의 검사. 리메르가 뒤를 돌았다. 누군가의 피로 가득한 얼굴로 미소 지었다.

"이제 내게 맡겨라."

제79화

　리메르는 뒤늦게 출발했음에도 수련생들보다 먼저 세부 마을 근처에 도착해 있었다.

　당연히 세부산을 점거하고 있던 에덴의 주구들을 파악했고, 그들을 지켜보며 고민했다.

　위험 요소를 치워야 하는가 아니면 아이들의 성장을 위해 지켜봐야 하는가.

　'라온을 한번 믿어 볼까?'

　사실 라온이 없었다면 고민할 필요도 없이 에덴을 모조리 제거했을 것이다.

　놈들은 목적을 위해서는 본인들의 목숨도 바치는 진짜 미친놈들이었으니까.

　하지만 라온이라는 녀석은 자신조차 파악이 되지 않는 천재다.

　이번 임무를 치르며 라온과 수련생들이 한층 더 성장할 수 있을지도 모른다는 생각이 들었다.

'지켜봐야겠어.'

스승 된 자로서 제자들이 성장할 수 있다면 그 길을 열어 주는 게 맞다.

리메르는 언제라도 움직일 수 있도록 눈을 떼지 않은 채 마을로 향하는 수련생들을 미행했다.

그리고 그 미행에는 에덴의 탐색자 홍안귀도 있었다.

'저 녀석을 알아차릴 수는 없겠지?'

홍안귀는 혹시 모를 위험에 대비하기 위해서 아이들과 멀리 떨어져 관찰하고 있었다.

기척이 조금 있다고 해도 지금의 아이들이 그걸 알아차릴 수 있는 수준은 아니었다.

그런데.

라온이 무언가를 느낀 듯 버렌에게 지휘권을 넘겨 버리고, 아주 미세하게 오러를 풀어 주변을 관찰하기 시작했다.

'저 녀석은 진짜…'

그 어느 때보다도 놀라웠다.

오러를 이용해서 주변을 기척을 파악하는 능력을 기감이라 하는데, 라온은 그 기감이 괴이할 정도로 발달 되어 있었다.

'육각형.'

무학, 오러, 체력, 정신력에 기감까지. 라온은 검사가 가져야 할 모든 재능을 가지고 있는 원석이었다.

리메르가 들뜬 마음을 가라앉히고, 에덴의 움직임을 주시했다.

예상과 달리 에덴은 수련생들을 공격하지 않고, 적당히 공을 세우고 물러갈 수 있도록 몬스터들을 던져 주었다.

'무언가를 숨기고 있군.'

아이들을 지키고 있을 교관이 아니라, 이곳에 있는 무언가를 노리고 아이들을 건드리지 않는 것 같았다.

'놈들은 지그하르트의 지원을 두려워하고 있어.'

아무래도 아이들을 돌려보낸 뒤 이곳을 샅샅이 뒤져 봐야 할 것 같았다.

라온은 누군가가 관찰하고 있다는 걸 알고 있음에도 움직이지 않았다. 평범한 수련생 중 하나가 되어 몬스터를 죽인 뒤 마을 사람들의 환호를 받고 마을을 떠났다.

'흐음….'

물러나는 건가.

그것도 나쁘지 않다.

본인들의 무력과 상대의 무력 차이를 알아차리고 물러나는 것도 현명한 무인의 자세니까.

다만 그 이후 라온의 움직임은 리메르의 예측과 완전히 동떨어졌다.

라온은 홍안귀가 떨어져 나가자마자 멈춰 서서 모두에게 사실을 밝히고, 바로 지부에 지원을 요청했다.

다시 세부 마을로 돌아와서 마을을 공격하는 몬스터들을 보고 에덴이라는 예측까지 내놓았다.

라온의 말을 들은 리메르는 혀를 내둘렀다.

관찰자와 몬스터를 이용하는 것만 보고 에덴에 닿을 줄이야. 라온은 두뇌마저도 범인의 범주를 넘어섰다.

라온은 기다렸고, 버렌과 루난은 마을을 구하기 위해서 칼을 뽑고 뛰어들었다.

'저게 아이들다운 모습이지.'

사람들을 구하기 위해서 달려가는 수련생들은 영웅이자, 지그하르트의 검사다운 모습을 보였다.

그들은 달려오는 녹귀들에게도 밀리지 않고 맞서 싸워 마을을 지켰다.

다만.

리메르의 시선을 끈 건 그들이 아니라, 라온이었다.

적이 숨어 있다는 것을 알아차린 뒤부터 자신의 존재를 감추고, 마지막까지 모습을 드러내지 않다니.

15살이 보일 수 있는 인내력이 아니다.

앞에서 싸우는 검사가 아니라, 옥좌에 올라 모두를 굽어보는 왕의 모습이 보였다.

'왕의 자질.'

예전에 느꼈던 대로 라온은 지그하르트의 왕이 될 자질을 가지고 있었다.

녹귀와 아이들의 치열한 싸움이 진행되었고, 라온의 지시에 따라 움직인 마르타가 뒤를 습격하여 결국 승리를 만들어 냈다.

하지만 산 깊은 곳에 숨어 있던 녹전귀가 나타나 상황이 급변했다.

수련생들은 녹전귀의 일격도 받아 내지 못하고 피를 토하며 쓰러졌다.

당연한 일이다.

녹전귀는 익스퍼트에 오른 강자니까.

리메르는 언제라도 움직일 수 있도록 아이들의 바로 옆에서 검을 뽑아 대기했다.

'지금도 움직이지 않는 건가?'

라온은 버렌과 루난, 마르타가 죽을 위기에 처했어도 나타나지 않았다.

'어쩔 수 없군.'

나서기로 결정하고 녹전귀를 막으려 할 때 라온이 움직였다.

그야말로 그림자 같은 기민한 움직임. 그 누구도 알 수 없게 다가가 녹전귀의 목을 향해 검을 내리쳤다.

'허….'

헛웃음이 나왔다. 목을 베지는 못했어도 팔을 가르는 일검은 경지에 오른 살검이었다.

녹전귀는 팔을 잃었음에도 강력한 투기를 발휘하여 전투를 유리하게 이끌어 나갔지만, 새로운 경지에 오른 라온의 검 앞에 주검이 되어 쓰러졌다.

'하하하하!'

리메르가 참지 못하고 웃음을 터트렸다. 그야말로 괴물. 라온 지그하르트는 대륙 제일의 검사이자, 패왕이 될 자질을 가졌다.

무슨 수를 써서라도 보호하고 제대로 키워야 한다.

'정말이지 끝이 없는 녀석이야.'

웃으며 일어났다. 이제 자신의 일을 할 차례였다.

리메르는 녹전귀가 죽은 뒤 세부산을 벗어나는 홍안귀들을 모조리 제거했다. 이곳의 정보가 알려지지 않도록.

세부 마을과 세부산을 완벽하게 둘러봐서 위험 요소가 없다는 것을 확인한 뒤 돌아왔다.

기절했던 라온이 깨어났고, 전투에서 이룬 깨달음 때문인지 녀석은 한층 더 성장해 있었다. 아마 검기도 사용할 수 있을 거다.

'저 정도면 나도 알아차릴지 모르겠는데.'

라온의 기감이라면 어설프게 숨은 자신도 찾아낼 것 같아서 조금 더 떨어졌다.

'이제 돌아갈까.'

날이 밝으면 크레인이 불러온 지원군도 도착할 테고, 위험 요소도 없으니 이제 돌아가도 될 것 같았다.

사실 다른 무엇보다 라온의 활약을 당장 글렌에게 전해 주고 싶었다.

'자, 그럼….'

리메르는 아이들을 확인한 뒤 가문으로 돌아갔다. 경쾌하게 보법을 밟으며 지그하르트로 향할 때 세부 마을에서 강렬한 기운이 폭발했다.

'이 기운….'

느껴 본 적 있는 기운일뿐더러, 마스터에 이른 강렬한 기파였다.

'젠장!'

리메르가 전력을 끌어 올려 마을로 달렸다. 어마어마한 속도였지만, 굼벵이처럼 느리게 느껴졌다.

마을에서 굉음이 들릴 때마다 가슴이 아려 왔다.

그렇게 달리고 있을 때 루난과 버렌, 마르타가 보였다.

오우거 두 마리에게 습격을 당하는 녀석들을 보고, 검을 뽑았다.

촤아아악!

바람을 담은 검으로 오우거 두 마리를 동시에 베어 버렸다.

리메르는 놈들의 목이 떨어지기 전에 눈으로 라온의 위치를 물었다.

루난이 눈동자로 마을을 가리켰다.

감정 표현이 옅은 아이의 눈동자에 너무도 많은 것이 담겨 있었다.

리메르는 이를 악물고 마을로 뛰어들었다.

중간에 녹귀와 몬스터들이 달려들었지만, 모조리 베고 중심으로 향했다.

그리고 경악했다.

라온은 그 작고 어린 몸으로 에덴의 괴수 광혈귀의 공격을 끝까지 버텨 내고 있었다.

왼팔은 부러져 덜렁거리고, 허리는 파여 나갔으며, 다리를 끌면서도 검을 놓지 않았다.

그건 감동이었고, 경외였다.

리메르는 확실하게 깨달았다.

지금 이 순간.

저 어린아이를. 아니, 저 어린 왕을 평생 따르고 지키기로.

후우웅!

그렇게 그의 새로운 충심이 담긴 검이 광혈귀의 주먹을 막아섰다.

"늦으셨습니다."

라온은 자신이 올 줄 알고 있었던 듯 웃었다.

"미안하다. 늦잠을 잤거든."

리메르 역시 평소처럼 대답했다.

"이제 맡겨라."

그렇게 말하고서 광혈귀의 주먹을 밀어냈다.

콰아아아!

바위 같은 주먹이 얇은 검에 밀려나는 모습은 하나의 장관과도 같았다.

"지그하르트의 광검!"

"오랜만이다. 대머리."

리메르는 광혈귀의 흉폭한 강기 앞에서도 웃음을 잃지 않았다. 오랜만에 친구를 만난 듯 손을 흔들었다.

"네놈이 어떻게 여길!"

"귀여운 새싹들이 너 같은 대머리에게 짓밟히는 걸 보고 있을 수는 없잖아."

"임무에 너 같은 놈을 딸려 보내다니, 지그하르트도 많이 물러졌군!"

광혈귀가 붉은 강기가 어린 주먹을 좌우로 펼쳐 냈다.

콰아아아아!

붉은 파도가 솟구치며 무시무시한 강기의 폭풍이 밀어닥쳤다.

"흐읍!"

리메르가 녹색 오러가 어린 검을 사선으로 내리쳤다. 강기가 배수로를 탄 물길처럼 우측으로 흘러내려 갔다.

"그 정도 강기를 간신히 흘리다니, 단전이 깨져 폐인이 됐다는 소문은 사실이었군."

"헛소문이니까. 소식통 바꿔라. 너희 투구단은 여전히 소식이 느리네."

"누가 보아도 네놈의 균형은 무너져 있다."

광혈귀가 히죽 웃었다. 그저 하나의 감정 표현을 했을 뿐인데 공기가 진동하는 것 같았다.

"이걸 어쩌냐? 구출대가 아니라, 함께 잡아먹힐 강아지가 왔군."

놈은 뒤에서 제대로 서 있지도 못하는 라온에게 이죽거렸다.

"강아지인지, 지옥을 지키는 케르베로스인지는 끝까지 가 봐야지!"

리메르가 우측으로 내려간 검극을 쳐올렸다. 세찬 바람이 일어나며 광혈귀의 어깨를 갈랐다.

피이익!

광혈귀의 어깨에서 핏줄기가 터졌지만, 시간을 되돌린 것처럼 순식간에 아물기 시작했다.

"이전의 네 검에는 지독할 정도의 살기가 어려 있었지. 하지만 지금은 아니야."

광혈귀가 땅을 박차고 리메르가 펼쳐 낸 바람의 벽을 뚫어 버렸다.

"넌 약해졌다. 네놈의 검으로는 날 벨 수 없다!"

그 말과 함께 꽉 주먹을 내리쳤다.

치이이잉!

리메르는 그 권격을 정면으로 받아 내지 못하고 검을 휘돌렸다. 풍차처럼 돌아간 녹색 오러가 두터운 방패가 되었지만, 광혈귀의 강기를 버티지는 못했다.

파사삭!

녹색 오러가 깨지고 광혈귀의 주먹이 떨어져 내렸다.

하지만 리메르는 그 자리에 없었다. 오러의 방패를 미끼로 던지고 광혈귀의 좌측으로 파고들어 검을 내질렀다.

퍼어억!

리메르의 날카로운 검격이 아래에서부터 광혈귀의 심장을 노리고 들어갔다.

"고작 그 정도론 안 된다!"

광혈귀가 포효를 내지르며 몸을 움츠리자, 놈의 갈비뼈를 뚫고 들어가던 리메르의 검이 우뚝 멈춰 섰다.

"네놈이 약해지는 동안 난 더욱더 강해졌다. 힘의 차이는 완벽하게 역전되었어!"

"칫!"

리메르가 혀를 차면서 검을 뒤로 뺐다. 그대로 놔두었다가는 검이 부러질 가능성도 있었기에 적절한 조치였다.

"크하하하!"

광혈귀가 괴성을 내지르며 주먹을 휘둘렀다. 더욱더 강해진 권격이 몰아치자 대지가 비명을 질렀다.

"무식한 놈."

리메르는 그 권격을 감히 맞받아치지 못하고, 보법을 이용해서 회피했다.

'저건….'

라온은 광혈귀의 난폭한 권법이 아니라, 리메르의 보법에 시선을 집중했다.

'꼭 바람을 타는 낙엽 같군.'

리메르는 바람을 탄 꽃잎처럼 가볍게 몸을 놀려 광혈귀의 주먹을 피해 냈다.

자신이 광혈귀와 싸울 때 보였던 움직임을 최고조로 이뤄 낸 듯한 모습이었다.

그리고 중간중간 기습적으로 내지르는 검의 타이밍은 완벽했다.

만약 리메르의 검에 어린 기운이 강기였다면 승부는 진즉에 끝났을 것이다.

'그런데….'

공격이 먹히지 않음에도 리메르의 표정은 여전히 여유로웠다. 꼭 보라는 듯 광혈귀와 초근접거리에서 전투를 보였다.

'잠깐 설마!'

라온이 눈을 부릅떴다. 리메르의 눈동자가 움직이는 걸 보고 그의 의도를 알아차렸다.

'내게 보여 주고 있어.'

그는 지금 이 순간에도 자신에게 전투 교육을 하고 있었다. 제정신이 아니었다.

"약해진 나도 잡지 못하면 어떻게 하냐? 너 그 투구 뺏기는 거 아니냐?"

"닥쳐라!"

광혈귀가 광기에 차오른 눈빛을 발하며 권격을 내질렀다. 주먹에 담긴 막대한 기운에 리메르도 섣불리 맞서지 않고 뒤로 물러섰다.

콰아아앙!

주먹 한 발에 마을 건물이 무너지고, 땅이 파여 나갔다. 고대 전설에 등장하는 거인을 보는 듯한 무력이었다.

"제대로 덤벼라! 지그하르트의 광검!"

광혈귀는 분노에 몸을 맡긴 듯 본능적인 움직임으로 리메르를 쫓았다.

콰아아아!

움직임은 단순했지만, 힘과 속도가 재빨라 점차 리메르와의 거리가 좁혀지기 시작했다.

"쯧, 어쩔 수 없네."

리메르가 멈춰 서서 슬쩍 뒤를 돌아보았다. 라온을 시선에 담으며 웃었다.

"교보재가 폭주했으니, 오늘 교육은 이걸로 끝내야겠어."

"이런 미친놈이!"

"잘 봐 둬라. 라온."

라온이 대답을 하기도 전에 리메르의 말이 이어졌다.

"이게 지그하르트가 싸우는 방식이고, 네가 이뤄야 할 경지다."

리메르의 검이 하늘을 찌르고, 그의 왼손이 땅을 가리켰다.

"검계현신."

그 목소리는 하늘에서 울리는 듯하면서 땅속 깊은 곳에서 솟구치는 것 같았다.

"폭풍의 눈."

진언처럼 울린 그 선언에 세계가 바뀌었다.

제80화

 폭풍의 눈이란 거대한 폭풍의 중심에서 생성되는 무풍지대를 말함이다.
 주변에선 여전히 강력한 바람이 휘몰아치지만, 내부는 모든 것이 끝난 것처럼 잔잔하면서도 평화로운 공간. 그게 바로 태풍의 눈이다.
 그리고 지금 라온의 눈앞에 그런 상황이 일어났다.
 광혈귀가 미친 듯이 흘려 내던 광기와 투기도, 리메르가 펼쳐 내던 진녹색 오러도 모조리 주변으로 밀려 나갔다.
 바람조차 불지 않는 공간.
 아니, 바람만이 아니라, 공기의 흐름마저 멈춘 듯 소리조차 들리지 않았고, 어깨에 쇳덩이를 단 듯 몸이 무거웠다.
 광혈귀도 당황했는지 눈을 부릅뜬 채로 입을 벌리고 있었다. 놈 역시 몸을 제대로 움직이지 못하고 있었다.

위이이이잉!

그 적막의 공간으로 청명한 흐름이 돋아났다.

리메르의 검이다. 오러가 사라져 텅 비어 있던 그의 칼날 위로 진녹색 바람이 모여들었다.

터엉!

리메르가 발을 굴렀다. 땅이 뭉개지며 그의 육신이 화살처럼 쏘아졌다.

광혈귀가 당황한 와중에도 막강한 권격을 내질렀지만, 리메르는 바람처럼 흐름을 타고 더 깊게 들어갔다.

그리고 일검.

바람 그 자체를 담은 검이 수직으로 떨어졌다.

푸칵!

강철보다도 단단한 광혈귀의 오른팔이 잘려 시꺼먼 바닥으로 떨어졌다.

하지만 광혈귀는 마스터에 오른 무인이다. 팔이 잘렸다고 그대로 무너지지 않았다.

피가 터져 나오는 오른팔을 바로 지혈하고, 뒤로 물러섰다. 그 움직임은 비호처럼 재빠르고 유연했다.

리메르는 그럴 줄 알았다는 듯 검을 휘돌리고 광혈귀를 쫓았다.

광혈귀가 리메르가 만들어 낸 폭풍의 눈을 벗어나려 했지만, 리메르가 움직이는 만큼 이 공간도 함께 움직였다.

도망칠 수 없다는 걸 파악한 광혈귀가 멈춰 섰다. 자세를 낮추고 남은 왼 주먹에 가진 모든 기운을 응축시켰다.

우우우웅!

공간이 진동한다. 파도처럼 일어난 붉은 강기가 해일을 일으켰다.

대지를 뒤덮을 강기의 해일 앞에 리메르는 얇은 검 한 자루를 쥐고 섰다.

후우우욱!

태풍의 눈의 크기가 더욱 커지며 리메르의 검을 휘감은 바람이 점점 더 짙은 빛을 띠었다.

리메르는 폭풍이 휘감긴 검을 그대로 내리쳤다.

쩌어억!

절벽이 갈라지는 듯한 소리와 함께 진녹빛 바람이 붉은 해일을 갈랐다.

후우우웅!

그 순간 강렬한 빛이 터져 나왔다.

'크윽!'

라온도 그 빛을 감당하지 못하고 잠시 눈을 감았다가 떴다.

'끝난 건가?'

눈을 뜨니, 태풍의 눈이 사라지고, 세상이 원래대로 돌아왔다.

"……."

광혈귀와 리메르는 다섯 발자국 떨어진 곳에서 서로를 마주 보고 섰다.

"서로의 육체와 오러의 위력을 반감시키고, 그 무풍지대의 바람을 모조리 네 검에 담았군."

광혈귀의 목소리에는 여전히 광기와 투기가 흘러넘쳤다.

"다 좋다. 검계라는 건 원래 그런 것이니까. 그런데 네놈이 어떻게 검계를 운용한 거지?"

그건 광혈귀만의 궁금증이 아니었다. 라온 역시 리메르가 검계를 사용한 것을 보고 경악했으니까.

'검계는 지그하르트의 피를 이은 사람만이 쓸 수 있을 텐데….'

대륙 최강의 세력 육황과 오마는 각기 특색이 있지만, 지그하르트는 그중에서도 특별하다.

마법사가 아닌, 검사의 몸으로 만들어 내는 결계. 검계현신의 능력은 대륙 전체를 떠들썩하게 만들 정도로 대단했다.

다만 검계는 오직 지그하르트의 피를 이은 자만이 사용할 수 있고, 발현시키는 사람은 그중에서도 소수다.

그런 검계를 지그하르트는커녕 인간도 아닌 엘프 리메르가 사용하는 건 상식적으로 말이 안 되는 일이었다.

"제대로 말하자면 검계는 아니고, 비슷한 걸 만들어 낸 거지."

리메르가 눈을 내리깜으며 웃었다.

"난 엘프라서 자연과 꽤 친숙하거든."

"…그랬군."

광혈귀는 무언가를 알아차린 듯 고개를 끄덕였다.

"늙어서 이가 빠지고, 부상을 입어도 호랑이는 호랑이라는 건가."

크르륵 소리를 내며 웃다가 라온에게 시선을 보냈다.

"아쉽군. 저건 무조건 제거했어야 했는데, 분명 에덴에 큰 영향을 미칠…."

"우리의 어린 왕을 너 같은 놈에게 당하게 할 수는 없지."

"확실히 평범한 검사의 자질이 아니라, 패왕의 자질이다. 다만 자만하지 말아라."

광혈귀의 목소리가 떨리기 시작했다.

"우리에게도 저 괴물에 못지않은 재능이 있다. 둘이 붙는 것도 기대가 되는군."

"대륙은 넓으니까."

리메르는 그럴 수 있다고 중얼거리며 고개를 끄덕였다.

"내 패배다. 지그하르트의 광검이여."

광혈귀는 그 말을 끝으로 눈을 감았다. 그의 몸의 중심으로 새빨간 선이 그어졌다. 오러로 유지 시켰던 몸이 갈라지며 마스터의 경지에 오른 거인이 뒤로 넘어갔다.

후우욱!

광혈귀가 끼고 있던 투구 역시 반으로 갈라졌고, 광기 어린 빛도 사라졌다.

"하아…."

리메르가 한숨을 내쉬며 바닥에 주저앉았다.

"잘 봤어?"

그가 뒤를 돌아보며 씩 웃었다. 평소와 같은 표정이지만, 힘이 빠져 보였다.

"봤습니다."

라온이 고개를 끄덕였다.

"그게 네가 지그하르트로서 익혀야 할 기예다. 검계라고 하지."

"검계…."

알고 있었지만, 모르는 척 검계라는 단어를 중얼거렸다.

"마나로 펼치는 마법사들과 달리 자신이 쌓아온 업과 기세로 펼치는 결계지."

"그래서 지금까지 그렇게 기세를 중요시하셨군요."

"그래. 검계가 아니더라도 기세를 쌓는다면 그에 따른 힘을 발휘하기 쉬우니까."

리메르가 씩 웃었고, 라온은 다시 한번 고개를 끄덕였다.

'확실히….'

리메르가 매일 같이 시킨 한계를 넘어서는 수련 덕분에 자신은 그렇다 치고, 다른 아이들은 분명 큰 효과를 받았다.

만약 기세를 키우는 수련을 하지 않았다면 아이들은 녹전귀에게 덤비지도, 광혈귀 앞에서 도망치지도 못했을 거다.

"넌 방계지만 실제로는 직계이니, 언젠가는 개방할 수 있을지 모른다. 아니, 개방할 수 있을 거야."

리메르는 무조건 할 수 있을 거라고, 확신을 가지고 말했다.

"네가 쌓아 온 경험과 업적 그리고 오러와 미래까지. 모든 것을 담아 만드는 게 바로 검계다. 많은 것을 경험하고, 익히도록 해."

그는 숨을 헐떡이고 있으면서도 가르침을 내렸다. 광혈귀와의 전투부터 지금까지 모든 것이 교육이었다.

"너희들도 잘 봤지?"

리메르는 이제 몸을 완전히 돌려서 저 뒤를 보았다. 그곳에는 루난과 버렌, 마르타를 비롯한 수련생들이 멍하니 서 있었다.

그들은 검계의 외부에서 이 상황을 지켜보고 있었던 것 같다.

"라온!"

루난이 달려왔다. 멍한 그녀의 눈매에는 작은 이슬이 고여 있었다.

"이런 미친! 이 자식 살아 있었어! 살아 있었다고!"

마르타는 라온이 지금까지 살아 있다는 것을 믿을 수 없었는지 라온의 어깨를 잡은 손을 떨었다.

"라온 님!"

"라온!"

"크으윽!"

도리안과 수련생들이 눈물을 글썽거리며 달려왔다.

"라온 지그하르트."

버렌은 볼을 흔들릴 정도로 안도의 한숨을 내쉬었다.

"정말 다행이다…."

비틀거리다가 라온의 옆에 있는 리메르를 보고 코를 훌쩍였다.

"저기 그런데 교관님."

"응?"

"교관님이 어떻게 검계현신을 사용하신 겁니까?"

"만들었다."

"마, 만들었다고요?"

"그래."

리메르는 광혈귀에게 했던 말을 반복하며 고개를 끄덕였다.

"지그하르트에는 전해져 내려오는 몇 가지 검계가 있지. 그건 그들의 피에 전해져서 혈족만이 쓸 수 있지만, 새로 만드는 건 좀 달라."

그는 검계를 만들었다고 말하며 씩 웃었다.

"그럼 저도 그 검계라는 걸 사용할 수 있는 겁니까?"

마르타가 앞으로 나오며 물었다. 루난도 눈빛이 반짝였다.

"그건 아니지."

리메르는 차분하게 고개를 저었다.

"지그하르트가 아닌 자가 검계를 만들기 위해서는 두 가지 조건이 필요해."

"두 가지 조건?"

"첫 번째는 경험이다. 검계에 대한 경험이 많아야 해. 난 가주님을 따라 전장의 가장 앞에 서서 수많은 검계를 경험했다. 그리고 두 번째는….”

그는 수련생들을 하나하나 돌아보며 잠시 뜸을 들였다.

"속성에 대한 재능이다."

"어떤 재능을 말하는 거죠?"

마르타가 한 발 더 다가가며 물었다. 그녀는 검계에 큰 관심을 가지고 있었다.

"속성에 대한 재능. 지그하르트의 피를 가지지 않은 우리가 검계를 만들기 위해서는 속성의 힘이 필요하다. 나 역시 바람을 이용해서 검계를 만들어 냈지."

"음….”

"다만 추천하지는 않아."

리메르는 씁쓸한 얼굴로 고개를 저었다.

"방계나 슬리온 가문을 비롯한 몇몇 봉신 가문에도 지그하르트의 피가 흐르니, 열심히 한다면 검계를 열 가능성도 있어. 다만 지그하르트의 피가 없는 자가 검계를 열기 위해서는 희생해야 할 게 있거든."

"희생이요?"

"……"

리메르는 대답하지 않았다.

"너희들의 앞날은 창창해. 어쩔 수 없이 검계를 연 나와 달리 스스로의 힘으로 강해질 수 있을 거다."

그는 모두가 들을 수 있도록 목소리에 바람을 실었다.

"이 이야기는 나중에 하고 먼저….”

리메르는 소매에서 투명한 물병 하나를 꺼내서 라온에게 다가갔다.

"아플 거다. 참아."

그리 말하고서 물병을 부서진 팔과 뜯겨 나간 허리와 허벅지에 뿌렸다.

"……."

라온은 극심한 통증을 느꼈지만, 조그마한 신음도 흘리지 않았다. 광혈귀와 싸울 때에 비하면 이 정도는 고통도 아니었다.

"안 아파?"

"아픕니다."

"근데 신음도 안 흘리네."

"딱히 그 정도는 아니었습니다."

"허, 참."

리메르는 픽 웃으며 고개를 절레절레 저었다.

"다 끝났으니, 돌아가자."

"잠깐!"

버렌이 손을 들어 올렸다. 평소 연무장에서 보이는 눈빛이다.

"한 가지 질문이 있습니다."

"엑? 나 피곤한데, 나중에 하면…."

리메르는 어떤 말이 나올지 알았는지, 마른침을 삼켰다.

"아뇨. 지금 해야 합니다. 대체 어디에 계시다가 지금 나타나신 겁니까. 따라오신 건 분명한데, 왜 이렇게 위험한 순간에 오신 겁니까. 저희만이 아니라, 마을 사람까지 위험할…."

"어? 저게 뭐지?"

리메르가 손가락을 들어 올려 버렌의 뒤쪽을 가리켰다.

"헉!"

"또 뭐가…."

수련생들이 황급하게 뒤를 돌아보았지만, 나뭇잎이 모조리 떨어진 가지만 흔들렸다.

"아무것도 없… 어디 갔어!"

버렌이 눈을 부릅떴다. 뒤를 돌아본 짧은 순간에 리메르는 사라져 있었다.

"이 인간 진짜! 대체 왜 지금 나타난 거냐고! 정말 다 죽을 뻔했는데!"

나타나서 구해 준 건 고맙지만, 상황이 너무 극적이었다. 자신들은 그렇다 치고 마을 사람들을 위해서라도 더 빨리 왔어야 했다.

"죽은 사람은?"

라온이 부러진 오른팔을 잡고 버렌의 앞으로 다가갔다.

"다행히 없다. 있었다면 바로 교관님 멱살을 잡았을 거야."

"그럼 됐어."

리메르에게도 분명 사정이 있었을 거다. 마을 사람들이 여러모로 충격을 받았겠지만, 죽은 사람이 없으니 이겨 낼 수 있을 거다.

"하지만…."

"그만 정리하자. 아직 할 일이 많아."

라온은 전신에 피 칠갑을 한 채로 고개를 저었다.

"너, 너 괜찮은 거 맞냐?"

"라온 괜찮아?"

버렌과 루난이 동시에 물었다.

"괜찮아."

라온은 누가 보기에도 심각한 중상을 입었음에도 덤덤하게 고개를 끄덕였다.

불의 고리를 운용하여 육체와 마나 회로를 회복시키고 있었다.

리메르가 준 약도 효과가 있으니, 푹 쉰다면 이전보다 더 단단한 육체와 마나 회로를 가질 수 있을 거다.

"미안하다."

버렌이 고개를 숙였다. 길게 내린 손이 바르르 떨린다.

"내 판단이 느려서 네가 나서 주었음에도 모두를 죽일 뻔했다. 난 누군가를 이끌 인간이 아닌 모양이다."

"실수 한 번 했다고 죽으려고 하네. 문제가 뭔지 알았으면 앞으로는 판단력과 무력을 함께 키워."

"음…."

"자신 없으면 진짜 때려치우든가."

"아니. 하겠다. 어떤 상황에서도 지지 않을 무력과 판단력을 갖추겠다! 내 목숨을 구해 준 네게 약속하마!"

"그럼 됐어."

라온이 멀쩡한 왼손을 저었다.

'못 도와줘서 미안하다고 했으면 주먹을 날렸을 텐데.'

광혈귀에게 덤비지 못해서 미안해하는 게 아니라, 바로 도망치지 못한 걸 사과하는 모습이 마음에 들었다.

녀석은 아직 아이이니, 앞으로도 큰 발전을 이뤄 낼 수 있을 거다.

"루난. 너도 마찬가지야. 아까 거기선 날 도와줄 게 아니라, 도망쳤어야 했어."

"싫어."

루난은 드물게도 뚱한 얼굴로 고개를 저었다.

"이기지 못할 상대가 있다면…."

"싫어."

"위험."

"싫어."

"아니, 일단 말을."

"안 들어. 도와줄 거야."

그녀는 그렇게 말하며 귀를 막고 고개를 돌렸다.

"강해질 거야. 꼭 강해져서 옆에서 싸울 거야!"

"하…."

어처구니가 없어서 헛웃음이 나왔다. 다만 강해지겠다는 말도, 도와주겠다는 진심이라는 걸 알기에 가슴이 따스해졌다.

이번 임무를 행하며 많이 다치고 힘들었지만, 더 많은 감정에 대해 알아 가는 게 기뻤다.

"……."

라온은 마지막으로 마르타를 보았다. 그녀는 무언가를 생각하고 있는지 깊은 눈으로 자신을 바라보고 있었다.

"다 끝났다. 돌아가자."

아직도 어벙해 있는 수련생들을 향해 손을 저었다.

저 멀리 어둠 속에서 달려오는 사람들이 보인다. 크레인이 부르러 갔던 지그하르트의 지원대였다.

모두 끝났다는 생각에 마음이 몽실몽실 풀어졌다.

> <분노>와의 내기에서 승리하셨습니다.
> 보상이 지급됩니다.

빨리 쉬고 싶다고 생각할 때 눈앞에 푸른 창이 올라왔다.

"어?"

-어??

제81화

"어휴."

리메르는 수련생들이 마을로 돌아가는 모습을 보고 한숨을 내쉬었다.

"진짜 융통성 없다니까."

그는 라온의 바로 뒤를 따라가는 버렌을 보며 눈을 흘겼다.

처음 봤을 때보다 조금 유해졌다고 생각했는데, 그건 라온에게만인 것 같았다.

'하긴.'

버렌이 변하게 된 계기는 라온의 노력을 확인한 뒤부터다. 그에게만 달라진 모습을 보이는 건 이상한 게 아니었다.

'루난도 변했고.'

감정이 옅고, 티를 내지 않던 아이는 이제 확실하게 말하고, 표현을 하기 시작했다. 이 변화는 그녀의 검술에도 큰 영향을 미치게 될 것이다.

'그리고 마르타.'

그녀의 눈빛도 확연히 달라졌다. 라온의 싸움과 의기를 보고 크게 감동한 것 같았다.

'검계에 관심을 가지는 이유도 라온을 따라잡고 싶어서일 테지.'

마르타가 검계에 관심을 가지게 된 계기는 라온을 쫓아가거나 혹은 그 옆에 서고 싶어서일 거다.

리메르는 그렇게 모든 수련생을 살피며 그들 모두가 무력적으로든, 정신적으로든 성장했음을 느꼈다.

뿌듯하면서도 제때 오지 못한 미안함에 얼굴이 붉어졌다.

"자, 그럼… 윽!"

수련생들의 뒤를 따라가려고 할 때 하복부에서 지끈거리는 통증이 일어났다.

"젠장…."

망가진 단전을 무리하게 사용하고, 검계까지 연 대가였다. 삶 그 자체가 줄어든 듯한 기분이었다.

'수명이 더 줄었겠군.'

수련생들에게 제대로 말하지는 않았지만, 지그하르트가 아닌 자가 검계를 열기 위해서는 체력을 넘어서는 생명력을 바쳐야 한다.

자신은 젊지도, 건강한 상태도 아니었기 때문에 수명이 꽤 줄어들었을 거다.

'뭐, 후회는 없지만.'

어차피 살 만큼 살았으니까.

단전이 고장 났을 때부터 살아도 산 것 같지 않았다.

저 아이들을 가르치기 시작한 후부터 새로운 삶을 얻은 듯한 기분이 들었기에 줄어든 수명은 조금도 아깝지 않았다.

"후…."

리메르는 심장과 단전의 통증이 가라앉길 기다리다가 일어섰다.

마을 사람들이 라온에게 고개를 숙이는 모습이 보였다.

"그래도 저 녀석이 위에 서는 모습은 보고 죽어야지."

그는 홀로 낄낄 웃다가 그 자리에서 바람처럼 사라졌다.

세부 마을과 세부산의 보호는 지그하르트 서남지부의 담당이다.

"쯧."

지그하르트 서남지부장 부르카스는 세부 마을로 향하며 혀를 찼다.

'에덴이라고?'

크레인이라는 수련생이 찾아와서 세부 마을에 에덴이 나타났다고 말했다.

라온 지그하르트가 홍안귀의 관찰을 알아냈다고 하는데 솔직히 말해 개소리라는 생각만 들었다.

그도 그럴 것이 홍안귀의 시선을 느낄 수 있는 무인이 되려면 최소 익스퍼트 중급 이상은 되어야 한다.

이제 15살이 된 라온이 그걸 느낀다는 건 말이 되지 않았다.

"지부장님. 이거 말이 안 되는데 꼭 갈 필요 있습니까? 저희가 다 조사했잖습니까.”

부지부장 서비안이 옆으로 붙으며 툴툴거렸다. 세부 마을과 세부산을 조사한 건 그였기 때문에 불만이 있는 것 같았다.

“라온이 문제가 아니다. 거기엔 버렌, 루난, 마르타가 있다. 셋에게 문제가 생겼다간 우리 지부 전체의 목이 날아갈 수도 있어.”

“어우, 말만 들어도 끔찍하네요.”

“표정 관리해라. 무조건… 어?”

부르카스는 마을로 향하는 길에 번져 있는 피를 보고 눈을 부릅떴다. 강처럼 흘러내린 핏줄기를 따라가자 거대한 녹색 몸체가 보였다.

“오, 오우거?”

둥글고 흉악한 얼굴. 통나무 몇 겹을 뭉친 듯한 두꺼운 몸체와 팔다리. 숲의 제왕이라 불리는 오우거의 시체였다.

“오우거다!”

“오, 오우거가 왜 여기에 있는 거지?”

“그것도 두 마리….”

지부의 검사들은 오우거의 시체 앞에 멈춰 서서 마른침을 삼켰다.

“으음….”

부르카스는 오우거의 시체를 살피고 인상을 찌푸렸다. 단숨에 급소를 가른 검격. 고수의 일검이었다.

'에덴은 몰라도 무슨 일이 있긴 했어.'

죽어 있는 오우거의 시체와 피 그리고 인간의 피나 의복도 있었다.

“경계 태세를 최대한으로 높인다.”

부르카스의 눈빛이 달라졌다. 그는 그대로 마을 쪽으로 뛰었고, 지부의 검사들도 삼엄한 얼굴로 그 뒤를 따랐다.

그들은 거인이 짓밟고 간 듯 바스러진 마을 입구를 보며 더욱 속도를 높였다. 마을의 중심을 넘어서려 할 때 그들의 앞에 수련생들이 나타났다.

"너…."

부르카스는 가장 앞에 있는 수련생들을 보고 말을 잇지 못했다.

'뭐야. 이건….'

라온 지그하르트.

연약해 보이는 소년의 왼팔은 걸레처럼 흐느적거렸고, 허리와 허벅지에 주먹만 한 구멍이 나 있었다.

다만 그런 심각한 상황에도 아이는 신음 한 번 흘리지 않았고, 눈은 한밤의 호수를 보는 듯 맑았다.

부상을 입은 상태에서도 전해지는 강렬한 기세.

많은 업적을 이뤄 격을 쌓은 연륜 있는 검사를 마주한 느낌이었다.

"5 연무장 수석 수련생 라온 지그하르트입니다."

라온은 정중하게 예의를 갖췄다.

"아, 그, 그래. 대체 무슨 일이 있었던 거지? 정말 에덴 놈들이 나타난 건가?"

부르카스는 라온의 정심한 기운에 당황하여 말을 더듬었다.

"그렇습니다."

그는 그렇게 말하고서 발밑으로 두 개의 투구를 던졌다.

오크 투사의 머리통이 그려진 녹전귀의 투구와 오우거의 머리를 그대로 새긴 광혈귀의 투구였다.

"과, 광혈귀와 녹전귀? 지, 진짜 에덴이 나타났다고?"

"녹전귀는 저희가 잡았지만, 광혈귀는 교관님이 잡았습니다."

"교관?"

"리메르 교관입니다."

"아….'

광혈귀는 마스터에 오른 것이 확실한 무인. 단전이 망가진 리메르가 그놈을 잡았다는 것에 깜짝 놀랐다.

"역시 대단하신 분이… 아, 잠깐!"

부르카스가 입을 떡 벌렸다. 리메르가 광혈귀를 잡은 것보다 더 놀라운 내용이 이제야 귀에 들어왔다.

"너, 너희가 녹전귀를 잡았다고?"

"예."

라온은 덤덤한 눈빛으로 고개를 끄덕였다.

"어, 어떻게? 너희가 어떻게 녹전귀를 잡을 수가 있지?"

리메르가 광혈귀를 잡은 것도 놀라운 일이지만, 수련생인 이들이 녹전귀와 녹귀를 잡은 건 정말이지 말도 안 되는 일이다.

"잘 잡았습니다."

"자, 자세히 좀 말해 봐!"

"음, 뒤에 있는 저 녀석이 잘 알려 줄 겁니다. 전 부상을 좀 치료해야 해서."

"아, 그래. 그래야지."

부르카스가 고개를 끄덕였다. 확실히 라온의 부상 정도는 심했다. 평범한 이라면 울고불고 난리가 날 정도로.

"서비안. 라온을 치료해 주어라."

"아, 예."

부지부장이자, 치료사인 서비안은 멍하니 서 있다가 라온을 따라갔다.

"그래서 여기서 무슨 일이 있었다고? 하나도 빼지 말고 전부 말해 봐."

"믿으실지 믿지 않으실지 모르지만…."

버렌은 부르카스에게 이곳에서 일어났던 모든 일을 조금의 과장이나, 가감 없이 말해 주었다.

"지금 그게 말이 된다고…."

부르카스의 목소리가 탁하고 튀었다. 너무 말 같지도 않은 이야기를 들으니, 목소리가 꽉 막혔다.

"그렇지만, 사실입니다."

버렌, 루난, 마르타를 포함한 수련생 모두가 고개를 끄덕였다.

"허…."

어처구니가 없다.

'녹전귀의 뒤를 잡아서 팔을 베고, 결국 놈의 목을 베었다고?'

이것도 충분히 놀라운 일이다. 하지만 그 뒤에 들은 말엔 경악성밖에 나오지 않았다.

'광혈귀에게서 10분 가까이 버텼다니….'

버렌은 라온이 모두를 도망치게 한 뒤 리메르가 나타날 때까지 광혈귀를 잡고 있었다고 했다.

아직 검사의 자격도 얻지 못한 15살짜리 수련생이 마스터인 광혈귀와 검을 나눴단다. 어이가 없어서 머리가 띵했다.

"후우…."

부르카스가 한숨을 뱉으며 수련생들을 살폈다. 조금도 흔들리지 않는 눈. 이들의 말은 모두 사실이었다.

뒤를 돌아 라온이 들어간 집을 바라보았다.

꿀꺽.

마른침이 절로 삼켜졌다. 지그하르트의 현 가주인 글렌 님도 15살의 나이에 광혈귀를 상대할 수는 없을 거다.

'괴물….'

그 두 단어밖에는 생각나는 게 없었다. 라온 지그하르트는 천재라는 개념을 넘어선 괴물이었다.

"그, 그럼 가 보겠습니다."

스스로 부지부장이라고 소개한 서비안이라는 남자가 전신에 약과 붕대를 감아 준 뒤 일어났다.

"감사합니다."

"아휴, 아닙니다."

그는 손사래를 치고 밖으로 나갔다.

"하아…."

라온이 통증을 참으며 등을 벽에 기댔다.

'꿈꾸는 것 같네.'

아직도 문제가 있는 이 육체로 녹전귀를 베고, 광혈귀에서 살아남았다는 게 믿기지 않았다.

'운이 좋았어.'

녹전귀를 벨 때는 수련생들이 시선을 끌어 준 덕분에 우위를 점할 수 있었고, 그 성장을 바탕으로 광혈귀와의 전투에서 버텨 낼 수 있었다.

조금만 부족했더라도 양쪽 모두 목숨이 위험한 순간이었다.

'대신 또 성장할 수 있었지.'

라온이 주먹을 꾹 말아 쥐었다. 광혈귀와 힘겨운 싸움을 하며 능력치, 경험, 격이 모두 상승했다.

세부 마을에 오기 전의 자신과 지금의 자신은 하늘과 땅 수준으로 차이가 났다.

지금은 확실하게 소드 익스퍼트 하급에 오른 상태였다.

'역시 고생을 안 하고는 강해질 수 없는 건가.'

전생에서부터 느꼈지만, 위기라는 파도를 겪어야 기회가 오는 것 같다.

'거기다….'

라온이 씩 웃으며 라스가 들어 있는 얼음꽃 팔찌를 흔들었다.

"네 덕분에 한 번 더 성장할 수 있게 됐지."

-끄응….

얼음꽃에서 푸른 불꽃이 타오르며 라스가 솟아올랐다.

-본왕은 이런 허술한 내기를 한 적이 없다. 네놈은 오우거 투구를 쓴 그 무식한 놈을 죽이지 못했느니라!

"그게 아니지."

라온이 고개를 저었다.

"너와 나의 내기는 광혈귀의 죽음이었다. 즉, 누가 쓰러뜨려도 상관이 없었어."

-크으으, 빌어먹을!

라스가 격한 분노를 끌어 올렸다. 녀석은 상황이 급박해 제대로 내기를 걸지 않았다고 한탄했다.

'음….'

라온은 평소처럼 라스를 놀리지 않고 인상을 찌푸렸다. 평소와 달리 녀석의 감정이 더 깊게 가슴에 와닿았다.

'분노를 받았기 때문인가.'

라스의 분노를 받았기 때문에 녀석의 감정이 더 잘 느껴지는 것 같았다.

'예상보다 위험해.'

고작 10의 분노를 받았는데 그 여파가 상당하다. 아무래도 녀석과의 계약은 신중에 신중을 기해야 할 것 같았다.

"다시 확인 좀 해 볼까."

라온은 별거 아닌 것처럼 목소리를 한 톤 올리며 지나간 메시지를 불러왔다.

> [<분노>와의 내기에서 승리하셨습니다.
> 모든 능력치가 3포인트 상승합니다.
> <분노>에게 네 번째 승리를 거두셨습니다.
> 4연승의 효과로 추가 능력치가 상승합니다.
> 근력이 1포인트 상승합니다.]
> 민첩성이 2포인트 상승합니다.]
> 기력이 1포인트 상승합니다.]

세 번째 내기에서 이겼을 때처럼 추가 포인트까지 상승했다. 아낌없이 주는 라스다운 보상이었다.

꾸우욱!

라온이 주먹을 움켜쥐었다. 능력치가 동시다발적으로 오르자, 허무하리만큼 힘이 빠졌던 근육이 되살아나는 게 느껴졌다.

-이런 망할 내기 따위는 하는 게 아니었거늘!

라스는 속임수라고 소리치며 방 전체를 냉기로 뒤덮었다.

"너도 알잖아. 아직 남았어."

> 내기의 두 번째 보상으로 <분노>가 가진 특성이 생성됩니다.
> 특성이 결정되었습니다.
> 당신에게 특성 <불굴의 의지>가 생성됩니다.

제82화

"불굴의 의지?"

-하필….

라스의 목소리에 짜증이 어렸다. 불굴의 의지라는 특성이 마음에 들지 않는 것 같았다.

'그럼 괜찮은 특성인가 본데?'

라스가 싫어한다면 좋은 특성일 수밖에 없다. 라온이 기대감을 가지고 상태창을 불러왔다.

<상태창>
이름 : 라온 지그하르트.   칭호 : <꺾이지 않는 자>.
상태 : 혹한의 저주(다섯 가닥).
특성 : 분노, 불의 고리(4성), 수속성 저항력(4성),
설화의 감각(3성) 만화공(3성), 혹한의 냉기(3성),
화속성 저항력(3성), 블리딩 커스(1성), 암습(1성),
불굴의 의지(1성).

근력 : 62.   민첩성 : 63.   체력 : 56.
기력 : 47.   감각 : 66.   분노 : 10.

보상 덕분에 능력치가 오른 것을 확인한 후 새롭게 생긴 특성 <불굴의 의지>를 살펴보았다.

<불굴의 의지>
육체적, 정신적으로 심각한 충격을 받았을 때
일시적으로 정신력을 상승시켜 고통을 감소시킨다.

설명을 보자마자, 탄성이 흘러나왔다. 이 특성이 있다면 라스의 분노를 가진 상태에서도 이전처럼 버티는 게 가능하다.

"운이 따라 주는군."

-운이 아니라, 본왕이 만든 시스템의 능력이 뛰어나기 때문이다.

라스가 메시지를 노려보며 이를 갈았다.

'너무 잘 만들어도 탈이로군.'

처음 저 시스템을 제작할 때 특성의 경우 현재 가장 필요한 능력부터 생성되도록 만들었다.

그 시스템의 특성 생성 조건이 라온에게도 작용해서 현재 가장 필요한 불굴의 의지가 생겨난 것이다.

-쯧.

짜증이 확 돋았다.

'이제 놈을 공략할 수 있을 줄 알았거늘….'

라온이 분노의 감정을 받아들여 이제야 놈에게 먹힐 칼날이 만들어졌는데, 저 특성 때문에 다시 원점으로 돌아가 버렸다.

'후우….'

라스가 끓어오르는 감정을 가라앉혔다. 멍청하게 분노를 일으켜 놈의 능력치를 올려 주는 건 이제 사양이다.

'시간은 많아.'

조금씩이지만 능력의 회복 속도가 빨라지고 있고, 라온에게 분노의 감정도 심어 놓았다.

녀석이 인간치고는 빠른 성장을 보여 주고 있지만, 결국 승자는 자신이 될 것이다.

'기다려라. 네놈의 육체와 영혼은 나의 것이다. 영겁의 시간 동안 빙하 속에 가둬 주마!'

라스가 차게 식은 눈으로 라온을 노려보았다.

"쯧쯧."

라온이 라스를 보며 혀를 찼다.

"표정 보니까. 또 헛생각하고 있네."

-헛생각을 하는 건 네놈이겠지. 인간 주제에 본왕의 높고도 고고한 사고를 어찌 이해한단 말이냐.

"뻔해. 참고 기다려서 내 육체를 먹고, 영혼은 빙하에 가두겠다고 다짐했겠지."

-억!

라스가 입을 떡 벌렸다.

-네놈. 독심술까지 익혔단 말이냐!

"지금까지 듣고 본 게 있는데 모를 리가 없지. 네 생각이나 움직임은 내 손바닥 안에 있다."

라온이 길쭉한 오른손을 쫙 펼쳐서 흔들었다.

-인간 따위가 감히!

라스는 조금 전에 라온의 도발에 넘어가지 않겠다고 다짐한 걸 까맣게 잊고 분노를 폭발시켰다.

콰아아아아!

한층 격이 올라간 라스의 냉기가 파도가 되어 라온에게 밀어닥쳤다.

"으음."

라온이 안쪽 입술을 깨물었다.

'이거 장난 아닌데…'

부상을 입은 상태라고 해도 통증의 정도가 이전보다 훨씬 심해졌다. 날카로운 고드름으로 전신을 찌르는 듯한 감각.

수속성 저항력이 4성인데도 아찔할 정도의 고통이라니, 라스에게 분노의 감정을 받는 건 굉장히 위험한 일이었다.

"후욱…."

네 개의 불의 고리를 공명시키며 이가 바드득 갈릴 정도의 고통을 참고 또 참았다.

> 감내하기 힘든 고통을 느꼈습니다.
> <불굴의 의지>가 발동됩니다.

그 메시지와 함께 정신과 육체를 짓누르던 고통이 현저히 줄어들기 시작했다.

-크아아아! 오늘 본왕이 네놈과의 악연을 끊어 버릴 것이다!

라스는 전력을 다해서 분노와 냉기를 일으켰지만, 놈의 감정을 받아들이기 전처럼 버티는 게 어렵지 않았다.

> 심각한 부상 상태에서 라스의 빙의를 버텨 내셨습니다.
> 감각 능력치가 1포인트 상승합니다.

메시지와 함께 정신이 조금 더 깨끗해졌다.

-빌어먹을. 도대체 뭐가 어떻게 돌아가는 거냐!

라스가 몸에서 떨어져 나가며 수없이 욕설을 퍼부었다. 분노의 군주가 아니라, 양아치를 보는 듯한 기분이었다.

"말했잖아."

라온은 픽 웃으며 오른손을 저었다.

"넌 나한테 안 된다고. 뻔히 보인다니까."

다만 속이 편하지는 않았다.

'놈의 힘이 강해지는 속도가 빨라지고 있어.'

라스의 기운은 점점 더 강해지고 있다. 놈보다 빠르게 강해지지 않는다면 결국 놈에게 먹히게 될 거다.

"후우."

-크으으!

라온과 라스는 가장 가까운 거리에서 서로를 씹어 삼킬 준비를 하고 있었다.

다음 날.

라온은 정오가 다 되어서야 깨어나 밖으로 나왔다.

마을을 보니, 조금이지만 복구 작업이 진행되어 있었다. 지부의 검사들과 수련생들이 밤과 아침 사이에 마을을 정비한 것 같았다.

"일어났군."

목책 근처에 있던 지부장 부르카스가 라온의 앞으로 다가왔다.

그의 눈빛은 어제와 달랐다. 마치 자신을 신비로운 생물처럼 보는 듯했다.

다른 수련생에게 자신이 녹전귀를 베고, 광혈귀와 전투를 치렀다는 사실을 들은 모양이다.

"몸은 괜찮은가?"

"많이 좋아졌습니다."

라온이 느릿하게 고개를 끄덕였다. 리메르가 대체 뭘 뿌린 건지 모르겠는데, 부러진 뼈가 붙고, 뜯겨 나간 허리와 허벅지에 살이 차오르고 있었다.

돌아가서 회복에 집중하면 얼마 지나지 않아 원상태로 돌아갈 수 있을 것 같았다.

"대단한 일을 해냈다. 15살에 녹전귀를 베고, 광혈귀와 싸워 살아남다니, 업적이라 불려도 과언이 아니야."

부르카스가 마른침을 삼키며 엄지손가락을 치켜올렸다.

'아니, 업적 그 이상이지.'

아직 검사조차 되지 못한 수련생이 에덴의 녹전귀를 베고, 광혈귀와 10분가량 싸웠다고 말하면 그 누구도 믿지 않을 것이다.

아마 이 소식을 가지고 가문으로 돌아가도 거짓이라고 생각하는 사람들이 더 많을 거다.

붕대를 감은 라온을 자세히 살펴보았다. 저렇게 심한 부상을 입어 놓고서 고통을 느끼는 표정이나, 약한 소리는 하지도 않았다.

대체 무슨 일을 겪었길래 저 나이에 저런 참을성과 무력을 갖추게 된 건지 놀라울 따름이다.

"이곳은 우리가 맡을 테니, 너는 수련생들을 이끌고 가문으로 돌아가라. 임시 조치는 했지만, 너를 포함해서 부상이 심한 녀석들도 많다. 돌아가서 제대로 치료를 받아라."

"알겠습니다. 생각해 주셔서 감사합니다."

"같은 지그하르트 아니냐."

부르카스가 옅게 웃으며 손을 저었다.

"그럼."

라온은 살짝 고개를 숙인 후 다른 수련생들이 있는 곳으로 향했다.

"……"

부르카스는 라온의 뒷모습을 멍하니 지켜보았다.

'광혈귀에게서 버틴다라…'

익스퍼트 중급인 자신도 광혈귀에게 5분을 버틸 자신이 없었다.

라온이 수련생들을 도망치게 한 후 홀로 10분을 싸웠다는 게 놀랍기도 했고, 감동적이기도 했다.

'커 보이는군.'

자신의 반도 안 되어 보이는 어린 소년의 작은 등이 너무도 커 보였다.

'어찌 됐든.'

부르카스는 하늘의 정중앙에서 세계를 비추는 태양을 올려보며 웃었다.

'가문이 난리가 나겠어.'

"라온."

루난이 먹이를 본 강아지처럼 라온의 앞으로 쪼르르 달려왔다. 그녀는 자신의 전신을 살피고서 눈을 축 내렸다.

"아프지?"

"이제 괜찮아."

라온은 고개를 저으며 웃었다. 거짓이 아니라, 통증은 정말 많이 줄어들었다.

"정말?"

"이제 걱정하지 않아도 돼."

"응."

루난의 입꼬리가 아주 짧게 올라갔다. 이제 이 녀석도 감정의 표현이 조금 늘어난 것 같았다.

"가문으로 돌아가야 하니까. 모두에게 출발 준비를 하라고 전해 줘."

"알겠어."

그녀는 크게 고개를 끄덕이고서 다른 수련생이 있는 곳을 뛰어갔다.

"바로 돌아가는 건가?"

그 모습을 지켜보고 있던 버렌이 조용히 다가왔다.

"그래. 지부장님이 뒤처리를 해 줄 테니, 돌아가라고 하셨어."

"하, 우리 교관은 대체 어디에 갔는지!"

버렌은 인상을 찌푸리며 바닥을 걷어찼다.

"몸은 정말 괜찮은 거냐?"

"부상이 낫진 않았지만, 회복기에 들어섰다."

"확실하게 나아라. 완벽한 상태의 널 내가 꺾어야 하니까."

"그걸 보고도?"

"그걸 봤기 때문이다."

그의 푸른 눈동자는 바위를 얹은 듯 조금도 흔들리지 않았다.

"난 포기하지도, 물러나지도 않는다. 걸을 수 없다면 기어서라도 네 뒤를 쫓겠어."

목소리에도 단단한 의지가 깃들었다. 이번 임무를 통해 버렌도 한층 성장한 것 같았다.

"그리고."

"음?"

"네가 냉기의 오러를 가지고 있다는 사실을 아는 녀석들의 입을 막았다. 네가 목숨을 구해 주었으니, 비밀을 밝힐 놈은 없을 거다."

"아."

라온이 입을 동그랗게 벌렸다.

'거기까지 생각해 줬다고?'

이제 오러가 두 가지라는 게 밝혀질 수밖에 없다고 생각했는데, 버렌이 먼저 수련생들의 입을 막아 준 모양이다.

생각지도 못한 일이라, 어안이 벙벙했다.

"놀랄 필요 없어. 네게 목숨의 빚이 있으니, 할 수 있는 일을 한 것뿐이다."

버렌이 콧등을 긁적이고 몸을 돌렸다.

"출발 준비는 내가 하겠다. 넌 쉬고 있어."

그는 그 말을 남기고 다른 수련생들이 있는 곳으로 향했다.

'저렇게 변할 수가 있나.'

버렌은 처음 만났을 때 질시에 가득 차 있던 아이라고는 상상도 할 수 없을 만큼 바뀌었다.

5 연무장의 기적은 자신이 아니라 저 녀석일지도 모르겠다.

"흠."

라온은 짐을 챙긴 뒤 마을의 중심 부근으로 향했다.

"그쪽은 제대로 수리해야 하니까. 일단 나무만 쌓아 놔!"

경상을 입은 촌장이 마을 사람들에게 지시를 내리고 있었다.

"위로 쌓으면 위험하니까. 옆으로… 어! 은인!"

그는 라온을 발견하고, 재빠르게 달려왔다.

"괘, 괜찮으십니까? 저 때문에 큰 부상을…."

"촌장님 탓이 아닙니다."

"이 못난 놈을 살리느라, 그 괴물에게 맞으셨지 않습니까. 정말 뭐라 감사의 인사를 드려야 할지 모르겠습니다."

촌장은 무릎을 꿇고 고개를 숙였다.

"……."

라온은 고맙다고 말하는 촌장을 바라보며 광혈귀와 처음 만났을 때를 생각했다.

'그때…'

광혈귀가 공격을 해 온 순간 자신도 모르게 촌장을 껴안고 뒤로 물러섰다. 부상을 입을 걸 알면서도 몸이 먼저 움직였다.

'내가 왜 그랬을까.'

사실 따지고 보면 필요 없는 일이었다.

촌장에게 고블린 왕의 마석을 받았고 사정도 들었으니, 딱히 살릴 이유가 없었다.

하지만 자신은 부상을 입으면서까지 그를 구해 냈다.

'달라지고 있어.'

실비아 때문인지, 리메르 때문인지, 아이들 때문인지, 환경 때문인지.

어찌 됐든 자신도 변하는 중이었다.

그리고 그 변화가 그리 싫지 않았다. 텅텅 빈 목각 인형에 감정의 옷이 입혀지는 느낌이었다.

"일어나세요."

라온은 옅게 웃으며 부들대는 촌장을 일으켰다. 노쇠한 눈에 감격과 감사가 담겨 있었다.

"말했던 대로 이 보석은 제가 가져가겠습니다. 확실하진 않지만, 놈들을 불러 모을 가능성이 있으니까."

"물론입니다!"

촌장은 위아래로 고개를 마구 끄덕였다.

"먼저 말을 꺼내시진 말고, 혹시라도 보석을 찾는 사람이 오면 지그하르트에서 몇 가지 물건과 함께 가져갔다고 하세요."

"알겠습니다!"

촌장은 흡사 신의 계시를 받는 것처럼 고개를 끄덕였다.

-왜 그렇게 말하는 거지? 다 말해 주면 되지 않느냐.

'모르는 게 나아.'

이 보석만이 아니라, 다른 것들도 챙겨 가서 에덴 놈들이 보석을 노린다는 정보를 지워야 한다.

'이 정보는 비싸게 팔릴 거거든.'

라온이 씩 웃었다. 글렌에게 에덴의 정보를 비싸게 팔 기회를 놓칠 수는 없었다.

❈❈❈❈❈

수련생들은 마을 사람 모두의 열렬한 환호를 받으며 세부 마을을 떠났다.

버렌은 부상당한 라온 대신 앞에서 수련생들을 이끌었고, 루난은 아기 오리처럼 라온의 뒤를 졸졸 따라갔다.

마르타는 평소처럼 홀로 걸었지만, 생각이 많은 듯 눈동자가 탁해져 있었다.

라온은 수련생들의 중앙에 서서 주변을 면밀하게 관찰했다.

'능력치 덕분에 감각이 늘어났어.'

녹전귀를 잡은 업, 광혈귀와 맞선 업 그리고 라스에게 뜯어낸 능력치 덕분에 감각 수준이 꽤 올라갔다.

이전보다 감각 범위가 늘어나, 숨은 사람의 기척을 잡기도 쉬워졌다.

지금이라면 홍안귀가 숨어 있어도 그 위치를 금세 잡을 수 있을 것 같았다.

혹시나 모를 에덴의 습격에 대비하며 계속해서 기감의 범위를 늘리자, 감각에 한 사람이 잡혔다.

'리메르!'

리메르가 가진 그 시원한 바람이 느껴졌다. 그는 돌아가지 않고, 여전히 수련생들을 지켜보고 있었다.

'하긴 당연한가.'

에덴 혹은 다른 세력의 습격이 있을지도 모르니, 그가 남아 있는 건 불 보듯 뻔했다.

후욱.

갑자기 리메르의 기척이 촛불 꺼지듯이 혹 가라앉았다. 자신이 알아차린 것을 감지한 모양이다.

'특이한 사람이라니까.'

라온은 픽 웃으며 기감을 지우고 수련생들을 따라갔다.

잠시 후.

수련생들이 지나간 오솔길의 나무 위에서 리메르가 내려섰다. 그는 숫제 질린 표정으로 고개를 저었다.

"저 괴물 같은 놈…."

라온이 이 며칠 동안 정말 말이 안 될 정도로 큰 성장을 이뤘다고 해도 제대로 은신한 자신을 감지할 정도일 줄은 몰랐다.

"이 소식을 알려 주면 어떤 반응을 하려나?"

그는 글렌의 엄숙한 얼굴을 생각하며 히죽였다.

환생한 암살자는
검술 천재

제83화

"그 꼴은 무엇이냐."

글렌은 어설픈 자세로 부복한 리메르를 보며 턱을 틀어서 들어 올렸다.

"육체와 기의 균형이 더 어긋났군. 또 무슨 짓을 벌였느냐."

"제가 벌인 건 아닌데요."

"하여튼."

글렌이 인상을 찌푸리며 눈매를 좁히자, 그의 오러가 털실처럼 갈라져 리메르의 육체로 파고들었다.

우우웅.

검계를 열었던 후유증으로 생겨났던 마나 회로와 단전의 통증이 가라앉기 시작했다.

"허…"

리메르가 헛웃음을 흘렸다.

'또 강해지신 건가?'

그저 오러를 운용한 것으로 육체의 어긋남을 맞추다니, 글렌은 이제 반신의 경지에 올랐다고 봐도 과언이 아니었다.

'아니, 원래부터 저 정도셨지.'

글렌은 10여 년 전부터 제 실력을 드러낸 적이 한 번도 없었다. 강해졌다기보다 본 실력을 조금 드러낸 게 맞을 거다.

우우웅.

근육과 뼈, 장기까지 어루만져 주던 글렌의 오러가 연기처럼 사라졌다. 몸 상태가 훨씬 더 좋아졌다.

"감사합니다."

리메르는 건들거리던 손가락을 멈추고, 제대로 고개를 숙였다.

"되었다. 가뜩이나 허약한 녀석이 그렇게 부들거리는 건 별로 보고 싶지 않으니까."

"후후, 앞으로도 신세 좀 져야겠네요."

"시끄럽고, 찾아온 용건이나 말해라."

"아, 그렇죠."

그는 고개를 들어 올리며 웃었다.

"가주님이 학수고대하시는 손자들의 소식을 가지고 왔습니다."

"……."

글렌은 대답 없이 무심한 눈으로 리메르를 내려다보았다.

"빨리 말이나 하라는 표정이시네요."

리메르는 킥킥 웃으며 몸을 일으켰다.

"사실 임무 중에 꽤 재밌는 일이 있었습니다."

"재밌는 일?"

"예. 세부 마을에 에덴이 있었습니다."

"그게 무슨 소리지?"

반신의 경지에 오른 글렌에게도 그 이야기는 놀라운 모양이다. 눈동자가 화등잔만 해졌다.

"세부 마을과 세부산을 미리 살펴보았던 지부도 파악하지 못한 걸 보니, 그들의 조사 이후에 찾아온 모양이더군요."

"본론만 말해. 빨리."

"알겠습니다. 그럼 처음부터 시작하죠. 제가 먼저 그곳에 도착했을 때 홍안귀를 발견했습니다. 어찌할까를 고민하다가 아이들을 한번 믿어 보기로 했죠. 그래서…"

리메르는 고개를 끄덕이며 세부에서 일어났던 일들을 차례로 말했다.

"…제가 도착했을 때 라온은 몸이 망가진 상태에서도 광혈귀 앞에서 물러나지 않았습니다."

리메르의 진녹색 눈동자가 선명한 빛을 발했다.

"광혈귀? 너 지금 그게 말이 된다고 생각하고…"

"맞습니다. 말이 안 되죠. 검사의 칭호도 받지 못한 15살짜리 수련생이 녹전귀를 가르고, 광혈귀의 주먹에서 살아남았다? 그 누구에게 말해도 욕을 얻어먹을 이야깁니다. 하지만!"

그가 긴 손가락을 들어 올렸다.

"사실입니다. 제가 보았고, 수련생들이 보았으며, 마을 사람들도 보았습니다. 그리고 가주님도 라온을 본다면 아시게 될 겁니다. 녀석은 이미 소드 익스퍼트 하급에 올랐습니다."

"살아남았다고 했지. 그럼 몸은 괜찮은 것이냐?"

초월자에 오른 글렌의 눈에서 의문과 걱정이 비쳤다.

"이런 놀라운 이야기를 전했는데, 몸부터 걱정하시다니, 괜히 피붙이가 아니군요."

"시끄럽고, 말이나 해라."

"왼팔의 뼈가 부러지고, 근육이 찢어졌습니다. 그 마을의 촌장을 구하려다가 첫 일격에 당했다고 하더군요."

"음…."

그 말을 들은 글렌이 입매를 살짝 비틀었다.

"그런 표정은 오랜만에 보네요. 손자가 자랑스러우면서도, 걱정되시는 모양입니다."

"지금 상태는?"

"엘브린의 수액을 주었습니다. 더 단단해져서 돌아올 겁니다."

"그건."

글렌이 눈매를 좁혔다. 엘브린은 두 번째 세계수의 이름. 그 수액은 천금을 주고도 사기 힘든 보물이었다.

"부상 정도가 너무 심해서 빠르게 조치하지 않았다면 완벽하게 회복하지 못했을 겁니다. 거기다 뭐라고 해야 하나? 이상하게 조금도 아깝지 않더군요."

리메르가 어깨를 으쓱였다.

"수련생들은 지금 어디에 있지?"

"내일모레면 가문에 도착할 겁니다."

"그 아이들이 돌아오는 대로 가문 회의를 열겠다. 대주들을 소환하도록."

"알겠습니다."

글렌이 눈을 감으며 지시를 내리자, 경악하여 가만히 있던 로엔이 앞으로 나왔다.

'라온. 거하게 뜯어낼 수 있겠다.'

리메르는 글렌의 표정을 보며 히죽 웃었다.

"리메르."

"아, 예?"

다 끝났다고 생각했는데, 갑자기 글렌의 목소리가 훅 하고 들어왔다.

"다른 교관을 보내지 않고, 왜 네가 그곳에 간 거지?"

"그냥. 아이들이 성장하는 모습을 보고 싶었습니다."

"그런가…."

글렌은 턱을 긁적이면서 말을 이었다.

"잘했다. 그리고 수고했다."

"오? 이, 이게 얼마만의 칭찬입니까? 거의 20년…."

"네 녀석이 헛짓만 하지 않았어도 몇 번은 더 들었을 것이다."

"하하하! 그건 그렇죠."

리메르가 시원한 웃음을 터트렸다. 가주 앞에서 진심으로 웃었던 게 언제였는지, 가주가 드러나는 미소를 지었던 게 언제인지 기억도 나지 않았다.

라온 덕분에 계속 멈춰 있던 가문이 다시 움직이기 시작한 것 같았다.

❈❈❈❈❈

라온과 수련생들은 보름이 지나고서야 지그하르트 정문 앞에 도착했다.

쿠구구구!

지축이 뒤틀리는 듯한 굉음과 함께 열리지 않을 것 같은 은색의 문이 활짝 벌어졌다.

그 뒤로 성벽과 문을 지키는 문지기 검사들이 우뚝 서 있었다.

임무에 나갈 때와 같은 모습.

하지만 다른 점이 있었다.

석상처럼 묵직했던 문지기 검사들의 눈빛에 놀람과 의문이 깃들어 있었다.

"돌아온 것을 환영한다."

경비 대장의 목소리도 달라졌다. 애송이 수련생을 보는 게 아니라, 임무를 완수하고 온 검사를 마주한 듯했다.

"감사합니다."

라온은 문지기들에게 고개를 숙이며 눈매를 좁혔다.

'리메르가 퍼뜨렸군.'

뻔하다. 지부 사람들은 아직 세부 마을에 있으니, 리메르가 여기저기 퍼뜨린 게 분명했다.

"쉬고 싶겠지만, 먼저 들러야 할 곳이 있다. 너희 모두 가주전으로 가라. 가주님께서 기다리고 계신다."

"네?"

"가주전?"

"가주님이?"

가주가 부른다는 말에 수련생들 모두가 눈을 부릅떴다.

"바로 가도록."

경비 대장은 가주전이 있는 방향을 가리키며 문을 닫으라 지시했다.

"가자."

라온은 이미 그럴 거라 예상했기에 고개를 끄덕이고서 수련생들을 이끌고 가주전으로 향했다.

가문의 대로를 지나며 만나는 사람마다 모두 멈춰서 자신을 멍하니 바라보았다.

감각이 좋아진 덕분에 그들이 속삭이는 소리도 들려왔다.

"저 녀석 맞지? 라온 지그하르트."

"저렇게 작은데 녹전귀를 잡았다고?"

"그건 아무것도 아니야. 광혈귀의 공격을 버텼다잖아."

"근데 기세가 별로 안 느껴지는데? 정말 익스퍼트 맞아? 유저 상급 정도인 것 같은데."

"리메르가 또 헛소리를 퍼뜨린 거 아닐까?"

"리메르는 게으르지만, 거짓 소문을 만들 정도로 타락하진 않았지."

그들은 리메르가 퍼뜨린 소문을 가지고, 자기들끼리 진짜니, 가짜니 신나게 떠들어 댔다.

"하아."

라온은 가는 한숨을 뱉고, 가주전 안으로 들어갔다.

"임무를 마치고 돌아오신 것을 환영합니다."

글렌의 집사인 로엔이 고개를 숙였다. 그를 따라 사용인들 모두가 머리를 조아렸다.

'확실히…….'

여긴 진짜들이 있는 곳이라서 그런지 이전과 반응이 달라지지 않았다.

"이쪽으로 오시지요. 모두 기다리고 계십니다."

"모두라면……."

"가주님만이 아니라, 대주님들도 함께 계십니다."

"음……."

"대, 대주들도?"

"이런……."

얇게 들린 신음에 뒤를 돌아보니, 수련생들 모두가 긴장한 표정으로 마른 입술을 축이고 있었다.

"긴장할 필요 없어. 가서 있었던 일만 말하면 그만이다."

"맞는 말씀이십니다. 여러분들은 임무를 행하며 보고 겪은 것을 그대로 전하시기만 하면 됩니다."

로엔이 방긋 웃으며 고개를 끄덕였다.

'역시 다르군.'

글렌의 옆에 서서 수많은 인재를 봐 왔지만, 라온 같은 아이는 처음이다.

어려서 이 자리의 중요함을 모르는 게 아니다. 전부 알면서도 저리 여유로운 것을 보면 마음가짐이 보통이 아니다.

"오시지요."

로엔은 고개를 꾸벅이고 널찍한 복도를 안내했다.

"가자."

라온은 로엔의 바로 뒤를 따라 알현실로 향했다. 알현실의 문은 열려 있었고, 그 안에서 무시무시한 기운들이 뿜어지고 있었다.

"후욱."

숨을 뱉어 내고 그 안으로 들어갔다. 판별식과 달리 의자는 단상 위의 옥좌 하나 뿐이었고, 그 아래엔 처음 보는 검사들이 일렬로 줄을 서 있었다.

'저게 지그하르트의 단주와 대주들.'

줄을 서 있는 자들의 기세에 등골이 오싹해졌다. 가진 기운과 기질 자체가 평범한 인간과는 달랐다.

'그리고…'

익스퍼트에 오르니 더욱 확실하게 느껴진다. 글렌 지그하르트. 그의 기운은 너무도 거대해서 제대로 느껴지지도 않았다. 알현실을 넘어 지그하르트 영지 전체에 닿아 있는 것 같았다.

'무섭군.'

강자들이 모인 이 안에서도 그는 홀로 다른 차원에 서 있었다.

"가주님을 뵙습니다!"

라온이 알현실 중앙에 멈춰 서서 무릎을 꿇고 고개를 숙였다.

"가주님을 뵙습니다!"

수련생들은 그를 따라 같은 자세로 머리를 조아렸다.

"일어나라."

모두가 글렌의 묵직한 목소리를 가슴으로 느끼며 고개를 들었다.

"라온 지그하르트."

"예."

"네가 세부 마을 사건의 중심에 있었다고 들었다. 자세한 이야기를 해 보아라."

"알겠습니다."

라온이 생각을 정리하면서 몸을 일으켰다.

"세부 마을에 도착했을 때 누군가가 감시를 하고 있다는 걸 느꼈습니다. 처음엔 교관 중 하나라고 생각했는데, 그게 아니었습니다. 정확한 정보를 파악하기 위해서…"

가장 뒤에 있는 단주부터 대주. 얄밉게 하품하는 리메르를 지나 글렌까지. 모두와 눈을 마주친 뒤 입을 뗐다.

"광혈귀를 막다가 힘이 빠져 죽음을 각오한 순간 리메르 교관이 와 주어서 살 수 있었습니다."

"……"

라온의 이야기를 들은 알현실 전체에 쇳덩이를 얹은 듯한 묵직한 침묵이 내려앉았다.

"가주님."

버렌의 아버지이자, 글렌의 둘째 아들인 카룬 지그하르트가 턱을 치켜들었다.

"저게 지금 말이 된다고 생각하십니까? 고작 15살에서 16살이 된 아이들입니다. 녹전귀에게 몰살을 당할 수준인데 광혈귀에게 버텼다니! 헛소리임이 분명합니다!"

"하지만 형님. 지부에서도 연락이 왔습니다. 에덴의 행적이 곳곳에 나타났다고."

글렌의 셋째 아들이자, 마르타의 아버지 데니어 지그하르트가 그의 옆을 막아섰다. 그는 예전부터 이쪽의 편을 들어 주었다.

"내가 봤다니까. 더럽게 못 믿네."

리메르가 귀를 후비며 콧방귀를 뀌었다.

"그것부터가 문제다! 폐인이 된 너 따위가 어떻게 광혈귀를 잡았다는 거냐! 그 증거를…."

떨그렁!

갑작스럽게 들린 쇳소리에 모두의 시선이 라온 앞으로 돌아갔다.

그의 앞에 두 개의 쇳덩어리가 놓여 있었다. 녹전귀와 광혈귀의 투구였다.

"녹전귀와 광혈귀의 투구…."

"지, 진짜였다고?"

"으음…."

투구를 본 대주들이 눈을 부릅떴다.

"에덴 놈들의 투구가 문제가 아니다! 내가 말하고 싶은 건 너희들이 그걸 어떻게 잡았냐는 거다! 기습? 네놈이 암살자도 아닐 텐데, 어찌 그게 가능하다는 말이냐!"

암살자였는데? 라는 말을 할 수는 없었다.

"가주님."

라온은 카룬이나 다른 대주들을 보지 않고, 정면에 있는 글렌을 올려보았다.

"검을 뽑아도 되겠습니까?"

글렌은 아주 작게 고개를 끄덕였다.

"감사합니다."

라온이 고개를 숙이고서 허리춤에 매달린 검을 뽑았다. 날이 상한 은빛의 칼날 위로 시뻘건 불길이 치솟았다.

화르르륵!

용광로를 태우는 진한 불길처럼 검날을 덮은 불길이 알현실 전체를 밝혔다.

"거, 검기. 그것도 저런 불꽃이라니…."

"분명 작디작은 불꽃이라고 들었는데?"

"소드 익스퍼트라고? 저 나이에?"

"마, 말도 안 돼…."

"저 정도라면 녹전귀와 자웅을 가릴 수준은 되겠어."

대주들은 라온의 검기를 보고 놀라 눈을 부릅떴다.

"내가 말했잖아. 저 녀석 괴물이라니까."

리메르는 경악하는 대주들을 보며 낄낄 웃어 댔다.

글렌 지그하르트는 이전과 별반 다르지 않은 표정이었다. 다만 그를 잘 아는 사람이라면 그의 입꼬리가 씰룩했다는 걸 알 수 있었다.

후우우욱!

라온은 뻘건 불길로 타오르는 검을 내리며 턱을 틀었다.

"이 정도면 설명이 됐습니까?"

그 말에 대답은 돌아오지 않았다.

제84화

"검기…."

카룬은 라온의 검에 어린 불길을 보고 마른침을 삼켰다.

'익스퍼트 하급의 경지에 오른 게 정말이었다고?'

이상하게도 라온의 경지는 추측하기 어려웠다. 오러 유저 상급 정도라 생각했는데, 익스퍼트의 상징인 검기를 사용할 줄은 몰랐다.

15살이라는 나이에 검기를 사용하다니, 대륙 역사상 손에 꼽을 만한 천재 혹은 괴물임이 분명했다.

'하지만 익스퍼트라고 해도 광혈귀와 겨룰 수는 없어.'

익스퍼트는 분명 강자라고 불릴 수 있는 경지지만, 대륙 전체로 보았을 때는 그리 대단한 수준이 아니다.

"아무리 익스퍼트에 올랐다고 해도 광혈귀의 무위는 마스터. 네 수준으로는 절대 버티지 못한다. 녹전귀를 잡는 것도 마찬가지다! 사실대로 말…."

"아버지."

라온의 뒤에 부복해 있던 버렌이 한 발 앞으로 나왔다.

"제가 보았습니다. 라온은 녹전귀를 베었고, 저희와 마을 사람들이 도망칠 시간을 벌기 위해서 한 팔을 다친 상태에서도 혼자 광혈귀의 앞을 막아섰습니다."

"맞아."

루난도 버렌의 뒤를 따라 나와 고개를 끄덕였다. 시선은 우측에 서 있는 그녀의 아버지를 로칸 슬리온을 향해 있었다.

"너희들에게 입을 열라고 허락하지 않았다!"

카룬은 아들이 아닌, 사육한 짐승을 보는 듯한 표정으로 버렌을 노려보았다.

"허, 참 아들이 말해도 믿지를 못하면 어쩌자는 건지 모르겠네. 앞뒤가 아주 꽉 꽉 막히셨어. 밥은 어디로 먹고, 똥은 어디로 싸나 몰라."

"입 닫아라. 리메르."

카룬은 어깨를 으쓱이는 리메르를 죽일 듯 노려보았다.

"네놈이 한 일이 가장 큰 문제다. 그 망가진 육체로 광혈귀를 잡았다니, 사기를 치지 않고서야…."

"그럼 한번 붙어 볼까요? 중무전주의 무력이 얼마나 대단한지 오랜만에 보고 싶은데?"

"좋다. 그 얇은 목을 당장에 베어…."

"그만."

리메르와 카룬의 목소리 사이로 모든 것을 압도하는 묵직한 음성이 끼어들었다.

"흡!"

"윽…."

"끄으…."

그 거대한 존재감에 알현실에 있는 모두의 척추가 바짝 섰다.

"수석 수련생 라온 지그하르트. 그리고 5연무장의 수련생 모두 들어라."

글렌은 괴고 있던 턱을 떼고, 모두를 굽어보며 말을 이었다.

"훌륭했다."

"어?"

"아버지?"

"가주님…."

생각지도 못한 글렌의 칭찬에 대주들도, 봉신 가문의 가주들도, 수련생들도 모두가 입을 떡 벌렸다.

알현실의 모두가 넋이 나간 눈빛으로 글렌을 바라보았다.

어찌 보면 당연한 일이다.

글렌 지그하르트는 그 누구보다 칭찬에 인색하고, 냉혹한 인물이었으니까.

아무리 어려운 임무를 완수해도 수고했다는 말 정도였는데, 훌륭하다는 말이 나온 건 십수 년 만에 처음이었다.

"리메르에게 1차로 보고를 받았고, 세부 지역을 조사한 지부장에게 2차 그리고 너희들에게 3차로 받은 보고는 모두 일치한다."

글렌은 턱을 괴고 있던 오른손을 들어 올렸다.

"적이 있다는 것을 알아차리고, 섣불리 움직이지 않은 점이 첫 번째."

그가 검지 하나를 접었다.

"되돌아와서도 바로 달려들지 않고, 적을 파악하려 했던 것이 두 번째."

이번엔 중지를 내렸다.

"최적의 순간까지 기다리다가 한 번의 기습으로 적을 약화시키고, 숨겨 둔 일격으로 녹전귀의 숨통을 꺾은 게 세 번째."

글렌의 손가락이 접힐수록 대주들의 눈동자가 커졌다.

"마지막으로 이길 수 없는 적을 만났을 때 그 앞을 막아서고, 동료와 민간인을 도망칠 수 있게 한 게 네 번째다."

그는 올라간 손가락을 하나씩 접으며 붉은 눈을 빛냈다.

"경험 많은 무인처럼 하나하나의 판단이 적절했다. 수련생 그리고 마을 사람들 중 사망자가 없던 것은 네 정확한 판단이 있었기 때문이다. 그리고…."

글렌이 라온의 뒤에 있는 수련생들을 보았다.

"너희들 역시 지그하르트의 검사다운 모습을 보였다. 지그하르트가 지금 이렇게 설 수 있는 건 밑에서 받쳐 주는 사람들 덕분이다."

"음…."

"가주님…."

로엔과 리메르는 글렌의 말을 들으며 고개를 크게 끄덕였다.

"우리는 왕국은 아니지만, 그 이상으로 북방에 군림하고 있다. 그렇기에 이 땅에 사는 사람들은 지키고 보호를 해 주어야 한다. 그렇지 않는다면 그 누구도 우릴 따르지 않겠지. 모두 수고했다."

"가, 감사합니다!"

"감사합니다!"

버렌과 루난, 마르타 그리고 수련생들은 고개를 바닥에 박으며 우렁차게 외쳤다.

"으으!"

"가주님!"

신이 내리는 칭찬에 수련생들은 덜덜 떨었다. 특히 버렌은 눈물까지 글썽였다.

"너희들 모두에게 동색의 패를 내리겠다."

"감사합니다!"

수련생들은 이마에서 피가 터져 나오도록 머리를 박았다.

"그리고 그 모든 상황을 만들고, 정리했던 라온 지그하르트. 네게는 은색의 패를 내리겠다."

"감사합니다."

라온도 다른 수련생들을 따라 다시 무릎을 꿇고 고개를 숙였다.

"칫."

"쯧."

라온이 은패를 받는 상황이 마음에 들지 않는 대주들도 있었지만, 글렌이 직접 움직였기에 누구도 나서지 못했다.

"로엔."

"예."

로엔이 우측 테이블 위에 놓여 있던 널찍한 판을 들고 글렌이 앉아 있는 단상 위로 올라갔다.

글렌이 판을 덮은 천을 걷자, 42개의 동색의 패와 하나의 은색의 패가 놓여 있었다.

"버렌 지그하르트부터 올라오거라."

"아, 예! 알겠습닷!"

버렌은 대답하다가 혀를 깨물었지만, 티를 내지 않고, 단상 위로 올라갔다.

"우리가 보호해야 할 자들을 위해서 나선 것은 옳은 행동이다. 하지만."

하지만이라는 말에 버렌의 입매가 굳어졌다.

"적의 무력을 파악하지도 못하고 달려드는 건 짐승과 다를 바가 없다. 더 넓은 시야를 쌓아 상황을 대국적으로 보도록 해라."

글렌은 버렌을 넘어 그 뒤에 서 있는 수련생들 모두를 보며 말을 이었다.

"너희 모두에게 하는 말이다."

"예!"

그는 루난과 마르타 그리고 모든 수련생들에게 동패를 내어 준 후 마지막으로 라온을 보았다.

"라온 지그하르트. 올라와라."

"예."

라온은 고개를 깊게 숙인 뒤 일어서서 단상으로 올라갔다.

'시선이 느껴지는군.'

등 뒤에서 짜증이 묻어난 시선이 심장을 뚫듯이 쏘아졌다. 카룬과 다른 방계 출신 대주들의 시선이었다.

다만 카룬의 아들인 버렌과 방계 수련생들은 질시나, 질투의 시선을 보내지 않고 자랑스럽게 지켜보았다. 그걸로 충분했다.

"라온 지그하르트."

글렌의 시선은 여전히 차갑고, 건조했다. 한겨울에 얼어붙은 들판과도 같았다.

하지만 분명 이전과 다른 점이 있었다.

눈이 쌓인 그 들판 위에 피어난 한 송이 꽃처럼 눈빛 속에 작은 빛이 어려 있었다.

좋은 건지, 나쁜 건지는 아직 잘 모르겠다.

"네 덕분에 많은 사람이 살았다. 그 공로를 인정하여 네게 은색의 패를 내린다. 앞으로도 육체와 정신적인 수련에 힘을 쓰도록."

"잠시만 괜찮겠습니까."

라온은 글렌이 들고 있던 은패를 받지 않고 멈춰 섰다.

"뭐지?"

"드려야 할 말씀이 있습니다."

"할 말?"

"예. 에덴의 목적에 관한 이야기입니다."

"음?"

글렌의 한쪽 눈썹이 살짝 올라갔다.

"놈들이 세부 마을에 찾아온 이유. 그리고 현재 무엇을 노리고 있는지를 알고 있습니다."

"이 자리가 어떤 자리라고 그런 거짓말을 내뱉느냐!"

뒤에서 악에 받친 목소리가 들려왔다. 카룬의 음성이었다.

"에덴의 귀신들은 사지를 뜯어내는 고문을 해도 입을 열지 않는 지독한 놈들이다. 너 따위가 그걸 어떻게 알았다는 거냐!"

"음…."

"확실히…."

"고문이 통하지 않는 놈들이니까."

다른 대주들도 카룬의 말에 공감했는지 고개를 끄덕였다.

"확신할 수 있느냐."

"그렇습니다. 다만…."

라온은 슬쩍 뒤를 돌아서 불판처럼 달아오른 카룬과 눈을 마주쳤다.

"의심하는 자들 앞에서 그 사실을 밝히고 싶지는 않습니다."

"뭐, 뭐라!"

"저 건방진!"

"검사의 칭호조차 받지 못한 주제에 감히!"

카룬을 따르는 대주들이 강렬한 기세를 뿜어냈지만, 라온은 위축되지 않았다.

전생의 자신은 저들보다 약했지만, 더 대단한 업을 쌓았으니까.

"제가 틀린 말을 했습니까?"

지금 이 순간은 리메르와 글렌이 깔아 준 판이다. 임무에 대한 대가를 더 크게 키울 수 있는 판. 방해꾼 따위가 끼어들게 할 수는 없었다.

"닥쳐라! 여기가 어디라고⋯."

"카룬 지그하르트."

단상 위에서 들려온 묵직한 목소리에 카룬이 입을 꾹 다물었다.

"입 닫으라고 말했을 텐데."

"흡!"

오싹하다.

자신에게 향한 기세가 아님에도 온몸이 꽁꽁 얼어붙는 듯한 기분이었다.

"아, 아버지?"

"나가라. 조금 전 떠들던 놈들 모두."

글렌은 카룬을 보지도 않았다. 그는 가문의 중책을 맡은 아들에게도 자비가 없이 냉혹했다.

"으⋯."

카룬과 함께 떠들던 다섯 명의 대주, 부대주들이 입술을 꾹 깨물었다. 그들은 라온을 죽일 듯 노려보고서 알현실을 빠져나갔다.

"이제 말해라. 그곳에서 무엇을 본 거지?"

에덴의 주구들은 독종들이라 어떤 고문을 해도 입을 열지 않는다. 라온이 에덴 놈들의 목적을 알았다고 하니, 대주들만이 아니라, 글렌도 그의 입만을 바라보았다.

"광혈귀가 절 죽이고, 다른 수련생들도 학살할 수 있다고 생각했는지 본인들의 목적을 밝혔습니다."

"목적?"

"에덴은 몬스터들의 마석을 노리고 있었습니다."

라온은 품에 있던 고블린 왕의 마석을 꺼냈다. 그 붉고 뜨거운 빛이 어둑해진 알현실을 밝혔다.

"보통의 마석이 아니라, 흔히 네임드라고 불릴 만한 몬스터들입니다. 이건 세부산에서 수백 년 전에 죽었던 고블린 왕의 마석입니다."

그 말을 하며 마석을 앞으로 내밀었다.

우우웅.

고블린 왕의 마석이 저절로 떠올라 글렌의 손으로 흘러갔다.

"음."

글렌은 눈매를 좁힌 채로 마석을 이리저리 살펴보았다.

"……."

대주와 단주들은 침조차 삼키지 않고, 글렌과 라온을 바라보았다.

"확실히."

글렌은 마석의 확인을 끝낸 뒤 고개를 들어 올렸다.

"보통의 물건은 아니군."

그는 자신을 보며 알 수 없는 눈빛을 보냈다. 그건 대견함을 담은 것 같기도 했고, 너 따위가 이걸 알아 왔다고 조롱하는 것 같기도 했다.

"누구도 하지 못한 업적을 이뤄 냈구나."

글렌은 입꼬리를 살짝 올리며 로엔에게서 은패를 받아 내밀었다.

"…감사합니다."

라온은 느리게 손을 뻗어서 글렌이 내려 주는 은패를 받아 들었다. 다만 고개를 숙인 얼굴을 살짝 찡그렸다.

'잘못 생각했나?'

글렌이 자신과 실비아를 싫어하더라도 공은 확실하게 챙겨 주는 사람이라고 생각했다.

은패 하나를 더 주거나, 운이 좋으면 금패를 수여할 줄 알았는데 예상과는 달랐다. 그는 아무것도 주지 않았다.

'이럴 거면 차라리 대놓고 달라고 말했어야 했는데.'

아쉽지만 지금에 와서 더 달라고 할 수는 없었다. 입술을 살짝 깨문 채로 단상을 내려왔다.

"모두 돌아가라. 내일 아침. 대회의를 열 테니, 모두 참석하도록."

"예!"

대주와 단주들은 알현실이 떠나가라 대답한 뒤 고개를 숙였다.

'쯧.'

-그런 정보를 주고도 아무것도 챙기지 못하다니, 멍청하기 그지없도다.

라온은 들리지 않게 혀를 찼고, 라스는 비웃음을 흘렸다.

❀❀❀❀❀

'내가 그를 너무 믿었어.'

라온이 고개를 절레절레 저었다. 만화공 이후 글렌에게 약간의 신뢰를 가졌는데, 헛짓이었던 모양이다.

이곳 지그하르트는 정글이나 마찬가지다. 자신의 것은 자신이 챙겨야 한다.

"라온 님."

발걸음마다 짜증을 담으며 가주전을 나가고 있을 때였다. 우측 복도에서 로엔의 목소리가 들려왔다.

'어?'

로엔은 조금까지만 해도 알현실 안에 있었는데, 어느새 이곳에 나타났는지 모르겠다.

게다가.

'느끼지 못했어.'

상승한 감각으로도 그의 기척을 파악하지 못했다. 예상했던 대로 그는 무인. 그것도 전생의 자신과 같은 암살자였던 것 같다.

"잠시 드릴 말씀이 있습니다."

그는 인자하게 웃으며 다가왔다.

"오늘 밤 자정에 별관으로 찾아가도 되겠습니까?"

"예? 갑자기 왜 오신다는….."

"가주님께서 라온 님을 모시고 오라 하셨습니다."

로엔은 손가락으로 방금 나온 알현실의 거대한 문을 가리키며 미소를 지었다.

"아무래도 두 번째 선물을 주시려는 것 같군요."

제85화

라온은 로엔에게 알겠다고 대답하고서 가주전을 나왔다.

'무슨 생각이지?'

로엔의 말대로 정말 못 준 선물을 주려는 건지 아니면 에덴에 대해 다른 질문을 하려는 건지 모르겠다.

'아직도 성격을 종잡을 수가 없어.'

수많은 경험을 통해서 약간이나마 사람의 심리를 읽을 수 있지만, 글렌의 속내는 안개가 낀 것처럼 전혀 보이지 않았다.

"라온!"

가주전을 나오자마자 익숙한 목소리가 들려왔다. 눈가가 빨개진 실비아가 입술을 깨문 채 달려왔다.

"세상에!"

그녀는 옷이 바닥에 밟히는 것도 신경 쓰지 않고 무릎을 꿇은 채 라온의 이곳저곳을 살폈다.

"에, 에덴이랑 싸웠다며! 팔은 괜찮은 거야? 허리는 또 왜 이래!"

"괜찮아. 거의 다 나았어."

라온이 부드럽게 웃었다. 리메르가 발라 준 약이 효과가 좋아서 거의 완치된 상태였다.

"나는…."

실비아는 팔과 허리, 허벅지에 감긴 두꺼운 붕대를 보고, 입술을 꽉 깨물었다. 금방이라도 눈물이 뚝뚝 떨어질 것 같은 표정이었다.

'아, 그렇지….'

그녀는 에덴에게 남편과 첫째 딸을 잃었다. 자신이 너무 무심했다는 생각이 들었다.

"엄마. 난…."

"후회했어."

실비아가 고개를 숙였다. 팔을 잡은 그녀의 손이 바들바들 떨렸다.

"임무에 떠나기 전에 말했잖아. 지그하르트다운 모습을 보여 주었으면 좋겠다고."

"아…."

"혼자 녹전귀와 싸우고, 모두를 구하기 위해서 광혈귀의 앞을 막았다고 들었을 때 정말 후회했어."

그녀의 눈매에 가늘게 걸쳐 있던 눈물이 결국 뚝 떨어졌다.

"내가 했던 말 때문에 네가 그런 선택을 했을까 봐. 정말…."

울고 있어서 발음이 이상했지만, 실비아가 어떤 말을 하려는지, 어떤 마음이었는지는 가슴에 와닿았다.

"나는 못난 검사였던 것만이 아니라, 못난 엄마…."

"난 오히려 엄마에게 고마워."

떨고 있는 실비아의 두 손을 잡아 주었다. 따스한 손이 그녀의 마음을 대변해 주는 것 같았다.

"고, 고맙다고?"

"그래."

고개를 끄덕이며 옅게 미소를 지었다.

"혼자서 광혈귀와 싸울 때 정말 많은 생각을 했어. 도망칠까? 어떻게? 버렌에게 지시를 내리고 혼자 빠져나갈까? 수련생들과 사람들을 미끼로 던지고 도망친다면 살 수 있지 않을까?"

라온은 민망한 눈빛으로 떨리는 실비아의 눈을 바라보았다.

"그때 엄마의 목소리가 들려왔어. '너만큼은 과거 지그하르트의 검사답게 살아 주었으면 좋겠다'고 했던 말이."

정말이다. 귀에서 울리는 듯한 실비아의 목소리가 아니었다면 촌장을 구하지도 않고 뒤도 돌아보지 않고 도망을 쳤을 거다.

"아…."

"그 말이 아니었다면 모두를 버리고 도망치다가 죽었을 거야. 만약 살았다고 해도 평생을 후회하고, 다시는 검을 잡지 못했을 테지."

차가운 숨결과 함께 그때의 아찔한 감정을 뱉어 냈다.

"내가 광혈귀의 앞을 막아서고, 끝까지 싸운 건 엄마의 말 덕분이었어. 미안해할 필요도 후회할 필요도 없어."

내가 왜 광혈귀와 싸우는가. 내가 왜 다른 이들의 방패가 되어야 하는가. 그 고통의 순간을 버틴 건 그녀의 말로 인한 스스로의 선택 때문이었다.

"흐으윽…."

실비아가 참고, 참던 울음을 터트렸다. 에덴의 소식을 전해 들은 후 계속해서 마음속에 짐을 가지고 있었던 것 같다.

"괜찮아."

라온은 어렸을 때부터 실비아가 해 주었던 말을 읊조리며 그녀의 등을 어루만져 주었다.

라온은 실비아가 지쳐 잠들 때까지 곁에 있다가 그녀의 방을 나섰다. 문밖에선 헬렌이 기다리고 있었다.

"그렇게 작고, 어리던 도련님이 마님을 위로해 주시다니, 전 이제 죽어도 여한이 없습니다."

헬렌이 손가락으로 눈가를 가리며 우는 척을 했다.

"여한은 무슨. 오래오래 살아. 엄마랑 함께 호강시켜 줄 테니까."

"말만으로도 충분합니다. 도련님."

"말로만 할 생각 없어."

라온은 손을 저으며 실비아의 방문을 닫았다.

"그럼 기쁜 마음으로 기다리고 있겠습니다."

"그래."

고개를 끄덕이고 방으로 들어갔다. 커튼이 닫힌 어두운 방 안에 가는 인영이 하나 있었다.

"주디엘."

라온은 그녀가 누구인지 알고 있었기 때문에 침대에 앉으며 이름을 불렀다.

"예. 도련님."

창가 옆에 서 있던 주디엘이 라온의 앞에 무릎을 꿇고 부복했다. 그녀의 표정이 차가운 대리석처럼 굳었다.

"상황은?"

"중무전에서 돌아오라는 명령이 떨어졌습니다. 아무래도 전 처분될 것 같습니다."

"흐음…."

라온이 주디엘의 정수리를 보며 입맛을 다셨다.

'화풀이인가.'

주디엘을 별관에 보낸 건 카룬 지그하르트다. 자신이 소드 익스퍼트에 오른 정보도 가져가지 못했고, 조금 전 알현실에서 그의 성질을 제대로 건드려 놨으니, 주디엘을 처리하기로 결정한 것 같다.

'다만….'

주디엘은 본인의 목숨이 날아갈 것 같은 상황에서도 침착했다.

전에 호수 앞에서 공포에 질리는 모습을 보고, 평범하다고 생각했는데, 첩자로서 교육은 제대로 받은 모양새였다.

"살고 싶나?"

라온은 느릿하게 입을 뗐다. 주디엘이 죽어도, 살아도 별 상관없다는 투였다.

물론 속으로는 당연히 그녀를 살릴 생각을 하고 있었다. 기껏 구한 이중 첩자를 버릴 수는 없으니.

"……."

주디엘이 천천히 고개를 들었다. 눈동자가 달빛이 비친 호수처럼 흔들린다. 처음 봤을 때 느꼈듯이 그녀는 삶에 미련을 가지고 있었다.

"네가 살아남을 방법을 알려 주지."

"예?"

"중무전으로 가지 말고, 편지 하나를 보내라. 라온 지그하르트의 개인 시녀가 되었다고."

"아…."

"지금 내 몸 상태를 걱정한 어머니가 널 선택했다고 하면 의심받지 않을 거다."

라온이 붕대에 감긴 상처들을 가리켰다. 현 상태와 달리 상처가 심각하다고 알려졌으니, 이 방법은 무조건 통한다.

거기다 카룬도 넣은 첩자가 라온의 직속이 되었으니, 제대로 된 정보를 빼내기 쉽다고 생각할 거다.

"그, 그건 그렇습니다. 그런데 왜 제게 그런 배려를…."

"배려가 아니야. 이중 첩자를 함부로 날리는 건 내게도 아까운 일이니까."

"음…."

"거기다 좋은 정보를 하나 주지. 다들 내 부상이 심각하다고 생각하지만, 이미 상당히 회복된 상태다. 부상을 회복하는 척하면서 별관에서 수련할 생각이다."

라온은 조금의 망설임도 없이 주디엘에게 부상의 정도에 대한 정보를 주었다.

"이걸 아는 사람은 가주님이나, 리메르 교관뿐이야. 가져가면 네가 도움이 된다는 걸 알릴 수 있을 거다."

"그, 그럴 겁니다."

주디엘은 떨리던 턱을 그대로 끄덕였다.

"그럼 뭐 하는 거지?"

손가락으로 문을 가리켰다.

"당장 가서 그 정보를 쪽지에 적어서 보내. 그리고 표정 관리 안 하면 그쪽에 들키게 될 거다."

"아, 알겠습니다!"

주디엘은 손아귀로 볼을 감싸면서 고개를 숙이고 방을 나섰다.

-언행 하나하나가 한심하도다. 저런 쓸데없는 첩자를 어디에다가 쓰려는 게냐.

'카룬 지그하르트의 뒤통수를 칠 수 있는 덫이 되어 줄 테니까. 그리고.'

라온은 어두워서 제대로 보이지도 않는 문을 보며 속으로 중얼거렸다.

예전 내 모습을 보는 것 같아서.

침대에 멍하니 누워 있던 라온은 달이 하늘의 정중앙에 서자마자 일어섰다.

약속 시간 때문이 아니라, 창문 밖에서 인기척이 느껴졌기 때문이다.

"다행히 기다리고 계셨군요."

창문을 열자, 로엔이 빙그레 웃고 있었다.

"그렇게 말씀을 하셨는데, 자고 있을 수는 없죠."

라온은 코트를 어깨에 걸치고서 창문을 넘어갔다.

"그래서 아까 한 말씀은 무슨 의미죠?"

로엔의 주름진 눈을 보며 입을 열었다.

"제가 가주님의 뜻을 어찌 다 알겠습니까. 가 보시면 알게 되실 겁니다."

"음…."

그 뜻을 알고 싶어서 질문을 했지만, 역시 로엔은 호락호락하지 않았다. 알고 있는 게 분명하면서도 답을 해 주지 않았다.

로엔과 가벼운 대화를 하며 가주전으로 향했다. 신기하게도 이 주변에서 경계를 서던 검사들의 기척이 사라져 있었다.

'아무도 없군.'

라온은 로엔을 따라 그 누구와도 마주치지 않은 채 가주전에 들어갔다. 가주전 내부를 지키던 시녀, 시종, 검사들마저 보이지 않았다.

아무래도 로엔이 미리 사람들을 물려 놓은 것 같았다.

"음…."

뭔지 모를 불안감과 긴장감으로 가슴이 두근거렸다.

"그리 긴장하실 필요 없습니다. 도련님이 행한 일은 자랑스러운 업적이었으니까요."

그는 그렇게 말하며 알현실의 문을 열었다. 거대한 문이 양쪽으로 갈라지며 내부의 빛이 쏟아져 나왔다.

판별식 때는 찬란했고, 오늘 낮에는 선명했다면 지금은 은은해서 마음을 편하게 해 주는 빛이었다.

로엔을 따라 알현실 안으로 들어가자, 동상이라도 된 듯 옥좌에 앉아 있던 글렌 지그하르트가 눈을 떴다.

'후….'

그것만으로 편안하던 알현실의 분위기가 다시 긴장감으로 가득 찬 것 같았다.

"가주님을 뵙습니다."

"됐다."

무릎을 꿇고 고개를 숙이려 할 때 몸이 석화라도 된 듯 멎었다.

'이 기운….'

자신의 의지가 아니었다. 글렌이 그저 목소리만으로 몸을 멈춰 버린 것이다.

'정말이지….'

라온은 무학의 또 다른 경지에 전율을 느끼며 고개를 들어 올렸다.

툭.

글렌은 자신을 지그시 내려다보다가 턱을 괴고 있던 손을 뗐다.

"라온 지그하르트."

"예. 가주님."

그의 부름에 목을 떨며 고개를 내렸다.

"보법에 대해서 어떻게 생각하지?"

'보법이라.'

보법은 걷는 법.

공격, 방어 혹은 회피나 도주까지. 어떤 상황에서도 가장 효율적으로 움직일 길을 만들어 주는 게 바로 보법이었다.

"그 성취에 따라 무인의 생사가 결정되는 가장 중요한 무학이라고 생각합니다.

"흠."

글렌은 거의 보이지 않을 정도로 살짝 고개를 끄덕였다. 마음에 드는 대답 같기도 했고, 아닌 것 같기도 했다.

"녹전귀, 광혈귀와 전투를 할 때 보법은 무엇을 사용했지?"

"가람보법을 사용했습니다."

라온은 가람보법만이 아니라, 전생에 익힌 무영보도 사용했지만, 그 이야기는 꺼내지 않았다.

"가람보법은 경지에 오른 이후에도 사용할 수 있을 정도로 좋은 보법이지만, 선이 너무 단순하다."

맞는 말이다.

가람보법은 분명 뛰어난 보법이지만, 기본적인 형태만 담겨 있다.

반면 무영보는 회피와 은밀함 위주의 보법이라, 암살할 때가 아니라면 가람보법 이상으로 어중간한 보법이었다.

추가로 패를 받으면 새로운 보법을 달라고 하려 했는데 완전히 계획이 어긋나 버렸다.

"라온."

아쉬움에 입맛을 다실 때 글렌이 다시 한번 자신의 이름을 불렀다.

"정오에 이루어진 논공행상에서 네가 녹전귀의 목을 베고, 광혈귀에게 버텼던 건 은패로 보상을 해 주었지. 하지만 놈들의 목적을 알아낸 것에 대해서는 아무것도 해 주지 않았다."

라온은 자신도 모르게 꿀꺽 침을 삼켰다. 지금까지 글렌의 말을 생각해 보면 다음에 무슨 말이 나올지 예상이 갔다.

"에덴의 목적을 알아 온 대가로 네게 어울리는 보법을 전수해 주마."

글렌이 옥좌에서 일어섰다. 대륙에서 가장 높다는 엘리스트산이 눈앞에 떠오른 느낌이다.

그는 단상 아래로 걸어 내려와 오른발을 앞으로, 왼발을 뒤로 뻗었다. 귀족처럼 고고하면서도, 전장의 장수처럼 거친 기세였다.

"잘 보아라. 기회는 한 번뿐이니까."

제86화

라온이 숨을 멈췄다.

'기연이다.'

대륙 최강의 무인이 직접 전수해 주는 보법이라면 패 따위로 얻을 수 없는 기연 중의 기연이었다.

이게 만약에 소문이 난다면 지그하르트 전체가 들썩일 정도로 엄청난 일이었다.

고오오오!

불의 고리를 공명시켰다. 살짝 멍했던 정신이 찬물을 뒤집어쓴 듯 맑아졌다.

"준비는 된 모양이군. 그럼 시작하마."

글렌의 발이 바닥에 깔린 은은한 달빛을 가른다.

산책이라도 나온 듯 여유로운 움직임이었지만, 그 흐름을 잡을 수 없었다.

좌측에서 불꽃처럼 빨갛게 피어났다가 우측에서 물처럼 아롱져 흘러내린다. 그의 발이 이뤄 내는 기묘한 흐름에 숨을 쉴 수가 없었다.

글렌의 보법은 너무도 난해했다. 빠르면서, 느리고, 부드러우면서 단단했다.

'그래도 끝까지 봐야 해.'

어렵다고 포기해서는 안 된다. 글렌의 가르침의 10분의 1만 얻어도 큰 소득을 얻을 수 있으니까.

라온은 글렌의 발이 멈출 때까지 눈 한 번 깜빡이지 않고 끝까지 지켜보았다.

너무도 짧고, 황홀한 시간이 끝나고 글렌이 라온의 앞에 멈춰 섰다. 천고의 보법을 보여 줬음에도 그의 호흡은 여유로웠고, 옷깃 하나 흐트러지지 않았다.

"보았느냐?"

짐승의 그것처럼 날카로운 붉은 눈이 묻는다. 제대로 보았냐고. 어디까지 파악했냐고.

"…죄송합니다. 보지 못했습니다."

라온이 입술을 깨문 채로 고개를 숙였다. 그야말로 격이 다른 보법. 네 개의 불의 고리로는 파악할 수 없는 수준의 무학이었다.

"……."

글렌은 그럴 줄 알았다는 듯 별 반응을 보이지 않았다. 무심한 눈으로 자신을 내려다볼 뿐이다.

"네가 깨달은 만큼만 해 보아라."

그가 손으로 바닥을 가리키고서 뒤로 물러섰다. 지금 그 보법을 다시 해 보라는 것 같았다.

'실망시키겠군.'

많은 흐름을 보았고, 깊은 무학을 느꼈지만, 지금의 자신이 행할 수 있는 건 티끌에 불과하다. 벌써 글렌의 차가운 눈빛이 보이는 것 같았다.

'그러면…'

라온이 입술을 살짝 깨물었다. 어설프게 많은 것을 보여 주기보다 가장 인상 깊었던 것을 재연하기로 했다.

'그건.'

첫 일보.

오른발을 앞으로 왼발을 뒤로 뺀 평범하지 않은 자세에서 뻗어 나가는 첫걸음.

달빛을 가르고 공간을 꿰뚫었던 그 일보를 재연하기로 했다.

"후…"

라온은 왼발을 뒤로, 오른발을 앞으로 내밀었다. 발과 발 사이는 어깨너비. 불의 고리를 돌리며 관찰한 자세였기에 글렌과 조금의 차이도 없었다.

'그 걸음에는 모든 것이 담겨 있었어.'

빠르고, 느리고, 강하고, 부드럽고, 변화무쌍했다. 그 어디로도 갈 수 있는 한 걸음이었다.

왼발을 들었다.

글렌의 보법을 보고 느낀 것과 쌓아 올린 무학의 묘리를 담아 앞으로 내뻗었다.

쿵!

바닥에 깔린 금색 달빛이 삼각형으로 이지러지며 알현실 전체에 진한 울림이 일어났다.

글렌과는 비교할 수 없이 미약한 걸음이지만, 그 흐름만큼은 크게 다르지 않았다.

어떤 방향으로도, 어떤 방식으로도 움직일 수 있는 첫걸음이었다.

"……"

"허!"

글렌의 눈매가 가늘어지고, 로엔의 입이 벌어졌다.

"후…."

라온이 숨을 내쉬며 눈을 내리감았다. 고작 한 발을 걸었을 뿐인데, 현기증이 일었다. 너무 긴장하고, 집중했던 것 같다.

"그 한 걸음이 전부인가?"

글렌이 몸을 돌리며 앞에 나와 있는 라온의 왼발을 바라보았다.

"예."

라온은 간결하게 대답하며 눈을 떴다.

"더 많은 것을 보았을 텐데?"

"완전은커녕 10분의 1도 따라 할 수 없기 때문입니다."

"따라 할 수 없다?"

"가주님께서 보여 주신 보법은 무신의 걸음처럼 너무도 많은 게 담겨 있었습니다. 미숙한 제가 다 파악하기엔 무리입니다."

"그럼 첫걸음이 제일 쉬웠다는 건가?"

글렌의 목소리가 혹한의 바람을 담은 듯 차가워졌다.

"아닙니다."

라온은 앞으로 내밀어져 있는 왼발을 보며 말을 이었다.

"가주님께서 보여 주신 첫 번째 걸음이 가장 중요했고, 인상 깊었습니다. 그 이후에 보여 준 그 어떤 보법보다도 뇌리에 깊게 박혔기 때문에 첫걸음을 따라 해야 한다고 생각했습니다."

"왜 첫 번째 걸음이 가장 중요하다고 생각한 거지?"

"어디로도, 그 어떤 순간에도, 어떤 방식으로도 움직일 수 있기 때문입니다. 만능자의 걸음을 보는 듯한 전율이 일어나 아직도 그 걸음이 그려집니다."

무학으로 글렌을 속이는 건 불가능하다. 보고 느꼈던 감정을 솔직하게 말했다.

"흠."

글렌이 살짝 고개를 끄덕이며 다리를 벌렸다. 표정은 그대로였지만, 알현실의 분위기가 약간 부드러워진 느낌이다.

"감이 좋구나."

그가 처음과 똑같이 왼발을 뒤로 오른발을 앞으로 내민 자세를 취했다.

"네게 보여 준 보법의 이름은 태화보다. 첫 번째 걸음 '진천'이 가장 중요하다는 것을 알았으니, 반은 왔어."

덤덤한 목소리와 함께 다시 일보를 걷는다. 세상 그 어디로도 나아갈 수 있는 그 걸음을 본 순간 머리털이 쭈뼛 섰다.

우우웅!

단전이 진동하며 오러가 일어난다. 마나 회로를 질주하며 육체를 이끌었다.

쿠웅!

라온은 본인도 깨닫지 못한 채 글렌이 보여 준 태화보의 진천을 그대로 재연했다.

"아까보다 낫구나."

글렌은 무표정으로 고개를 끄덕이고서 뒤를 돌았다. 단상 위로 올라가 다시 옥좌 위에 몸을 파묻었다.

"네게 줄 보상은 이걸로 끝이다."

"그 첫 번째 걸음 하나로 말입니까?"

"보여 준 건 많았다. 네가 가져간 게 하나였을 뿐이지."

그는 그대로 눈을 감았다. 더 이상 할 말이 없다는 것 같았다.

"…알겠습니다. 감사합니다."

라온이 입맛을 다시며 고개를 끄덕였다. 많은 것을 얻지는 못했지만, 그런 보법이 있다는 걸 알게 된 것만으로도 개안을 했다.

"이건 네가 가져가라."

글렌이 손에 쥐고 있던 무언가를 던졌다. 라온은 가슴 앞으로 떨어지는 빨간색 보석을 잡았다.

"아."

아까 글렌에게 주었던 고블린 왕의 마석이었다.

"물건에는 각기의 주인이 있는 법. 네가 얻은 물건이니, 네가 가져가도록."

그는 아무런 미련이 없다는 듯 손을 털고서 다시 눈을 감았다.

"여기에 담아 가십시오."

로엔이 검은색 천을 내밀었다. 마석의 기운을 막는 천이었다.

"감사합니다."

라온은 고블린 왕의 마석을 천에 감싼 후 품에 넣었다.

'이걸 다시 돌려주다니…'

연구를 하거나, 부수거나 혹은 창고에 넣을 줄 알았다. 돌려줄 거라고는 생각지 못했다.

저 사람의 모든 움직임은 자신의 예상을 벗어나 있었다.

"그만 돌아가라."

"예. 감사합니다."

라온이 뒤로 물러났다. 알현실 문을 열려다가 이번에 많은 것을 받은 게 생각나서 그냥 가기 좀 뭐 했다.

"저…."

"뭐냐."

"거, 건강하세요."

솔직히 무슨 말을 해야 할지 감이 오질 않아서 어른에게 할 법한 가장 기본적인 인사말을 하고 고개를 숙였다.

"……."

글렌은 아무 말도 하지 않고, 인상을 찌푸렸고, 로엔은 입을 막고 손을 떨었다.

"…가 보겠습니다."

쩝 입맛을 다시며 알현실을 나왔다. 아무래도 말을 잘못 고른 것 같다.

-'건강하세요'라니! 그 잘 돌아가는 머리도 이럴 때는 돌이 되는구나!

'끙….'

어른들에게 진심을 담은 말을 한 적이 없어서 무슨 말을 해야 할지 몰랐다.

"에휴."

한숨을 내쉬며 가주전 복도를 걸어갈 때 눈앞으로 새로운 메시지가 떠올랐다.

> <불의 고리>가 완벽에 이른 <태화보>를 관찰했습니다.
> <태화보> 습득이 빨라집니다.

라온이 떠난 알현실은 여전히 달빛으로 가득 차 있었다.

로엔은 바닥에 깔린 달빛을 바라보다가 고개를 들었다.

"태화보를 꺼내 주실 줄은 몰랐습니다."

글렌이 라온을 아끼는 건 알고 있어서 특별한 보상을 내리리라 생각했지만 그게 태화보일 줄은 상상도 못 했다.

'태화보는 가주님이 직접 만든 보법이니까.'

글렌 지그하르트가 마에서 벗어난 후 처음으로 만든 보법이 바로 태화보다.

금패를 주고도 얻을 수 없고, 아들들에게도 전수하지 않은 태화보를 가르쳐 주다니, 글렌은 예상 이상으로 라온을 아끼고 있었다.

"봤나."

글렌이 천천히 눈을 떴다. 차가움만이 담겨 있던 조금 전과 달리 그의 눈빛에 달큰한 빛이 어려 있었다.

"고작 두 번을 보고서 진천을 따라 하더군."

"예?"

"라온. 그 녀석 딱 2번을 보고서 태화보의 절반을 가져갔어. 대단하지 않나?"

눈빛만이 아니라, 목소리도 평소보다 한 톤 높았고, 입매는 바짝 올라갔다.

"허…."

로엔이 입을 떡 벌렸다. 수십 년 동안 글렌의 그림자로서 살아왔지만, 저 남자가 저렇게 기뻐하는 건 첫째 도련님이 태어났을 때 이후 처음이었다.

"녹전귀를 베었고, 광혈귀에게서 버틴 게 운이 아니었다. 눈썰미도, 육체와 오러의 통제도 범인의 수준이 아니야."

"그건 그렇습니다."

경악스럽게도 라온은 이 짧은 순간에 태화보의 요체를 파악했다.

"다만 내 마음에 와닿는 건 다른 부분이다."

글렌의 입매에 걸린 미소가 조금 더 깊어졌다.

"판단력 말씀이시군요. 놀라운 일이죠. 15살 아이가 무엇이 중요하고, 무엇을 버려야 할지 파악하다니. 기회가 있다면 제가 키워 보고 싶을 정도였습니다."

"단순히 오늘 일을 말하는 게 아니다."

"그러면….."

"모두를 살리기 위해서 광혈귀의 앞을 홀로 막았던 것."

글렌이 라온의 발자국이 미세하게 남은 카펫을 보며 말을 이었다.

"라온은 감이 좋다. 광혈귀를 본 순간 절대 이길 수 없다는 걸 알아차렸을 거다."

"그럴 겁니다."

"녀석은 그런데도 끝까지 앞을 막았다. 촌장을 구하느라 몸이 망가진 상황에서도 물러서지 않고, 마을 사람과 수련생들이 도망칠 시간을 벌었지."

라온이 버티지 않았다면 그 마을과 수련생은 광혈귀의 손아귀에서 핏물이 되었을 거다.

절체절명의 위기에서 남을 위해 자신을 희생하는 자는 그리 많지 않다. 거기다 그게 15살 아이라면 대륙 전체를 뒤져도 손가락에 꼽을 수 있을 거다.

그런 대단한 녀석이 자신의 손자라는 것이 감격스러워 미소가 절로 지어졌다.

"그렇게 웃으시는 건 오랜만에 보는군요."

로엔이 빙긋 웃었다.

"커험, 기쁘기는 무슨."

글렌의 입꼬리가 순식간에 내려갔다. 평소보다 더 많이 입매를 내려 늙어 보일 정도.

"백혈교의 지부를 홀로 부수고 돌아온 레이든 님에, 녹전귀를 벤 라온 님. 아주 경사가 겹쳤네요."

"뭐. 그렇게 대단하고, 특별한 일은 아니지."

손주들의 칭찬에 글렌의 입가가 다시 살짝 올라갔다.

"흐흥."

로엔이 그런가요라고 중얼거리며 고개를 끄덕였다. 입가에는 여전히 방글거리는 미소가 걸려 있었다.

"그러고 보니 아까 라온 도련님이 건강하세요라고 할 때 가주님이 웃음을 참지 못하셨습니다. 냉정한 척을 하시려면 조금 더…."

"척이 아니다!"

글렌이 드물게 호통을 쳤지만, 로엔의 웃음은 지워지지 않았다.

"이게 뭐지?"

라온은 별관으로 돌아와서 아까 보았던 메시지를 가리켰다.

후우욱.

앵무새처럼 팔찌에 매달려 있던 라스가 허공으로 솟구쳤다.

-학습이다.

"학습?"

-본왕이 마계에 있을 때 특별한 능력이나, 뛰어난 무력을 가진 놈들의 기술을 배우기 위해서 만들어 놓은 시스템의 한 요소다. 이걸 보니 또 하나 생각나는군. 본왕에게 덤비는 건방진 놈 중에….

"간단히 말해서 학습 능력이 올라간다는 뜻이로군."

-말 좀 끊지 마라!

"어쨌든 맞지?"

-후, 비슷하다.

"어떻게 이용해야 하는데?"

-그걸 말해 줄 리 있겠느냐. 본왕의 분노를 받아 간다면….

"됐어. 뻔하니까."

라온이 픽 웃으며 손가락을 까딱였다.

"태화보의 습득 능력이 상승한다는 말이잖아. 이게 무슨 비밀이라고."

-건방진 놈!

라스가 짜증이 어린 목소리를 흘렸다.

"바로 시작해야겠어."

라온은 조용히 창문을 열고 다시 방을 나왔다.

-내일 날이 밝았을 때 하도록 해라. 따라 나가기 귀찮도다.

'시간제한이 있을지도 모르잖아.'

-그런 게 있을 리가….

'말하는 거 보니 있네.'

-어, 어떻게 알았느냐.

'네 반응이 이상했거든.'

평소의 라스라면 분노를 뿜어냈을 텐데, 가벼운 짜증만 뿌린 것을 보고, 무언가를 숨기고 있다고 생각했다.

"말했잖아. 넌 내 손바닥 안에 있다고."

-건방 떨지 마라! 본왕은 마계의 군주이니라, 인간 따위가 가늠할 수 없는….

라스가 무시무시한 냉기를 퍼뜨리며 눈을 부라렸다.

'그래. 그거.'

라온이 손가락으로 점점 부풀어 가는 라스의 냉기를 가리켰다.

'처음부터 그렇게 나왔으면 이상하다는 것도 몰랐을걸. 너 참 다루기 쉽네.'

오른손에 만화공의 불길을 담아 라스를 밀어냈다.

-빌어먹을! 네놈은 본왕이 만났던 생명체 중 최악의 존재다!

'마왕이 최악이라는 소리를 한다는 건 칭찬이겠지?'

-크으으윽! 네놈만큼은 죽인다. 무슨 짓을 해서라도 죽인….

'그래. 나중에.'

라온은 라스의 저주 같은 비명을 들으며 연무장으로 향했다.

제87화

푸른 달이 세상을 굽어보는 밤.

라온이 공터에 서서 팔과 다리를 감싸고 있던 붕대를 풀었다.

완벽하게 회복한 건 아니지만, 살이 거의 다 차올랐다. 수련을 시작해도 별문제 없을 것 같았다.

'그럼.'

만화공의 오러를 끌어 올린 뒤 미끄러지듯 땅을 박찼다.

공터에 있던 라온이 순식간에 호수 근처에 이르렀다. 그림자조차 따르지 못한 쾌속의 보법이었지만, 그의 표정은 밝지 않았다.

"쯧."

라온이 길게 혀를 차며 다리를 좁혔다.

'이게 아니야.'

글렌이 보여 준 첫걸음은 대륙 어디라도 닿을 듯 광활했고, 어떤 움직임도 이뤄 낼 수 있을 정도로 자유로웠다.

방금 자신이 펼친 태화보 진천과는 하늘과 땅 차이였다.

'무엇이든 할 수 있는 일보라고 했었지.'

글렌은 태화보를 전능이자, 만능이라 말했다. 오만하고 거만했지만, 직접 눈으로 보니 속으로도 반박할 수 없었다.

'지금은 속도나, 힘을 생각할 때가 아니야.'

자신의 무력은 글렌과 비교해서 티끌조차 되지 않는다. 지금은 그를 따라 할 게 아니라, 큰 그림을 위한 바탕을 세워야 할 때다.

'그럼 다시.'

라온이 만화공을 운용하며 다시 태화보를 밟았다. 느리지만 무거운 걸음. 사나운 들소의 돌진 같았다.

"이것도 아니야."

라온은 고개를 젓고서 다시 자세를 잡았다. 반복, 반복 그리고 또 반복. 달이 쓰러지고, 해가 일어설 때까지 태화보를 운용했다.

"젠장…."

라온이 떠오르는 태양을 보고 인상을 찌푸렸다. 학습 능력을 올려 주는 재능이 생겨났음에도 태화보를 익히는 건 쉽지 않았다.

솔직히 말해서 아직 실마리도 잡지 못한 기분이다.

'아니, 당연한 건가.'

태화보는 대륙 최강자인 글렌의 심득이 들어간 보법. 그런 절대의 무학이 쉽게 문을 열어 줄 리가 없었다.

-본왕의 잠까지 방해하면서 수련했음에도 아직 그 보법을 익히지 못한 건가? 한심해서 눈물이 나오려 하는군.

밤새 조용하던 라스가 팔찌에서 튀어나오며 비웃음을 흘렸다.

-본왕은 그 보법을 보자마자 깨달음은 얻었건만, 정말이지 인간의 하등함은 불쌍할 정도이니라.

'그래. 너 잘났다.'

라온이 짧게 한숨을 내쉬며 바닥에 주저앉았다. 몸이 완벽하게 회복되지 않은 상태에서 밤새 수련을 했기 때문인지 피로가 밀려왔다.

-훗, 땅바닥을 기는 지렁이가 하늘을 올려다보려니, 어려울 수밖에. 벌레는 벌레에 맞는 하늘이나 보아라.

'벌레는 벌레에 맞는 하늘이라….'

라온은 라스의 험담을 중얼거리며 별관 뒤에 있는 북망산을 보았다.

'그러고 보니….'

북망산에서 리메르도 그와 비슷한 이야기를 했었다. 속성에 대해 말할 때 자신의 속성이 어떻게 흐를지는 본인이 결정해야 한다고.

'그렇다면 이 보법도 마찬가지인가?'

태화보에 대해 다시 생각해 보았다. 글렌의 태화보는 무언가를 초월해 있었다. 현실의 보법이 아니라, 이 한 걸음으로 시공간을 뛰어넘을 듯 신비로웠다.

'난 그 정도는 아니야. 그런 건 원하지도 않고.'

고개를 저었다. 자신이 원하는 건 그런 비현실적인 일이 아니다.

그저 딱 두 가지. 이 별관에 있는 사람들을 지키고, 데루스 로베르트의 목에 칼을 박아 넣는 정도면 충분하다.

'그걸 위해선….'

라온이 허리를 펴며 눈을 감았다. 언제 어떻게 해서라도 지켜야 할 사람들과 이 몸이 갈라져도 죽여야 할 놈을 생각하며 발을 내디뎠다.

쿵!

울림이 다르다.

발바닥의 마나 회로에서 시작된 격렬한 흐름이 천공을 가르는 벼락처럼 전신을 꿰뚫었다. 뻗어 나가는 육체에 자유가 담긴다.

자신만의 그림이 그려진다.

소중한 사람을 지키고, 원수의 목을 꺾을 자유가 새겨진 발걸음이 그 그림의 밑바탕을 채웠다.

후욱.

라온이 두 눈을 떴다. 떠오르는 태양처럼 눈동자가 선명하게 타오른다.

"……."

고개를 내려 바닥을 보았다. 첫 번째 걸음을 걷고 몸은 이동하지 않았지만, 마음은 움직였다.

이 걸음은 심(心). 즉, 마음을 담아야만 이룰 수 있는 무학이었다.

오늘 이루고자 했던 태화보의 밑그림이 한순간에 완성되었다.

<태화보>를 습득하셨습니다.
<태화보(1성)>가 특성에 생성됩니다.

라온이 양 주먹을 꽉 말아 쥐었다. 절대 얻지 못하리라 생각했던 태화보를 익히자, 성취감과 희열이 평소의 배로 찾아왔다.

<태화보> 성취 속도가 원상태로 돌아갑니다.

딱 맞게도 태화보를 습득하자마자, 성취에 도움이 되던 학습 능력이 사라졌다. 태양이 천천히 떠오르는 모습을 보니, 예상대로 하룻밤의 능력이었던 모양이다.

'바로 나오길 잘했어.'

만약 저 능력이 없었다면 하루는커녕 1년이 지나도 태화보를 습득하지 못했을 거다. 부상이고 뭐고 다 제쳐 두고 나와 수련한 게 정답이었다.

-이 무슨….

라스의 냉기가 바람 앞 촛불처럼 격하게 흔들렸다.

-대체 무슨 짓을 한 것이냐. 어떻게 그 짧은 시간에!

"네 말이 열쇠가 됐어."

-열쇠?

"네가 말했잖아. 벌레는 벌레의 하늘을 봐야 한다고."

-그게 어쨌다는 거냐.

"그 말대로 내겐 내 뜻과 목표가 있고, 글렌에겐 그의 뜻과 목표가 있지. 내가 그 사람을 그대로 따라 할 필요는 없었어. 그래서 그 보법에 내가 이루고 싶은 뜻을 담았다."

얄미운 표정으로 그러니까 되더라고 중얼거렸다.

-그렇다고 해도 그 보법은 그렇게 쉽게 익힐 만한 것이 아니었다.

"맞아. 네 시스템이 보법의 습득 능력을 올려 준 게 아주 큰 도움이 되었지. 그러고 보니 둘 다 네 덕분이네. 진짜 고맙다."

-끄으윽, 본왕은 그런 적이….

금방이라도 폭발할 것처럼 라스의 냉기가 푸르딩딩하게 부풀어 올랐다.

"그렇게 열받지 말아. 난 그저 사실을 말했을 뿐이니까."

라온이 빙긋 웃으며 손가락을 흔들었다. 라스가 분노를 터트리게 만들기 위해서 조금 더 자극하려고 할 때였다.

"라온!"

실비아가 별관 뒤편의 창문을 뛰어 넘어왔다. 민첩함이 리메르와 다를 바가 없을 정도였다.

"쉬라고 했잖아! 이 꼴은 또 뭐야!"

"어우."

라온이 한숨을 내쉬었다. 마계의 군주도 무섭지 않지만, 어머니에게는 맞설 수가 없다.

라온은 라스보다 더 분노한 얼굴의 실비아를 따라 그녀의 방에 끌려갔다.

"라온. 엄마가 뭐라고 했지?"

"그, 글쎄…."

라온이 뒷머리를 긁적이며 실비아의 눈을 피했다.

"부상이 회복될 때까지 훈련을 쉬라고 분.명.히 말했잖아!"

"그랬던 거 같기도 하고…."

그녀가 그렇게 말한 게 생생하게 기억났지만, 모른 척 고개를 돌렸다.

"너 진짜!"

실비아가 팔짱을 낀 채로 콧등을 찡그렸다.

'으….'

실비아가 화를 내니, 광혈귀와 싸울 때보다 더 마음이 불편해졌다. 그저 잔소리를 듣는 게 이리 힘들다니, 자신의 상식으로는 이해가 가지 않는 일이었다.

"라온."

실비아가 허리를 숙여 눈높이를 맞췄다. 걱정과 안쓰러움이 담긴 눈. 라온은 그 눈빛이 부담스러워 고개를 숙였다.

"응."

"네가 왜 그렇게 수련에 열을 올리는지 알아."

그녀는 라온의 어깨를 쓰다듬으며 말을 이었다.

"엄마랑 이 별관을 걱정해서 빨리 강해지고 싶은 거잖아."

"……."

라온은 말없이 입술을 살짝 떨었다. 엄마라서일까 아니면 많은 시간을 같이 보냈기 때문일까. 실비아는 자신이 무슨 생각을 하고 있었는지 정확하게 알고 있었다.

'물론 그것만은 아니지만.'

실비아나, 별관 사람들을 보호해 주는 것 외에도 복수에 대한 감정으로 움직이는 건 그 누구도 모를 거다.

"고마워. 그리고 미안해. 네가 그런 생각을 하게 된 건 전부 엄마 탓이니까."

"그건…."

"네가 수석 수련생이 되고, 대련에서 이기고, 임무에서 큰 활약을 했다고 들을 때마다 얼마나 기뻤는지 넌 모를 거야. 하지만…."

실비아가 입매를 꾹 다문 채 자신의 어깨를 쓰다듬었다.

"날 위해서 그런 활약을 할 필요는 없어. 엄마가 말했잖아. 우리는 신경 쓰지 말고, 널 위해서. 하고 싶은 걸 하라고."

그녀는 그렇게 말하며 미소를 지었다. 조그마한 구김도 없는 웃음. 진심을 담은 말이었다. 그렇기에 더 마음이 울렸다.

"다시 말하지만, 엄마는 지금이 그 어느 때보다 행복하니까 네가 무리할 필요 없어. 라온 넌 네 보폭에 맞춰서 걸어가렴."

사실 부상은 8할 이상 완치된 상태다. 지금 몸 상태면 어느 정도 몸을 움직이는 게 오히려 도움이 될 것이다. 그건 자신도 실비아도 알고 있다.

하지만 그녀의 눈을 보고 있으면 그런 거절의 말이 나오지 않았다.

"…알겠어."

라온은 울렁이는 심장과 함께 고개를 끄덕였다.

"약속한 거지?"

"응."

"좋아!"

실비아가 손뼉을 치며 일어섰다. 조금 전과 달리 활짝 미소를 지었다.

"다 들어와!"

"네!"

그녀의 부름에 방문이 열리고, 헬렌과 별관의 시녀들이 모두 안으로 들어왔다.

"어, 엉?"

라온이 입을 떡 벌렸다. 밖에 시녀들이 있는 건 알았지만, 안으로 부를 줄은 몰랐다.

"전부 들었지? 오늘부터 라온이 수련을 하거나, 몸을 쓰는 걸 보면 바로 나한테 보고해."

"예. 마님!"

시녀들이 방긋 웃으며 고개를 숙였다.

"하."

라온이 고개를 절레절레 저으며 한숨을 내쉬었다.

"당했어…."

-크하하하! 네놈이 당하는 꼴을 보니 속이 다 시원하구나!

"후욱!"

버렌이 납덩이처럼 무거운 한숨을 뱉어 냈다.

'머리가 어지럽군.'

에덴과 부딪친 그날만 생각하면 아직도 얼굴이 뻘게진다. 목소리만 컸지, 아무것도 하지 못했으니까.

라온이 아니었다면 죽었을 목숨이라 생각하니, 그저 부끄럽고 민망하기만 했다.

"몸이라도 좀 움직여야겠어."

누구와도 만나고 싶지 않았기 때문에 본관 구석에 세워진 소연무장으로 향했다.

작은 연무장이었지만, 관리는 깔끔하게 되어 있었다. 버렌은 검을 뽑아 그대로 내리쳤다.

후웅!

바람을 거칠게 가르는 소리에 마음의 답답함이 조금은 가셨다. 만족감을 느끼며 끊임없이 검을 휘두르고 보법을 밟았다.

얼마나 시간이 지났을까.

정신을 차리고 고개를 들어 보니, 연무장에 몇몇 검사와 수련생들이 보였다.

"후…."

버렌은 이마 위로 흐르는 땀을 소매로 훔치고, 검을 검집에 넣었다.

'잡념이 사라졌군.'

몸을 움직이는 게 정답이었다. 이전과 달리 아무런 생각도 들지 않았다.

'돌아갈….'

몸을 돌려 중무전으로 돌아가려 할 때였다.

"버렌 님!"

"오랜만입니다!"

5 연무장의 시험에서 떨어진 뒤 자존심이 상한다며 6 연무장에도 가지 않은 방계 아이들이 다가왔다.

"그리 힘든 일을 겪으셨는데 벌써 수련을 하시는 겁니까?"

"역시 버렌 님이십니다."

방계들은 탄성을 내지르며 눈동자를 빛냈다.

"그냥 답답해서 나와 봤을 뿐이다."

"답답하시다니…. 아! 역시!"

우측에 있던 이마가 넓은 아이가 눈매를 좁히며 고개를 끄덕였다.

"그 이야기가 잘못된 거였군요!"

"그 이야기?"

"라온이 녹전귀를 죽이고, 광혈귀와 싸웠다는 소문 말입니다. 그거 헛소문 맞죠?"

"저도 그렇게 생각했습니다. 그런 야비한 놈이 녹전귀를 베고 다른 사람들이 도망갈 시간을 벌었다는 게 말이 안 되잖아요."

"분명 리메르 교관이 다 처리해 놓고, 라온에게 공을 떠넘겼을 겁니다. 리메르 교관은 녀석을 좋아하니까요."

버렌이 한마디를 채 하지 않았음에도 두 사람은 라온이 거짓말을 했다고 확신하고 있었다.

"진짜 추하네요. 별관에 있는 것들은 전부 부끄러움을 모르는…."

"어이."

버렌이 이를 드러내며 두 수련생을 노려보았다. 살벌한 기세에 수련생들이 움찔 놀라 눈만 껌뻑였다.

"넌 우리 지그하르트가 제대로 조사도 하지 않고, 공적을 퍼 주는 어중이떠중이로 보이나?"

"예?"

"아, 그, 그게…."

"라온 지그하르트는 녹전귀를 베었고, 광혈귀 앞에서 한 걸음도 물러서지 않았다. 그가 아니었다면 나를 포함한 수련생은 단 한 명도 살아남지 못했어."

"으윽!"

방계들은 버렌의 으르렁거리는 음성에 기가 죽어 바닥에 주저앉았다.

"앞으로 그딴 소리를 하는 놈이 있으면 내 앞으로 데려와. 주둥이를 직접 막아 줄 테니까."

"아, 예!"

"죄송합니다!"

덜덜 떠는 수련생들을 노려보다가 연무장을 떠났다.

"아…."

버렌은 중무전으로 가다가 걸음을 멈추고 하늘을 올려다보았다.

'그랬군.'

왜 그렇게 답답했는지, 왜 그리 속이 울렁였는지 이제야 알았다.

'난 아직 녀석을 받아들이지 못했던 거야.'

라온이 얼마나 노력했는지를 보고, 녀석을 따라잡기 위해 최선을 다했다.

이 정도면 되었다고 생각했을 때 라온은 그 이상을 달렸고, 자신보다 더 빨리, 더 멀리 나아갔다.

이전에 이뤄진 오웬 왕국과의 대련에서도, 오크와의 실전 훈련에서도 그리고 이번 임무에서도 자신은 크게 활약하지 못했지만, 라온은 항상 홀로 압도적인 활약을 펼쳤다.

'질투였어….'

조용하면서도 지도력 있고, 모든 상황을 꿰뚫어 보며, 무력까지 뛰어난 라온.

따라잡겠다는 말과 달리 속으로는 라온의 능력을 질투하고 있었던 거다.

"하하하!"

웃음이 절로 나온다. 인간인 이상 질투는 어쩔 수 없는 법. 인정하고 나니 속이 편해졌다.

'난 그리 큰 인간은 아니었어.'

다만 이 추한 감정을 드러낼 생각은 없다. 마음속에 간직한 채 라온을 따라잡기 위한 연료로 삼아야 한다.

'말했지. 난 포기하지 않아.'

버렌이 입술을 깨물었다. 조금은 가벼워진 발걸음으로 중무전으로 돌아갔다.

"도련님. 훈련하러 가시는 거 아니죠?"

라온이 방 밖에 나오자마자 헬렌이 웃으며 다가왔다.

"아냐…."

라온은 고개를 젓고, 로비로 걸어갔다.

"도련님. 어디 가시나요?"

다른 시녀가 날카로운 눈으로 라온의 옷을 살폈다.

"산책 좀 하려고."

"음, 다녀오세요."

손을 저어 주고, 문을 열고 밖으로 나왔다.

"도련님? 설마 훈련을…."

"아니라고."

별관 밖에서 창문을 닦던 사람도 보자마자 훈련 이야기를 꺼냈다.

"도련님…."

"훈련…."

별관 뒤편의 정원을 가는 길에 만난 사람들이 행선지와 뭘 할지를 계속 물어보았다. 지겨울 정도로.

"그냥 산책 간다! 산책!"

빨래를 널고 있는 시녀들에게 인상을 쓰고서, 정원으로 도망갔다.

"어휴!"

라온이 한숨을 내쉬었다. 실비아의 덫에 아주 제대로 걸렸다. 다른 사람이라면 절대 넘어가지 않았을 텐데, 그녀에게는 여러모로 약해진다.

'이래서는 무리인데….'

시녀들은 기회라는 생각에 여기저기 숨어서 자신을 지켜보고 있었다.

이 상태에서 보법이라도 밟았다간 뻐꾸기시계의 뻐꾸기처럼 실비아가 뛰쳐나오게 될 거다.

'뭐, 됐어.'

그나마 태화보를 익힌 후에 이런 일이 벌어져서 다행이다. 만약 태화보 습득 능력이 올라간 상태에서 이런 꼴이 되었다면 정말 한숨만 나왔을 테니까.

'가끔은 머리 식히는 것도 좋겠지.'

정원 벤치에 앉아서 오랜만의 여유를 즐겼다. 움직이지 않는다는 걸 알았는지 지켜보던 시녀들의 눈도 사라졌다.

"도, 도련님!"

한참 동안 멍하니 앉아서 시원한 바람과 풀 내음을 즐기고 있을 때였다. 별관 쪽에서 시녀의 목소리가 들려왔다.

"크, 큰일 났습니다."

눈을 뜨고 고개를 돌리자, 울먹이며 달려오는 시녀가 보였다.

"응?"

시녀의 표정과 다급한 목소리에 라온이 벤치에서 일어섰다.

"레, 레이든 지그하르트 님이 찾아오셨습니다."

"레이든?"

들어 본 이름이다.

글렌의 넷째인 발데르의 아들이었고, 최근 공을 세우고 가문으로 돌아왔다 들었다.

"왜 온 건데?"

"자, 잘 모르겠습니다. 오자마자 마님께 행패를 부리기 시작해서….."

다른 단어는 들리지 않았다. 마님과 행패라는 두 단어만 들려왔다.

"그 새끼 어디 있어."

라온의 눈빛이 암살자 시절로 돌아간 듯 어둑하게 가라앉았다.

제88화

글렌 지그하르트의 넷째 아들 발데르 지그하르트가 기거하는 진무전의 분위기는 북해를 옮겨 온 듯 지독한 냉기로 가득했다.

그 이유는 간단했다.

오랜만에 가문으로 돌아온 발데르 지그하르트의 아들 레이든 지그하르트가 계속 저기압이었기 때문이다.

쿠웅!

레이든 지그하르트가 이를 바드득 갈며 주먹으로 벽을 후려쳤다.

"젠장!"

욕이 절로 나온다.

오마 중 하나인 백혈교 지부 하나를 깨부수는 공을 세우고 돌아왔는데, 자신의 이름은 어디에서도 들려오지 않았다. 솔직히 말해 잊혀졌다는 생각이 들 정도.

레이든이라는 이름이 불리지 않는 이유는 그놈 때문이다. 별관에 사는 쓰레기. 라온 지그하르트의 이름이 가문 전체에 퍼져 있기 때문이다.

연회장에서도, 수련장에서도, 식당에서조차 라온. 라온! 녹전귀를 벤 라온 지그하르트의 이름만 들려왔다.

"파리 같은 새끼가."

평소 관심도 없던 작은 벌레 때문에 자신의 공이 묻혔다는 생각이 들자, 화를 참을 수가 없었다.

레이든 지그하르트는 짜증이 뚝뚝 흘러내리는 어긋난 표정으로 방을 나갔다.

"외출하십니까?"

문 앞에 서 있던 집사가 고개를 숙이며 물었다.

"보면 몰라?"

레이든이 쿵 소리가 나도록 방문을 닫으며 눈살을 찌푸렸다.

"준비하겠습니다. 어딜 가시는지…."

"별관으로 간다."

"예? 갑자기 거길 왜…."

별관이라는 소리에 집사의 눈동자가 화등잔만 해졌다.

"내 이름을 묻어 버린 놈의 면상이 얼마나 잘났는지 보려고."

레이든의 주홍빛 눈동자가 진득하게 타올랐다.

주디엘은 정원 손질을 하며 우측을 힐끔힐끔 쳐다보았다. 그곳에선 실비아가 직접 정원용 수목을 다듬고 있었다.

'여긴 정말 이상한 곳이야….'

시녀가 없는 것도 아니건만, 별관의 주인인 실비아는 정원 일을 손수 행했다.

정원 손질만이 아니다. 라온을 위한 음식 준비나, 방 청소도 직접 하는 경우가 잦았다.

'특이한 건 실비아만이 아니지.'

다른 곳에서 만난 시녀들은 표정은 숨겨도 눈빛은 숨기지 못한다. 대부분이 어쩔 수 없이 먹고살기 위해서 일한다는 눈빛을 보이는데 이곳은 아니다.

모두 즐겁게 또 서로 신뢰와 진심을 담아 업무를 해냈고, 모두가 라온을 아들이나 친동생처럼 생각했다.

첩자로서 이곳저곳을 다닌 주디엘이 보기에도 이곳 별관은 특이하고 신기한 곳이었다.

"하아."

주디엘이 별관 건물을 보며 한숨을 내쉬었다.

'그래도 가장 특별한 건 그 사람이지만.'

별관 안에 사는 괴물. 라온 지그하르트의 진짜 얼굴을 보았던 날은 아직도 잊혀지지 않는다. 일주일에 한 번씩은 꼭 그날 밤의 악몽을 꿀 정도.

"후…."

주디엘의 입에서 찬 바람이 흘러나왔다.

'어떻게 그런 인간이 있을 수 있지?'

10대 초반. 부모에게 어리광을 부리고, 반찬 투정할 나이에 라온은 세상 만물을 죽일 눈을 하고 있었다.

호수 위에 떠오른 붉은 눈을 생각하면 지금도 소름이 돋아 오른다.

'그런데…'

그 이후에 본 라온의 모습은 또 생각과는 달랐다. 이 별관의 사람들에게는 정말 아이처럼 부끄러운 모습을 보여 주었고, 시녀 하나하나를 가족처럼 챙겼다.

그건 자신도 예외가 아니었다.

중무전의 소식이나, 카룬의 소식을 물을 때가 아니면 라온은 자신도 다른 별관의 시녀들과 똑같이 대했고, 얼마 전에는 쓸모가 없어져서 복귀지시가 내려온 상황을 벗어나게 해 주기도 했다.

가끔은 자신이 정말 이중 첩자가 맞는지, 몸속에 레이지 웜이 있는 건지 의심이 들 정도였다.

'그릇이 너무 커…'

자신 같은 평범한 사람과는 그릇의 크기 자체가 다른 것 같았다. 사실 그에 대한 공포 때문에 반항이나 배신을 할 수 없기도 하지만.

"에휴… 음?"

주디엘이 작게 한숨을 내쉬며 다음 수풀을 정리하려고 할 때 검은 구두 하나가 바닥에 보였다.

고개를 들어 올리니, 머리를 뒤로 깔끔하게 넘긴 중년의 남자가 서 있었다.

'이자는…'

지그하르트 명부에서 본 자다. 진무전 소속이자, 레이든 지그하르트를 담당하는 집사 메르킨이었다.

"진무전 소속 집사 메르킨이라 합니다."

그는 주디엘이 아니라, 그 뒤에 있는 실비아를 향해 허리를 굽혔다.

"무슨 일이지?"

실비아는 가지고 있던 정원 손질용 칼을 내려놓으며 앞으로 나왔다.

"어제 보낸 서신대로 준비가 되었는지 확인을 하러 왔습니다."

"서신? 무슨 서신을 말하는 건데?"

"오늘 레이든 지그하르트 님이 별관을 돌아보고 싶다는 서신을 보냈습니다만."

"그런 서신은 받은 적 없어."

실비아가 인상을 찌푸리며 손을 저었다.

"분명 별관의 시녀들에게 전했다고 들었습니다."

레이든의 집사 메르킨이 고개를 갸웃거렸다. 당황하는 표정이지만, 눈동자는 잠잠하다. 거짓을 내뱉고 있음이 분명했다.

"음…."

실비아가 뒤를 돌아 시녀들을 보았다. 당연히 서신에 대해 아는 사람은 아무도 없었다.

"그는 언제 오지?"

"30분 뒤입니다."

"30분이라니!"

실비아의 뒤에 있던 헬렌이 눈을 부릅뜨며 다가왔다.

"그 짧은 시간에 어떻게 준비하라는 겁니까!"

"저희는 어제 서신을 보냈습니다."

레이든의 집사 메르킨이 실비아를 놀리듯이 빙긋 미소를 지었다.

"그런 서신 따위는 받지도…."

"혹여나 받지 못했다고 해도 저희 도련님은 그런 걸 생각하시는 분이 아닙니다. 최대한 빨리 준비해 주시는 게 좋을 겁니다."

메르킨의 표정엔 여유가 넘쳤다. 방계인 너희가 뭐 어쩔 거냐는 얼굴이었다.

검사의 자격을 얻은 직계는 부단주 급의 지위를 가진다. 저쪽에서 서신을 미리 보냈다는 핑계까지 쓰고 있으니, 거절할 방법이 없어 보였다.

쯧.

주디엘이 메르킨을 보며 들리지 않게 혀를 찼다. 레이든이 저리 더럽게 나오는 이유는 불 보듯 뻔했다.

'라온 때문이겠지.'

최근 레이든 지그하르트는 백혈교의 지부를 무너뜨리는 공을 세워 왔지만, 라온의 활약에 묻혀 반쯤 잊혀진 상태였다. 그 화풀이를 하러 여기까지 찾아온 게 분명했다.

'한심한 놈들.'

글렌의 넷째 발데르 지그하르트와 그의 자식들은 모두 흉폭한 성격을 가지고 있었다.

카룬과 중무전의 검사들은 난폭하지만 대놓고 앞에서 움직이는 멍청한 짓은 하지 않는다.

하지만 진무전은 다르다. 앞에서 시비를 걸고, 넘지 말아야 할 선을 시도 때도 없이 넘나든다. 붉은 천을 본 황소와 다를 바가 없는 놈들이다.

'이거 좀 귀찮겠는데.'

레이든은 발데르의 자식 중에서도 뒤가 없기로 유명하다. 실비아가 고모라고 멈출 성격이 아니니, 상황이 꽤 복잡해질 것 같았다.

'거기다….'

지금 별관에는 라온이 있다. 혹시라도 레이든이 실비아나, 시녀들을 건드렸다가는 큰 문제가 벌어질 거다.

"헬렌. 이미 벌어진 일이야. 준비해. 그리고 라온은 절대 나오지 말라고 전해."

실비아는 30분이라는 소리를 듣고도 당황하지 않았다. 정원 손질을 멈추고, 옷을 털며 헬렌과 시녀들에게 지시를 내렸다.

라온 이야기를 하는 걸 보니, 그녀도 레이든 지그하르트가 오는 이유를 알고 있었다.

"…알겠습니다."

헬렌이 입술을 깨물고, 별관으로 걸어갔다. 주디엘이 다른 시녀들과 함께 그녀의 뒤를 쫓으려 할 때 뒤에서 발걸음 소리가 들려왔다.

천천히 고개를 돌렸다.

귀티 나는 정복을 입은 금발 남자가 걸어온다. 어깨가 좁고, 선이 가는 체형에 얼굴과 코가 길었다. 주머니에 손을 넣고, 신발을 질질 끄는 모양새가 뒷골목 건달과 다를 바 없었다.

'벌써….'

주디엘이 마른침을 삼켰다. 저 양아치 같은 놈이 바로 레이든 지그하르트다. 놈은 메르킨이 말한 30분은커녕 5분이 되기도 전에 이미 별관에 도착했다.

30분이라고 말한 것 역시 놈들의 술수 중 하나였던 모양이다.

"이런! 도련님이 제 생각보다 빨리 오셨군요."

메르킨이 눈을 찡긋하며 얄밉게 웃었다. 그 주인에 그 집사라는 말이 절로 나오는 행동이었다.

찍!

레이든 지그하르트가 정원의 꽃 위로 침을 뱉고, 실비아의 앞에 섰다.

"고모님이라고 불러 드려야 하나?"

"도련님. 실비아 님은 방계 서열 최하위입니다. 그런 호칭으로 부르실 필요 없습니다."

"아, 그렇지. 그럴 필요 없겠네."

레이든이 킥킥 웃으며 허리춤의 검을 툭툭 두드렸다.

"어제 온다고 말했는데도, 지저분하네. 못난 것들이 사는 곳이라 어쩔 수 없나 봐?"

그는 지금까지 실비아와 시녀들이 다듬은 정원의 꽃들을 진흙이 묻은 구두로 짓밟았다. 버릇인지 중앙도로에 다시 걸쭉한 침을 뱉었다.

"미안해요. 지금 정리 중이라."

실비아는 버릇이 없다는 차원을 넘은 조카를 보고도 미소를 지었다. 담담한 눈빛으로 레이든을 바라본다.

"흥."

레이든이 마음에 들지 않는다는 듯 인상을 찌푸리며 다시 한번 침을 찍 뱉어 냈다. 우측의 꽃들을 걷어차며 앞으로 다가갔다.

"이런 지저분한 길을 나보고 걸으라고?"

그는 정리하느라 도로에 깔린 흙에 침을 뱉으며 인상을 구겼다.

"어이, 빨리 치워."

"알겠어요. 잠시만 기다려 주세요."

실비아는 미소를 유지한 채 허리를 숙여 손수 흙을 치우기 시작했다.

"저…."

"음…."

그 모습에 레이든도, 그의 집사인 메르킨도 눈을 부릅떴다. 이런 도발조차 견딜 줄은 몰랐던 표정이다.

'생각보다 더 대단한 사람이었나….'

주디엘이 눈매를 좁혔다. 첩자이자, 이곳에 온 지 그리 오래되지 않은 자신도 화가 나는데 저렇게 웃으며 참아 넘기는 모습을 보니, 실비아는 외유내강 그 자체의 인간이었다. 감탄이 나왔다.

실비아를 도와 흙을 치우는 시녀들의 표정은 침착했지만, 분노하여 떨리는 손을 숨기지는 못했다.

저들 모두가 끝까지 인내하는 건 라온을 위해서였다. 그가 여기서 레이든과 문제를 일으키길 바라지 않기에 저들의 도발을 참는 것이다.

"아, 언제까지 기다리게 할 거야!"

레이든 지그하르트가 콧등을 찡그리며 실비아가 치우던 흙 위로 다시 한번 가래침을 뱉었다. 그 침이 실비아의 손에 흘러내렸다.

"도련님!"

그 모습을 본 헬렌이 별관으로 가다 말고 돌아왔다. 눈동자가 꺼멓게 일그러졌다.

"심하시지 않습니까! 아무리 직계라고 해도 이렇게 대놓고 시비를 걸어온다면 본관에서도 가만히 있지 않을 겁니다!"

실비아가 태어났을 때부터 함께한 헬렌의 사고에는 이성이 아닌 감정의 세월이 차올라 있었다.

"헤, 헬렌!"

"아하."

레이든이 길을 막으려는 실비아를 밀어내고 헬렌의 앞에 섰다.

"맞아. 맞는 말이야. 분명 문제가 생기겠지."

레이든은 헬렌에게 얼굴을 들이밀었다. 히죽 웃으며 그녀의 뺨을 후려쳤다.

짜악!

그리 힘을 주지 않은 것 같았음에도 헬렌은 나무에 부딪힐 정도로 밀려났다.

"흐윽…."

헬렌이 뺨을 움켜쥔 채 덜덜 떨었다.

"하지만 난 이 집안의 직계야. 즉, 주인이라는 말이지. 이딴 짓을 벌여도, 널 죽여도 방에서 이틀 정도 처박혀 있으면 그만이야."

레이든의 기세가 기하급수적으로 상승한다. 아가리를 벌린 짐승을 보는 듯 소름이 돋아 올랐다.

"멈춰!"

그가 헬렌을 밟으려고 할 때 실비아와 시녀들이 그 앞을 막아섰다.

'익.'

주디엘이 입술을 깨물고 실비아의 옆에 붙었다. 혹시라도 그녀가 맞을 상황이 오면 몸을 들이밀 생각이었다.

"멈춰가 아니라, 제발 멈추세요라고 해야지."

"으….'

실비아가 이를 악물었다. 그녀는 흉폭한 기세를 퍼뜨리는 레이든의 앞에서도 물러서지 않았다.

꾸욱.

주디엘이 주먹을 말아 쥐었다. 첩자인 자신조차 화가 났다. 저 망나니를 어떻게 막아야 할지 고민할 때였다.

"아…."

별관 쪽에서 솜털이 곤두서는 살기가 치솟았다. 누구인지 알고 있었지만, 무서워서 돌아보기 힘들었다.

"아, 이제야 보고 싶은 얼굴이 나오는군."

레이든이 침을 찍 뱉고서 히죽 웃었다.

"윽…."

주디엘이 억지로 고개를 돌렸다. 새빨갛게 타오르는 붉은 눈. 예상대로 걸어오는 사람은 라온이었다. 그는 무표정한 얼굴로 이쪽으로 다가온다.

고오오오.

꿀꺽.

마른침이 저절로 넘어갔다.

'살기가 약한 게 아니야….'

라온의 기세는 옅었다. 기운이 약해서가 아니다. 살기를 끌어모아 압축시켰기에 기세가 그리 크지 않은 것이었다.

"라온 지그하르트. 그 잘난 얼굴 보고 싶었다."

레이든은 그 사실을 아는지 모르는지 히죽 웃으며 앞에 있던 실비아와 시녀들을 밀쳐 냈다.

"……."

라온의 표정은 잔잔했다. 인형처럼 입매를 굳게 다문 채 천천히 걸어왔다.

스르릉.

그는 레이든과 거리가 열 걸음도 남지 않았을 때 검을 뽑았다. 상황에 어울리지 않게 청아한 소리가 울렸다.

"설마 그 무서운 걸 휘두르려고? 난 직계인데?"

레이든은 라온이 당연히 검을 휘두르지 못하리라 생각한 듯 능글맞은 웃음을 흘렸다.

"직계."

라온이 걸음을 멈추고 인상을 찌푸렸다.

"크하하!"

레이든은 자신의 말이 먹혔다고 생각했는지 웃음을 터트리고 라온에게 다가갔다.

"나는 레이든 지그하르트. 진무전주 발데르 지그하르트의 아들로….”

"어쩌라고."

라온의 검이 레이든을 향해 붉은 벼락처럼 내리꽂혔다.

제89화

 레이든 지그하르트는 별관에 도착하자마자 활짝 미소 지었다. 실비아와 별관의 시녀들이 정원을 정리하고 있는 덕분에 길과 주변이 전부 흙으로 범벅되어 있었다.
 '시비를 걸기에 딱 좋군.'
 집사인 메르킨이 먼저 가서 보내지도 않은 서신 이야기를 꺼냈을 거다.
 직계인 자신이 오는데도 정리가 되지 않은 상태이니 시비를 걸 방법은 수없이 많았다.
 '그놈이 나올 때까지.'
 라온 지그하르트에게 망신을 주고, 무릎을 꿇리기 위해서 직접 이 좁고, 더러운 곳까지 찾아왔다. 놈이 싸움을 걸어 올 때까지 도발할 생각이었다.
 실비아가 눈앞으로 다가왔다. 행패를 부리러 왔다는 걸 알고 있으면서도 그녀의 눈빛은 침착했다.

레이든은 제대로 가문에 남았다면 고모가 되었을 그녀를 비웃으며 도발했다.

하지만 그녀의 반응은 무던했다. 말을 놓고, 가래침을 뱉고, 잘 가꾼 꽃을 더러운 신발로 짓밟았음에도 도발에 넘어오지 않았다.

실비아의 인내심은 생각 이상으로 강했고, 표정 역시 무서울 정도로 덤덤했다.

'젠장….'

레이든이 입매를 비틀었다. 아무리 자신이라고 해도 실비아를 직접 건드리는 건 위험할 수 있었다.

'이대로 갈 수는 없는데.'

어떻게 해야 할까 고민할 때 실비아와 함께 흙을 치우는 시녀들을 보았다. 그녀들의 표정은 평온했지만, 손이 떨리는 걸 숨기지는 못했다.

'저거군!'

어떻게 도발에 넘어오게 할지 가닥이 잡혔다. 저들은 실비아와 달리 마음을 다스리지 못했다.

카악 퉤!

레이든은 히죽 웃으며 바닥을 치우는 실비아의 손 위로 가래침을 뱉었다. 그걸 본 가장 늙은 시녀의 눈동자가 회까닥 돌아갔다.

"심하시지 않습니까! 아무리 직계라고 해도 이렇게 대놓고 시비를 걸어온다면 본관에서도 가만히 있지 않을 겁니다!"

그녀는 예상대로 시비에 넘어가 하지 말아야 할 말을 내뱉었다.

짜악!

레이든은 막으려는 실비아를 밀치고 시녀의 앞에 다가가 그녀의 뺨을 후려쳤다. 저 시녀의 밀대로 집법부에서 나올 건 분명하지만, 자신은 직계. 벌이라고 해 봤자 며칠 근신이 고작이다.

"참 주제들을 몰라. 너희들은 이 집안의 떨거지일 뿐이야."

킥킥 웃으며 덜덜 떠는 시녀를 밟아 버리려고 할 때였다.

고오오오!

별관 쪽에서 남자아이 하나가 나타났다. 조화롭다 못해 완벽에 가까운 이목구비를 가졌다.

'저 새끼가 라온 지그하르트….'

짜증이 나올 정도로 잘생긴 외모를 보자 속이 더 뒤집혔다.

스르릉.

라온이 검을 뽑았다.

'저렇게 살기도 제대로 제어하지 못하는 놈이 녹전귀를 잡고, 광혈귀와 싸웠다고? 웃기는군.'

라온은 자신의 코앞에서 멈춰 섰다. 검을 뽑는 걸 보았음에도 코웃음만 나왔다. 놈이 정신이 있다면 저걸 휘두를 리가 없으니까.

"설마 그 무서운 걸 휘두르려고? 난 직계인데?"

놈의 눈을 보니, 아직 정신은 있어 보였다. 조금 더 자극하려고 할 때 라온의 입이 열렸다.

"어쩌라고."

그 말이 귓가에 도착하기도 전에 시야에 붉은빛이 번쩍였다.

"헉!"

기겁하며 물러서려 했지만, 이미 늦었다. 놈의 검은 자신의 목을 향해 질주해 왔다.

쩌어엉!

어쩔 줄 모르고, 눈을 꽉 감았을 때 바로 앞에서 강렬한 충격음이 울렸다.

눈을 뜨니, 집사 메르킨이 자신의 앞을 막아서고 있었다.

하지만 라온은 멈추지 않았다. 메르킨이 검격의 충격을 완전히 해소하지 못한 틈을 노리고 주먹을 내질렀다.

뻐억!

관자놀이를 정통으로 얻어맞은 메르킨이 뒤로 그대로 쓰러져, 몸을 부르르 떨었다.

"이, 이 미친놈!"

레이든이 이를 갈며 검을 뽑아 들었다.

"네가 지금 누구에게 검을 휘두른 건지 알고 있는 거냐!"

"알고 있다."

라온의 목소리엔 자그마한 떨림도 없었다. 정말 자신을 죽이려 했다는 뜻이었다.

"내 영역을 침입한 강도잖아."

"무슨 개소리를! 난 이 집안의 진짜 주인이다!"

"여긴 너희 집이 아니야."

놈은 또 미친 소리를 중얼거리며 검을 내리그었다.

"좋다! 적당히 놀아 주려 했는데, 아예 모가지를 찢어 주마!"

레이든이 검을 내질렀다. 라온의 검을 튕겨 내고, 놈의 목에 칼을 박아 넣을 생각이었다.

하지만 놈의 검에서 일어난 기이한 회전이 역으로 자신의 검을 밀어내기 시작했다.

"이 무슨!"

한 발 뒤로 물러서며 검을 뒤틀어 간신히 라온의 검을 튕겨 냈다.

후우웅!

라온은 그럴 줄 알았다는 듯 겁 없이 다가와 사선으로 검을 그었다.

"끄윽!"

레이든이 신음을 흘렸다. 라온의 검을 막아내는 손이 덜덜 떨린다. 한 번 밀리기 시작하자, 공격권을 잡기가 쉽지 않았다.

"가, 감히 직계에게 검을 휘두르다니, 너도, 네 어미도 목이 날아갈 거다!"

"그 전에 네 모가지를 따면 되겠지."

그 말과 함께 지독할 정도로 서늘한 검격이 어깨를 스쳤다.

쩌엉!

목을 향해 내리꽂히는 놈의 검을 간신히 막아냈다.

"끄으으윽!"

뭐 이런 놈이!

파도처럼 밀어닥치는 라온의 검술에는 틈이 없었다. 도발이 먹힌 건 분명한데 손이 어지러워지는 건 이쪽이다.

'빌어먹을!'

단전의 오러를 끌어 올려 반격을 하고 싶지만, 그 시간을 주지 않았다. 처음부터 끝까지 방어밖에 할 수가 없었다.

'시간만. 시간만 있으면!'

오러를 움직일 여유만 있다면 이런 놈을 단번에 죽일 수 있다. 놈은 그걸 알고 절대 시간을 주지 않았다.

으득!

레이든이 이를 악물었다.

'어쩔 수 없어!'

내상을 입더라도, 이 상황을 벗어나야 했다. 라온의 검을 막아내며 억지로 단전의 오러를 끌어 올렸다.

쿠구구구!

마나 회로가 타들어 가는 통증이 일었지만, 막강한 오러가 전신을 휘감았다.

"끝이다! 이 미친 새끼!"

하체와 상체의 근육을 팽창시킨 뒤 검신 위에 쌓아 올린 오러를 그대로 내리쳤다. 라온과 놈의 검을 동시에 갈라 버릴 위력.

하지만 라온은 그 막강한 검격이 떨어지기 직전 눈앞에서 사라졌다.

"허억!"

그야말로 허깨비 같은 움직임. 어디로 갔는지 제대로 파악조차 되지 않았다.

"네가 끝이겠지."

등 뒤에서 들린 라온의 목소리에 소름이 오싹 돋아 올랐다. 재빠르게 뒤를 돌았지만, 놈의 주먹은 이미 자신의 복부에 닿아 있었다.

뻐어억!

강렬한 충격에 레이든의 허리가 꺾였다.

"너."

"아직 안 끝났어."

라온의 검이 자신의 심장을 향해 쏘아졌다.

"으어어억!"

레이든은 빛살처럼 날아오는 칼날에 질려 눈을 감고 비명을 질렀다.

라온은 레이든의 심장에 검을 박아 넣지 못했다. 놈의 가슴에 닿기 직전에 칼을 세웠다.

이유는 두 가지.

첫 번째는 실비아의 멈추라는 소리 때문이었고, 두 번째는….

레이든 앞에 별관을 지키던 가주 직속 천검대 검사 두 명이 서 있었기 때문이다.

"헬렌이 당할 때는 가만히 있다가 이제야 나오는 건가?"

라온의 서늘한 목소리에도 천검대 검사들은 반응하지 않았다.

"물러나십시오."

그들은 레이든을 보호하겠다는 듯 자세를 낮추고 더 단단하게 벽을 세웠다.

"흐어억!"

레이든은 본인이 살았다는 걸 알자마자, 뒤로 넘어갔다. 침을 질질 흘리며 라온에게 손가락질을 했다.

"주, 죽여! 저 미친 새끼 죽여 버려!"

"……."

"뭣들 하는 거야! 직계인 내가 저 망아지 놈에게 공격을 받았다니까!"

천검대 검사들은 레이든의 지시에도 움직이지 않았다. 그저 석상처럼 가만히 있을 뿐이다.

"비켜."

"물러나십시오."

"후…."

라온이 오러를 끌어 올리며 이 사이로 김을 뿜어냈다. 천검대 검사는 레이든의 집사와 다르다. 기습으로 이길 수 있는 상대가 아니다.

"라온. 그만해!"

"도련님…."

만화공 십화를 운용하려는 때에 실비아와 헬렌이 다가와 팔을 잡았다. 그녀들의 흔들리는 눈빛을 보자, 가슴과 머리를 가득 채웠던 분노가 봄눈처럼 녹아내렸다.

"이, 이 새끼들이 진짜! 내가 누군지 몰라?"

레이든이 악을 지르며 일어섰다.

"진무전주의 아들이라고! 저 새끼 죽여! 아니야. 내가 죽인다! 비켜!"

"레이든 도련님. 물러나십시오."

우측에 서 있던 천검대 검사가 뒤를 돌아 레이든을 막아섰다. 그들은 라온과 레이든 둘 사이를 갈라놓았다.

"저희는 오직 가주님 명령만을 듣습니다. 두 분 다 물러나십시오."

"끄윽, 집 지키는 개새끼 주제에! 내가 맞았단 말이다!"

레이든이 이를 바드득 갈면서 검을 들어 올렸다. 오러를 전부 운용하여 천무대 검사를 공격하려 할 때 기절해 있던 집사 메르킨이 그의 뒤로 달려와 어깨를 잡았다.

"도, 도련님. 안 됩니다!"

"닥쳐!"

이를 갈며 난동을 부리는 모습이 그야말로 미친개 같았다.

"도련님. 이건 오히려…."

메르킨이 레이든에게 귓속말을 하자, 난리를 치던 그의 팔다리가 천천히 가라앉았다.

"놔."

레이든이 메르킨을 밀어내고서 천검대를 지나 라온과 눈을 마주쳤다.

"라온 지그하르트."

그의 눈빛이 짐승처럼 번들거렸다.

"네놈에게 죽음보다 더한 굴욕과 고통을 새겨 주마! 기다리고 있어라."

"나도 마찬가지다."

라온의 눈에 시뻘건 뇌광이 튀겼다.

"네놈이 이곳에서 벌인 일은 절대 잊지 않는다. 언제 그 목이 날아갈지 모르니, 겁먹고 눈부터 감는 버릇을 고치는 게 좋을 거야."

"끄으윽! 이 버러지 새끼! 기습만 아니었다면 넌 이미 저 흙바닥에 묻혔어!"

레이든이 광기를 불태우며 달려들려 했지만, 메르킨의 제지에 막혀 팔과 다리만 버둥거렸다.

"도, 도련님! 지금은 가셔야 합니다!"

"절대 용서하지 않아! 이 별관 자체를 부숴 버릴 거다!"

"도련님!"

메르킨은 억지로 레이든을 끌고, 별관을 떠났다.

천검대 검사들은 레이든과 메르킨이 사라지고 한참이 지난 후에서야 방어 자세를 풀고, 라온의 앞으로 다가갔다.

"이번 일은 가주님에게 보고될 겁니다. 어떻게 설명해야 할지 준비해 두시는 게 좋을 겁니다."

"조언인가? 직계 말고는 관심 없는 거 아니었나?"

"라온. 그만해."

오른팔을 잡은 실비아의 손에 힘이 들어갔다. 라온은 혀를 차고서 검을 검집에 넣었다.

"……."

천검대 검사들은 대답 없이 고개만 숙인 뒤 사라졌다.

"마님. 도련님. 죄, 죄송합니다. 제가 참지 못했어요. 나잇값도 못 하고…."

헬렌이 라온과 실비아의 앞으로 와 무릎을 꿇었다.

"아니야. 네가 앞에 나서 주었을 때 얼마나 용기가 났는지 몰라."

실비아는 힘이 빠진 얼굴이었지만, 미소를 지으며 헬렌을 일으켜 세웠다.

"헬렌은 잘못 없어."

라온이 고개를 끄덕였다. 문제를 일으킨 놈이 버젓이 있는데, 아무 잘못도 없는 사람이 용서를 구할 필요는 없었다.

"라온."

실비아가 뒤에서 라온을 끌어안았다.

"많이 강해졌네. 엄마 앞에 섰을 때 다 얼마나 든든했는지."

그녀의 목소리에 웃음기와 물기가 동시에 흘러내렸다.

"이번 일은 걱정하지 마. 엄마가 다 해결할 수 있으니까."

"아니, 내가…."

뒤를 돌아서 말을 하려 했지만, 실비아가 어깨를 꽉 안고 있어서 입을 열 수가 없었다.

"괜찮아. 엄마만 믿고 있어."

실비아는 그렇게 말하고서 더러워진 바닥과 뜯겨 나간 꽃과 수풀을 치우기 시작했다. 평온한 표정에 겁에 질렸던 시녀들의 얼굴빛이 돌아오기 시작했다.

'강해.'

지금 누구보다 불안한 사람이 실비아일 텐데, 그녀는 오히려 다른 사람들을 안심시켰다. 어머니가 되었기 때문인지, 원래 강했기 때문인지 그녀의 마음은 이곳의 누구보다도 단단했다.

'하지만.'

라온은 주저앉아서 실비아와 함께 더럽혀진 곳을 치우며 눈을 내리감았다.

'이건 내가 해결해야 해.'

경험과 본능이 모두 같은 말을 속삭인다. 이번 일을 해결할 수 있는 사람은 실비아가 아니라, 나라고.

'그리고….'

실비아를 모욕하고, 헬렌을 건드린 그 망아지 새끼도 저대로 놓아둘 생각도 없었다.

후우욱.

누구도 보지 못했지만, 라온의 눈동자는 그 어느 때보다 새빨갛게 빛났다.

제90화

라온은 정원 정리를 모두 마치고, 실비아와 헬렌, 시녀들 모두를 챙긴 뒤 방으로 돌아왔다.

똑똑.

더러워진 옷을 갈아입고 나니, 낮은 노크 소리가 들려왔다.

"들어와."

주디엘이 문을 열고 들어와 고개를 숙였다.

"상황을 설명해 봐."

"예. 마님과 함께 정원을 손질하고 있을 때 레이든 지그하르트의 집사 메르킨이 찾아왔습니다. 오늘 오겠다는 서신을 보냈다고 하면서 준비를…."

그녀는 메르킨부터 레이든까지 눈앞에서 보았던 일들을 토씨 하나 빼놓지 않고 보고했다.

"… 그렇게 레이든이 헬렌 님을 밟으려고 할 때 라온 님이 오셨습니다."

주디엘이 말을 마치고, 고개를 숙였다.

"역시 그랬군."

라온이 고개를 끄덕였다. 그녀의 말을 들어 보니, 상황은 자신이 예상한 것과 거의 다르지 않았다.

"그런데 라온 님."

주디엘이 고개를 들며 라온의 이름을 불렀다.

"뭐지?"

"제가 이런 말을 하는 것도 조금 우습지만, 라온 님은 오늘 나서지 말아야 하셨습니다. 레이든 그리고 그의 아비인 발데르 지그하르트는 뒤를 생각하지 않는 인간들입니다."

그녀의 표정이 나무껍질처럼 굳어졌다.

"분명 여러 방식으로 별관과 라온 님을 공격해 들어올 겁니다. 레이든이 먼저 문제를 일으켰다고 해도 그쪽은 직계고 이쪽은 방계. 가문이 누구 편을 들어 줄지는 불 보듯 뻔합니다."

"……."

라온은 주디엘의 말이 끝날 때까지 입을 열지 않고 지켜보았다.

"주제넘었다고 생각하신다면…."

"아니."

고개를 저었다.

"네게 고맙게 생각하고 있다."

"네?"

"헬렌과 어머니의 옆에서 레이든의 발을 대신 맞아 주려고 했잖아."

주디엘은 레이든이 발을 올릴 때 실비아와 헬렌의 바로 옆에 은근히 붙어서 몸을 들이밀었다.

레이든의 발을 대신 맞아 주기 위한 행동이었다. 그런 행동을 하게 된 것은 스스로도 의외였다.

"그건 저도 모르게…."

주디엘이 얼굴을 붉게 물들이며 고개를 숙였다. 정에 빠진 첩자라니, 자신이 생각해도 우스운 일이다.

'그렇지만….'

자신을 사람으로 대해 준 곳은 지그하르트에서도 가장 작고, 구석에 박힌 이 별관 사람들뿐이다. 그런 그들에게 조금이지만 정이 드는 건 어쩔 수 없었다. 물론 아직도 라온은 무서웠지만.

"네 말이 맞아. 놈들의 도발에 걸리지 않는 게 가장 좋았겠지만, 이미 벌어진 일. 대비할 방법은 있으니, 걱정할 필요 없어."

"…알겠습니다."

라온이 걱정할 필요 없다고 말하니, 체한 듯 꽉 막혔던 속이 포크로 휘저은 듯 풀리는 기분이 들었다.

그만큼 그의 목소리는 강한 신뢰를 주었다. 다만 걸리는 점도 있었다.

'큰일인데.'

아무래도 이 별관 사람들에게 생각 이상으로 정이 든 것 같았다.

"제가 할 일은 없습니까?"

"레이든과 빌데르의 정보를 구해 줘. 성격이나, 지금까지의 행적들."

"알겠습니다."

그녀는 그대로 고개를 숙인 뒤 방을 나갔다.

"흐음."

라온은 닫힌 문을 보며 입맛을 다셨다.

'예상외로군.'

주디엘은 자신에겐 공포와 의문을, 별관 사람들에게 호감을 가진 상태였다. 그 기이한 감정들이 뒤섞여 본인도 본인의 감정을 제대로 모르는 것 같았다.

계속 별관에 두면서 배려해 주면 조만간 그녀의 진심을 얻는 것도 어렵지 않을 것 같았다.

사실 오늘 실비아와 헬렌을 보호해 주려는 모습을 보자, 그녀에게 계속 거짓말을 하는 게 조금 걸렸다.

"다만 지금 중요한 건 그게 아니지."

라온이 꽉 쥔 주먹을 들어 올렸다. 사실 처음부터 레이든을 공격할 의도는 없었다.

이런 일이 벌어질 거라는 걸 예상했기 때문에 정확한 상황을 파악한 뒤 말로 놈을 짓누를 생각이었다.

하지만 실비아와 헬렌이 얻어맞을 상황이 되자, 머리가 하얗게 비었고, 그 망할 놈의 면상만 보였다.

'분노…'

그렇다.

참을 수 없는 분노가 끓어올라 감정을 통제할 수가 없었다.

우스운 건 그 상태에서도 전투에 관한 부분은 그 어느 때보다 침착했다. 여러모로 신기한 감정이었다.

"분노와 이성이 어우러진 듯한 기이한 감정."

그 말이 그 상태를 설명하는 가장 적합한 말이었다.

-잘 알고 있구나.

흥분한 듯한 목소리와 함께 라스가 팔찌에서 튀어나왔다.

"역시 네 짓인가?"

-무엇을 말하는 거지?

"내가 분노를 통제하기 힘들었을 때를 말하는 거다."

-아니, 아니지. 그건 네 탓이다.

냉기의 불길 속에서 라스가 히죽 웃었다.

"뭐?"

-네놈이 받아들인 본왕의 감정이 움직인 거다.

"하지만 평소엔…."

-네놈은 항상 분노에 미쳐 있느냐?

"그럴 리가."

-본왕의 감정도 마찬가지다. 평소에 잠잠하다가 네놈이 분노한 순간에 네 감정을 파고들어 조종하려 들 거다.

"젠장…."

라온이 입술을 깨물었다. 저 자칭 왕과의 거래는 생각 이상으로 위험했다. 앞으로는 절대 놈의 감정을 받아들이지 않겠다고 다짐했다.

-그게 될 거 같나?

라스는 그 생각을 알아차린 듯 미소를 지었다.

-인간은 여러 의미로 약하다. 그건 본왕이 나름 특별하다고 생각하는 너도 마찬

가지.

"무슨 말이 하고 싶은 거지?"

-네놈의 바로 옆에 소원을 이루어 주는 신이 있는데, 그 신에게 부탁하지 않는다고? 웃기는 소리다. 네놈은 너 자신 때문이든, 다른 인간 때문이든 본왕에게 거래를 제안하게 될 거다. 그리고 결국….

놈은 말을 끝맺지 않고 웃었지만, 그 마지막 말이 무엇인지는 자연스레 알 수 있었다.

"네놈에게 내 몸을 넘길 일은 없다."

-본왕에겐 벌써 보이고 있다. 네놈이 직접 그 몸을 바치는 미래가. 이미 늦었어.

"후…."

라온이 숨을 뱉어 내며 불의 고리를 운용했다. 시원한 물이 혈관을 흐르는 듯 정신이 들었다.

라스가 분노를 일으키며 달라붙는 것보다 감정적으로 격해지는 게 더 위험했다. 그 어떤 상황에서도 냉정함을 유지해야 한다.

-흥.

불의 고리를 운용하여 감정을 안정시키자, 라스는 재미없다고 중얼거리며 다시 팔찌로 들어가 버렸다.

'불의 고리가 가장 중요해.'

놈을 막을 수 있는 건 칼이나 창이 아니라, 불의 고리다. 최대한 빨리 성취를 올려놔야 한다.

밤새 불의 고리를 연성하고 있을 때 다시 노크 소리가 들려왔다.

"말씀하셨던 발데르와 레이든의 정보입니다."

문을 열어 주자 주디엘이 얇은 서류를 건네주었다. 아직 잉크가 마르지 않은 서류. 그녀가 직접 만든 자료인 것 같았다.

"수고했어."

"예. 그럼…."

주디엘은 고개를 숙이고 떠났다.

라온은 자리에 앉아, 그녀가 준 자료를 처음부터 끝까지 살펴보았다.

'이거 생각보다….'

감탄이 나왔다.

주디엘의 자료는 즉석에서 만든 것치고 꽤 틀이 잡혀 있었다. 레이든과 발데르의 성향과 성격 등 그들에 대한, 현재 자신에게 필요한 정보들이 모두 정리되어 있었다.

"쓸 만하겠는데."

주디엘은 이중 첩자 말고 정보원으로 사용해도 큰 도움이 될 것 같았다.

라온은 불의 고리를 회전시키며 주디엘이 준 자료를 읽고 또 읽었다.

그렇게 밤이 묻히고, 다시 태양이 떠올랐을 때 세 번째 노크 소리가 들려왔다.

문을 여니, 당황한 듯 흔들리는 눈빛의 실비아와 글렌의 집사인 로엔이 서 있었다.

"라, 라온."

"도련님. 이른 아침에 실례하겠습니다."

로엔이 평소와 달리 차가운 표정으로 고개를 숙였다.

"가주님께서 도련님을 소환하셨습니다."

라온은 끝까지 따라오려는 실비아를 억지로 남겨 두고 가주전으로 향했다.

"도련님."

가주전의 계단 앞에 섰을 때 로엔이 뒤를 돌았다. 자신을 보며 의문이 담긴 눈빛을 보냈다.

"가주님이 부르신 이유를 아실 텐데, 불안하시지 않습니까?"

"이유는 물론 알고 있습니다. 다만 그리 불안하지는 않군요."

라온이 덤덤한 눈빛으로 고개를 저었다.

"그렇습니까."

로엔은 옅게 웃고서 가주전으로 들어갔다. 기분 탓일지도 모르지만, 그는 자신의 대답에 만족스러워하는 것 같았다.

로엔을 따라 들어온 가주전의 분위기는 평소보다 무거웠다. 이 공간만 중력이 2배로 작용하는 것 같았다.

라온은 명상을 할 때처럼 느리게 호흡했다. 어깨를 짓누르는 무게감이 조금은 가셨다.

검사와 사용인들은 한 마디로 설명할 수 없는 시선을 보내왔다. 담담하게 그 눈빛들을 받으며 알현실의 앞에 섰다.

"저 안에는 가주님만이 아니라, 그들도 있습니다. 마음의 준비는 되셨습니까?"

로엔의 질문에 담담하게 고개를 끄덕였다.

"열겠습니다."

그가 문지기에게 시선을 보내자 알현실의 문이 갈라지기 시작했다.

찬란하게 빛나는 알현실의 조명 아래. 세 사람이 있었다.

단상 위 옥좌에 앉아 압도적인 존재감을 뿜어내는 글렌 지그하르트와 그 아래에 서 있는 두 명의 남자. 레이든 지그하르트와 그의 아비 발데르 지그하르트였다.

발데르는 레이든과 달리 곰처럼 두꺼운 체형에 널찍한 어깨를 가졌다. 둘의 이름을 몰랐다면 부자지간이라고는 생각도 못 했을 거다. 다만 얍실하게 보이는 눈매는 그대로였다.

레이든은 자신을 죽일 듯이 노려보았고, 발데르는 벌레를 본 것처럼 인상을 구겼다.

"가주님을 뵙습니다."

라온은 두 사람의 시선을 무시하고 중앙으로 걸어가 무릎을 꿇었다.

"일어나라."

"예."

얼음장을 씌운 듯한 목소리에 다리에 힘이 풀릴 뻔했지만, 이를 꽉 깨물고 일어섰다.

뒤로 한 걸음 물러나서 발데르, 레이든과 같은 선에 서서 글렌을 올려다보았다.

"어제 불미스러운 일이 있었다고 하더군."

그가 괴고 있던 오른팔을 떼며 무심한 눈빛으로 모두를 굽어보았다.

"가주님! 제가 말씀드리겠습니다!"

레이든이 앞으로 나오며 무릎을 꿇었다.

"말해 보라."

"예!"

글렌의 허락에 레이든은 라온을 돌아보며 히죽 웃었다.

"오랜만에 가문으로 돌아오니, 라온에 관한 소식이 퍼져 있더군요. 몇 번 마주치긴 했지만 제대로 대화를 나눠 본 적이 없어서 미리 별관에 서신을 보냈습니다. 예정된 날짜에 별관으로 향했지만, 아무 준비도 되어 있지 않았습니다. 오히려 축객령을 내리듯 정원을 뒤집어엎은 상태였습니다."

레이든은 정말 억울한 일을 겪은 듯 콧등을 길게 찡그렸다.

"아쉬운 마음에 조금 목소리를 높였는데, 별관의 시녀들이 제게 따지기 시작했습니다. 언성이 커지려 할 때 라온이 나타났고, 아무런 말도 없이 제게 검을 휘둘렀습니다. 견제나, 위협이 아니라, 죽일 듯 살기를 두른 검이었죠. 제가 계속 힘을 조절하며 방어만 했지만, 그는 끝까지 목을 향해 검을 그었습니다."

모르는 사람이 들으면 진짜 억울하다고 생각될 정도로 레이든의 목소리는 현실감 있었다.

"라온 지그하르트."

글렌은 레이든의 감정이 담긴 목소리를 듣고도 아무런 변화가 없었다. 조금 전과 같은 목소리로 라온을 불렀다.

"예."

"저 말이 사실인가?"

"아닙니다."

라온이 차분한 눈빛을 발하며 고개를 저었다.

"처음부터 끝까지 단 하나도 사실이 없습니다. 특히 힘을 조절했다는 점에 웃음이 나오는군요. 얼굴이 시뻘게져서 소리를 지르던 모습이 아직도 눈에 선한데."

"이익! 너 이 새끼!"

레이든이 어깨를 잡았지만 라온은 뒤를 돌아보지 않았다.

"레이든 도련님."

좌측에 빠져 있던 로엔의 눈빛이 칼날처럼 싸늘해졌다.

"누구 앞에 계신 건지 잊고 계신 거 아닙니까?"

"크으!"

레이든은 마른침을 삼키고서 라온의 어깨를 잡은 손을 떼어 냈다.

"둘의 말이 다르다면 모든 걸 본 증인을 불러야겠지."

글렌은 레이든과 라온을 보며 손가락을 튕겼다. 척 소리와 함께 라온의 눈앞으로 검은 인형이 내려섰다.

"천검대 라케일. 가주님을 뵙습니다!"

"어제 있었던 일을 보고하라."

"예!"

라케일이라는 이름을 밝힌 천검대 검사는 어제 자신의 검을 막았던 남자였다. 그는 고개를 끄덕이고 일어나 입을 열기 시작했다.

"레이든 도련님이 서신을 보냈다고 했지만, 실제 그런 서신이 별관에 도착한 적은 없었습니다. 실비아 님과 시녀들은 평소처럼 정원을 손질하고 계셨고…."

라온이 눈매를 좁혔다. 예상과 달리 라케일은 조금의 거짓도 없이 정확한 사실을 밝혔다.

"레이든 지그하르트."

라케일의 이야기를 모두 들은 글렌이 인상을 찌푸렸다.

"아, 예, 예!"

레이든은 덜덜 떨며 머리를 땅에 박았다.

"네가 말한 것과 꽤 다르구나."

"그, 그게…."

"아버지."

레이든이 말하지 못하고 턱을 덜덜 떨 때 지금까지 지켜만 보고 있던 발데르가 인상을 찌푸리며 앞으로 나왔다.

"지금 그게 중요한 게 아니지 않습니까. 방계가 직계에게 칼을 휘둘렀다는 게 이 사건의 가장 큰 문제입니다. 가문의 위계 자체가 흔들리는 일 아닙니까!"

"마, 맞습니다! 저놈은 제게 죽어라 칼을 휘둘렀습니다!"

살 구멍을 찾은 레이든이 맹렬하게 고개를 끄덕였다.

"맞는 말이군. 방계가 직계에게 칼을 휘둘렀다니, 버릇이 없는 정도로 끝날 일이 아니야. 근데 말이다."

글렌이 고개를 끄덕이며 옥좌에서 일어섰다. 거인이 기지개를 핀 듯 그의 존재감이 폭발했다.

"너희들은 직계와 방계의 차이가 무엇이라 생각하지."

"예? 그, 그게…."

"책임이다. 직계는 지그하르트의 진정한 주인으로서 그에 따른 책임을 짊어져야 한다."

어깨에서 피어나는 샛노란 기류에 가주전 전체가 흔들리기 시작했다.

"행동 하나, 단어 하나에도 자신이 지그하르트의 주인이라는 의식을 가져야 한다. 방계를 골려 주기 위해 혹은 조롱하기 위해서도 마찬가지. 하려면 확실하게, 끝까지 짓밟아야 한다. 하지만 넌 방계에게, 그것도 너보다 어린 아이에게 목숨을 위협받았다."

"아, 아닙니다. 마음만 먹었다면 라온의 목은 이미 주인을 잃었을 겁니다!"

"남 덕분에 두 번이나 목숨을 구제받았으면 부끄러운 줄 알고 입을 닫아라."

"끄으윽…."

차갑다 못해 소름이 돋아 오르는 글렌의 눈길에 레이든이 이를 악물었다.

"라온 지그하르트."

"예."

"너도 네 위치를 자각하지 못하는 것 같구나. 너는 방계다. 다른 의미로 네 행동을 조심해야 하지. 검사의 자격을 얻은 직계에게 검을 휘두르다니, 기르는 개가 주인을 무는 꼴이다. 부당한 일을 당하면 네 스스로 해결할 게 아니라, 본관에 알렸어야 했다."

"죄송합니다."

라온이 눈을 내리감으며 고개를 숙였다.

"둘 다 문제가 있었으니, 각자 합당한 벌을 내리도록 하겠다."

"아버지! 벌이라니요! 저놈을 살려 둬선 안 됩니다. 언젠가 직계에게 이빨을 들이밀 놈입니다! 당장 처형해야 합니다!"

발데르 지그하르트가 다시 앞으로 치고 나왔다. 라온을 향해 삿대질을 하며 목청을 높였다.

"시끄럽다."

"이번 사건을 그냥 넘어가면 직계와 방계의 체계가 무너지고, 가문의 위신이…."

"발데르. 내가 닥치라고 말했을 텐데."

"끅!"

공간을 짓누르는 듯한 글렌의 목소리에 발데르의 거구가 한순간 찌그러지는 듯 보였다.

"가주님."

라온은 심장이 조여드는 것 같은 분위기에서 고개를 들어 글렌을 올려보았다. 머리를 숙이며 그를 불렀다.

"뭐지?"

"어떤 벌이라도 달게 받겠습니다. 다만 그 전에 해야 할 일이 있습니다."

"해야 할 일?"

"예. 레이든 지그하르트는 제 어미를 모욕하고, 시녀들에게 폭력을 휘둘렀습니다. 전 아직 그에게 그 대가를 받아 내지 못했습니다."

"이런 미친놈! 나도 마찬가지다! 네놈이 시뻘건 눈으로 칼을 휘두르는 게 아직도 잊혀지지 않아! 어떻게 해서든 네놈의 목을 벨 것이다!"

"라온 지그하르트, 레이든 지그하르트."

글렌이 자신과 레이든의 이름을 부르며 눈빛을 가라앉혔다. 그에게서 전신이 으스러지는 듯한 기세가 뿜어져 나왔다.

"내가 방금 너희들의 주제를 알라고 했을 텐데."

"그, 그 때문입니다."

라온이 이를 바드득 깨물며 굽어지는 허리를 세웠다.

"가주님께서 이전에 이곳은 검사들의 대지라 하셨습니다. 무인이라면 자신의 가치를 검으로 정해야 한다고 생각합니다."

라온의 단단한 의지가 어린 목소리가 가주전을 울렸다.

"검투를 허락해 주십시오!"

제91화

검투.

이름처럼 검으로 하는 대련이지만, 거기엔 두 가지 조건이 있다.

첫 번째는 두 사람 다 검사의 자격을 얻어야 한다는 것. 두 번째는 각자 승리 시 원하는 조건을 걸어야 한다는 것.

라온은 이 상황을 벗어나기에 가장 좋은 방법이 검투라고 생각하고, 어떻게든 그 단어를 꺼내 놓았다.

"검사들의 대지이니, 검사의 방식으로 결정을 하게 해 달라?"

글렌이 강렬한 기세를 가라앉히며 고개를 끄덕였다.

"확실히 내가 그런 말을 하긴 했지. 틀린 말은 아니로군."

"가, 가주님! 저도 부탁드립니다!"

레이든이 옳다구나 손뼉을 치며 앞으로 나왔다.

"저 역시 저놈에게 갚아 주어야 할 빚이 남아 있습니다. 검투를 허락해 주십시오!"

"흠."

발데르는 갑작스러운 상황이었지만, 검투를 하는 게 낫다고 생각했는지 뒤로 물러나 입을 다물었다.

"라온 지그하르트. 네가 먼저 검투를 말했다는 건 자신이 있다는 거겠지?"

"그렇습니다."

라온은 자신감을 담아 고개를 끄덕였다.

"레이든 지그하르트."

이번에는 글렌의 시선이 레이든을 향했다.

"예!"

"보고받은 바에 의하면 넌 처음부터 끝까지 라온에게 밀렸다고 들었다. 다시 싸운다면 이길 자신 있는 건가?"

"무, 물론입니다. 그때는 칼이 날아올 줄 몰라 방심했을 뿐입니다. 다시 싸운다면 압도적으로 꺾을 수 있습니다!"

레이든은 딱따구리가 나무를 찧듯이 고개를 흔들었다.

"작은 유흥거리는 되겠군."

드물게도 글렌의 입매가 살짝 올라갔다.

"레이든. 네가 원하는 건 무엇이지?"

"라온 지그하르트의 단전을 부수고, 마나 회로를 끊겠습니다."

"마나 회로와 단전인가."

"예. 그 둘 모두입니다!

"허가하지."

살벌한 조건임에도 글렌의 표정에는 변화가 없었다.

"감사합니다!"

레이든의 얼굴빛이 마법등을 켠 듯 밝아졌다.

"라온 지그하르트."

"예."

"검투에서 승리했을 때 네가 원하는 것은?"

"레이든 지그하르트와 그의 집사가 제 어머니와 시녀들에게 무릎을 꿇고 사죄하고, 물질적인 보상을 주는 것. 그리고 진무전과 관련된 그 무엇도 별관에 접근하지 않는 것입니다."

"사죄와 접근 금지라. 그것도 허가하지."

"아버지! 사죄는 레이든의 일이지만, 접근 금지는 진무전과 관련되어 있습니다. 검투로 이룰 권한을 넘어서는…."

"발데르."

글렌의 붉은 눈동자가 발데르를 향했다. 태양을 마주한 듯 발데르가 눈을 바닥에 깔았다.

"마지막이다."

"죄, 죄송합니다."

발데르는 뒤로 물러서서 머리를 깊게 숙였다.

고오오오.

글렌은 폭풍 같은 기세를 유지한 채 라온과 레이든을 차례로 보았다.

"너희 둘의 조건은 모두 허가되었다. 일주일 뒤 대연무장에서 검투를 열겠다."

"예."

"감사합니다!"

라온과 레이든이 동시에 고개를 숙였다.

"이야기는 끝이다. 돌아가도록."

"예."

라온은 할 말을 모두 마쳤기에 그대로 알현실을 떠났다.

"검투라니, 결국 저희 편을 들어 주시는군요."

발데르가 앞으로 나오며 씩 웃었다.

"아무리 재능이 뛰어나고, 실비아의 아이라고 해도 그 아이는 방계. 직계와 방계의 차이를 확실하게 보여 주도록 하겠습니다. 레이든. 자신 있겠지?"

"물론입니다. 이번 임무를 통해 익스퍼트 중급에 올랐습니다. 이제 막 익스퍼트 하급에 도달한 놈 따위는 한 손으로도 이길 수 있습니다."

레이든과 발데르는 부자지간답게 얍실한 눈매를 좁히며 웃었다.

"아예 검투에서 놈을 죽여 버리는 게 어떻겠습니까? 건방진 방계 놈들이 기어오르지 않게."

"아니, 모두가 보고 있을 테니, 그건 좋지 않다. 폐인을 만들어서 희망을 꺾는 게 낫다. 어미와 아들 모두가 단전과 마나 회로가 끊어져 폐인이 되다니, 생각만 해도 재밌잖아."

발데르는 사적으로 동생과 조카가 되는 라온과 실비아에게 악의만 가진 듯 낄낄 웃었다.

"확실히 그렇겠군요."

레이든이 히죽 웃으며 고개를 끄덕였다. 두 부자는 이미 검투에서 승리하고, 라온이 손아귀에 있는 것처럼 떠들어 댔다.

"너희도 돌아가라."

"예."

"일주일 뒤에 뵙죠."

레이든과 발데르는 입가를 미소로 가득 채우고 알현실을 나갔다.

"가주님."

모두가 나가고 나서야 로엔이 글렌의 앞에 섰다.

"라온 도련님은 익스퍼트 하급, 레이든 도련님은 이미 익스퍼트 중급에 안착하셨습니다. 두 도련님의 경지가 확연하게 차이가 나는데 위험하지 않겠습니까?"

평소 라온에게 호감을 가지고 있던 로엔이기에 목소리가 조금 낮아졌다.

"검사들의 전투는 단순히 경지나, 익힌 검술로 결정되지 않는다. 그 사람이 누구인지가 가장 중요한 요소지."

"그건 저도 알고 있지만…."

"물론 둘의 경지가 차이 나는 건 사실이다. 다만 라온 녀석의 눈빛은 평온했어. 한 번 이겼던 적을 상대한다는 자만이나 과신이 아닌 자신감을 가졌다. 그런 눈빛을 봤는데, 믿어 주지 않을 수가 있나."

글렌이 아까와 달리 부드럽게 미소를 지었다. 손주의 재롱을 보는 듯 따스한 눈빛이었다.

'거기다….'

레이든과 달리 라온은 조건을 말할 때 본인이 아닌 가족을 생각했다. 본인에 대한 보호나 보상 따윈 없었다. 볼수록 정이 가는 아이였다.

"로엔."

"예."

"어떤 핑계를 써서라도 다음 달 진무전의 예산을 반으로 줄여. 임무도 모두 회수하고."

"반발이 있을 텐데요."

"상관없다. 불만 있으면 내게 오라 해라."

"음, 알겠습니다."

로엔이 고개를 숙였다가 올리며 글렌을 보았다. 그는 드물게도 분노를 담은 눈빛을 하고 있었다.

'하긴 아픈 손가락을 건드렸으니.'

글렌에게 실비아와 라온은 아픈 손가락이다. 아무리 다른 손가락이라고 해도 용서할 수 없는 것 같았다.

'점점 예전으로 돌아가시는 것 같군.'

로엔이 얼굴을 가린 채 미소를 지었다. 글렌의 모습은 할아버지가 손주를 때린 놈에게 복수를 해 주는 듯해 절로 웃음이 나왔다.

라온이 별관으로 돌아왔을 때 실비아와 시녀들은 모두 밖에 나와 있었다.

"왜 나와 있어."

"어, 어떻게 됐어?"

실비아는 가슴 앞에 모은 두 손을 떨었다. 본인의 일에는 당차도, 아들의 일에는 긴장하는 것 같았다.

"일주일 뒤에 검투를 열기로 했어."

"거, 검투?"

"검투라니요!"

실비아와 헬렌이 라온의 어깨와 팔을 잡고 흔들었다.

"레이든 지그하르트와 검투를 하게 됐다고."

"뭐? 뭐라고?"

"아니, 대체 뭐가 어떻게 되면 검투를….'

두 사람의 눈동자도 파랑을 맞은 돛단배처럼 흔들렸다. 시녀들도 입을 다물지 못하고, 헉 소리를 흘렸다.

"여러 가지로 생각해 봤지만 검투가 가장 좋은 방법이야."

라온이 실비아와 눈을 마주치며 말했다.

"이 이상은 없어."

적은 직계 그리고 우리는 방계다.

레이든을 무릎 꿇리는 것만이 아니라, 별관에게 피해를 주지 않기 위해서는 검투를 해서 글렌의 인정을 받는 방법뿐이었다.

"하지만 라온. 네가 본 게 레이든의 전부가 아니야."

실비아가 다가와 손을 잡았다. 그녀의 손에서 전해 온 떨림이 손목까지 올라온다.

"발데르 오빠의 무기는 연검이야. 레이든 역시 연검술을 배웠을 거라고. 제 실력을 드러내면 어제와는 전혀 다른 사람이 될 거야!"

"마, 맞습니다. 도련님. 진무전 검사들의 검은 다양한 변화로 이름 높습니다. 단순하게 생각해선 안 됩니다. 도련님이 꺾은 녹전귀보다 강할 거예요!"

"이번엔 방심하지도 않을 테고, 넌 아직 부상이 낫지도 않았잖아! 역시 안 돼. 아버지께 가 봐야겠어! 지금이라도 부탁드리면⋯."

"엄마."

라온은 자신의 손을 놓고 본관으로 달려가려는 실비아의 어깨를 붙잡았다.

"괜찮아. 날 믿어 봐."

옅게 미소를 짓자, 당장이라도 뛰려던 실비아가 몸을 돌렸다.

"가주님이 알려 주신 게 있거든."

"아, 아버지가?"

"응. 그걸 이용하면 이길 수 있어."

"어⋯."

"그러니 엄마랑 약속한 훈련 금지 조항은 없던 걸로 할게."

라온은 그 말을 마치고, 별관으로 들어갔다. 실비아는 멍하니 서 있을 뿐 라온을 막지 못했다.

"마님. 아, 아무리 가주님께 배웠다고 해도 도련님을 막으셔야 하는 거 아닙니까?"

헬렌이 실비아의 옆에 서서 마른침을 삼켰다.

"그러려고 했는데, 라온의 눈을 보니까. 뭔지 모를 안도감이 들었어."

"어음, 사실 저도⋯."

헬렌도 같은 감정을 느꼈다고 하며 고개를 끄덕였다.

"그래도 가만히 있을 수는 없지. 사소한 거라도 라온을 위해서 할 일을 찾아보자."

"예."

시녀들이 한마음이 되어 고개를 숙였다. 가장 끝에 서 있던 주디엘은 실비아 그리고 라온이 들어간 별관을 보며 눈을 빛냈다.

※※※※※

라온은 방에서 수련복으로 옷을 갈아입고, 별관 공터로 향했다. 시녀들이 지나가면서 힐끔힐끔 쳐다봤지만, 신경 쓰지 않았다.

'지금 급한 건 검투니까.'

검투에 대한 소문은 빠르게 퍼질 거다. 어차피 시선은 끌었으니, 진무전 쪽에서 다른 짓을 벌이지 못하도록 더 많은 시선을 받는 게 좋다.

그걸 위해선 검투에서도 단순히 이기는 게 아니라, 압도적인 승리를 보여 주어야 한다.

"연검이라…."

연검은 간단히 말해서 유연한 검이다.

탄성이 조금 강한 수준부터 채찍처럼 자유자재로 휘어지는 검까지. 연검도 종류가 다양하다.

그렇게 잘 휘어지는 검을 화려한 검술과 함께 조화시키는 자들이 바로 진무전의 검사들이다.

검사의 실력이 높을수록 연검의 휘어짐이 강해진다. 강한 연검의 검사 앞에 서면 흡사 검으로 벽을 만드는 듯한 광경도 볼 수 있다.

'레이든의 연검도 탄성이 장난 아니겠지.'

연검으로 이름 높은 진무전주의 아들이니, 레이든의 연검술도 일반적인 연검술과는 궤를 달리 할 것이다.

다만 진다는 생각은 조금도 들지 않았다.

글렌이 직접 전수해 준 태화보를 익혔고, 전생에 뛰어난 연검사를 암살한 적도 있다.

레이든이 연검을 사용하든, 익스퍼트 중급이든 자신에겐 아무런 의미도 없었다.

챠앙!

라온은 실비아가 억지로 동여매 준 붕대를 풀고, 검을 뽑았다.

연성검법을 그으며 가람보법을 밟았다. 하나의 선처럼 부드럽게 피어나는 움직임. 이미 완성형이라고 해도 과언이 아니었다.

연성검법의 마지막 초식을 펼칠 때 라온이 가람보법과는 다른 움직임을 취했다. 오른발이 아니라 왼발을 뻗어 내며 땅을 박찼다.

치이잉!

그 순간 라온의 몸이 먼지처럼 희미해진 뒤 세 걸음 앞에서 벼락처럼 튀어나왔다. 바로 앞에서 보았어도 눈앞에서 사라졌다가 다시 나타난 듯한 모습이었다.

후우웅!

라온은 그대로 검을 내리쳤다. 허공이 사선으로 갈라지는 듯한 검격. 앞에 있는 건 그 무엇이라도 벨 수 있을 듯한 검기였다.

"후…."

라온이 숨을 내뱉으며 검을 멈췄다.

'이게 태화보.'

태화보는 단순한 보법이 아니다.

다른 보법의 중간에 끼워 넣어 그 순간 가장 적합한 움직임을 만들어 낼 수 있는 특별한 발걸음이었다.

실비아와 헬렌을 모욕한 적과 싸운다는 생각이 정신에 박혀 있으니, 훈련의 질이 높아지는 것 같았다.

이 시간을 최대한 이용한다면 분명 더 강해질 수 있을 거다.

"그럼."

라온은 다시 검을 세우고, 발을 굴렀다. 떠오른 해가 어둠에 녹아들 때까지.

✣✣✣✣✣

다음 날에도 라온의 일과는 변하지 않았다.

새벽부터 공터에 나와서 검을 휘두르고 또 휘둘렀다. 남이 본다면 같은 걸 왜 자꾸 반복하냐고 할 수 있겠지만, 라온은 그게 옳다는 걸 알고 있었다.

'이 반복이 목숨을 살려 주지.'

목숨을 건 전투에서 자신을 살려 주는 건 새로 배운 검술도, 비싼 갑옷도 아니다. 끊임없이 단련하여 숨 쉬는 것처럼 익숙해진 무학만이 자신을 구해 줄 수 있다.

라온은 쉬는 시간조차 가지지 않고 발을 놀리고 검을 휘둘렀다.

가람보법의 중간중간 태화보를 끼워 넣어 태화보의 성취도 상승시켰다.

그렇게 점심시간이 되었을 때 주디엘이 흰색 천이 덮인 쟁반을 가지고 공터로 다가왔다.

"도련님. 점심 식사를 가져왔습니다."

"식사?"

라온이 수련을 멈추고 몸을 돌렸다.

"예. 간단히 드실 수 있게 샌드위치를 가져왔습니다."

배가 출출했기에 검을 집어넣고, 주디엘이 쟁반을 내려놓은 테이블에 앉았다.

"방금까지 몸을 움직이셨으니, 체하지 않게 천천히 드세요."

"고마워."

"예."

주디엘은 고개를 숙인 뒤 별관으로 돌아갔다.

라온은 물수건으로 손을 닦고, 쟁반을 덮은 흰색 천을 걷었다.

"음?"

곱게 자른 샌드위치 접시 옆에 처음 보는 얇은 책이 한 권 있었다.

'이건 또 뭐지?'

살짝 인상을 찌푸리고 책자를 들었다. 책 이름은 없었고, 방금 만든 것처럼 표지가 매끄러웠다.

"허!"

책을 펼쳐 내용을 본 라온이 헛웃음을 흘렸다. 책 안에는 레이든 지그하르트가 배운 검술과 보법의 이름 그리고 특징이 적혀져 있었다.

그것도 보기 편하도록 정리나, 배치가 완벽하게 되어 있었다.

'이 책…'

분명 대단한 정보를 담은 책이지만, 아무리 보아도 기존에 있던 물건이 아니다.

'새로 만든 거야.'

주디엘이 레이든과 진무전의 정보를 가지고 고작 하루 만에 만든 책이 분명했다.

시녀 업무를 보면서 이런 책을 만들다니, 보통내기가 아니다. 단순한 첩자로 놔두기엔 아까운 재능이었다.

"흐음."

라온은 별관으로 걸어가는 주디엘의 뒷모습을 보고 빙긋 미소를 지었다.

"생각보다가 아니라, 생각 이상으로 쓸 만하겠는데."

제92화

실비아는 어제 마무리하지 못한 정원을 정리하고 있었다.

익숙한 손놀림에 지저분했던 수풀이 폭신한 쿠션처럼 동그랗게 변해 갔다.

"다행히 많이 망가지진 않았네요."

뒤에서 보조하던 헬렌이 그녀의 옆으로 다가갔다.

"그러게. 조금만 고생하면 예전보다 나을지도 모르겠어."

실비아가 옅게 웃으며 가위를 들었다. 그녀는 레이든이 와서 부렸던 행패의 흔적을 모두 지우려는 듯 지저분했던 곳들을 말끔하게 치웠다.

"저기 마님."

"응?"

"도련님을 저대로 두어도 괜찮을까요?"

헬렌의 얼굴빛은 재처럼 회색이었다. 걱정으로 인해 잠도 제대로 못 잔 것 같았다. 다른 시녀들도 비슷했는지 동시에 두 눈을 끔뻑였다.

"어떻게 해서든 검투를 막는 게…."

"나도 처음엔 그렇게 생각했어."

실비아가 가위를 헬렌에게 주며 고개를 끄덕였다.

"어떻게 해서든 막아야 한다. 절대 검투를 진행하게 해선 안 된다고 생각했지. 바로 아버지께 찾아가려 했어."

"그런데 왜…."

"라온이. 그 어린아이가 어느새 검사의 얼굴이 되었거든."

"아…."

"첫 임무를 떠나기 전에 그 아이에게 전한 말이 있어. 당당하게 예전 지그하르트의 검사처럼 살아가 달라고."

그녀는 뒤를 돌아, 헬렌과 눈을 마주치고 시녀들을 보며 웃었다.

"라온은 내가 해 줬던 말보다 훨씬 멋지고 당당하게 살아가고 있어. 지금의 내가 부끄러울 정도로."

"마님…."

"아이가 그런 얼굴을 하는데, 엄마가 믿어 주지 않으면 어떻게 하겠어. 그리고…."

실비아가 입매를 가늘게 올리며 라온이 있을 별관 뒤편을 보았다.

"헬렌도 느꼈듯이 라온이 괜찮다고 말했을 때 정말 다 좋아질 것 같은 예감이 들었어. 우리가 할 일은 저 아이를 믿고, 웃으며 기다리는 거야."

라온은 주디엘이 주었던 레이든에 관한 정보를 모두 외운 뒤 태워 버렸다.

실제로 레이든의 연검술을 본 적은 없었지만, 내용이 상세해 마치 머릿속에서 그려지는 듯했다.

'이대로 수련하면 되겠어.'

평범한 검술과 보법인 연성검법과 가람보법으로 레이든을 압살하는 게 목표였기 때문에 이런 정보가 있으면 훨씬 편하게 대련을 준비할 수 있다.

주디엘의 정보를 바탕으로 보법과 검술의 흐름을 조금 바꾸어 수련을 시작했다.

적의 움직임을 상상하며 검을 휘두르고, 보법을 운용하니 움직임이 훨씬 체계화되었다.

후우우!

한창 수련에 빠져 있을 때 얼음꽃 팔찌에서 가느다란 냉기가 피어올랐다.

-참으로 애잔하구나.

라스가 끌끌 혀를 차며 비웃음을 흘렸다.

-쓰레기 따위를 상대하는 데 그런 노력을 해야 하다니, 불쌍할 정도이니라. 본왕이라면 입김 하나로 뼛속까지 얼려 버렸을 터인데.

"지금 당장 싸워도 놈을 이기는 건 간단해."

라온이 호 하고 입김을 뿜어내는 라스를 밀어냈다.

"중요한 건 놈을 압도적으로 이기는 거지. 놈의 검이 내 몸에 닿지도 않을 정도로."

-이해를 못 하겠군. 이기면 그만 아닌가?

"아니야."

고개를 저었다. 단순한 대련이라면 어떻게 이기든 상관없지만, 이번엔 상황이 다르다.

"내가 레이든을 건드리게 되면서 나와 별관이 직계와 직계를 따르는 추종자들의 목표가 되었어. 이번 검투에서 승리해서 진무전의 위험을 벗어난다고 해도 다른 놈들이 노릴 가능성이 있다는 거지."

어떤 가문이라도 직계와 방계 사이에는 높고 두꺼운 벽이 있다. 지그하르트 정도의 명가라면 그 벽을 뚫을 수 없을 정도로 두껍다.

그런 가문의 직계와 추종자들은 방계들이 자신의 위치에 도달하는 걸 바라지 않는다. 그게 한때 직계였던 자들이라고 해도.

'그렇기에 보여 줘야 하지.'

글렌에게 내가 직계 이상의 쓸모가 있다는 것을 확실하게 각인시켜야 한다.

-고대부터 인간들은 조상의 피를. 그것도 더 진한 피를 따져 댔지. 똑같은 빨간색이라는 것도 모르는 채. 제 놈들이 흡혈귀 놈들도 아니고. 추레하고, 지저분한 전통이다.

"처음으로 네놈과 의견이 일치하는군."

매 순간 화만 터트리는 이 악마 놈과 생각이 같다니, 어처구니가 없어 헛웃음이 나왔다.

-열심히 해라. 어차피 네놈의 모든 것은 본왕의 것이 될 테니까.

라스는 그 말을 남기고 다시 팔찌로 들어갔다.

"이야. 한마디 만에 다시 정떨어지게 하는 것도 능력이야."

라온이 차게 웃으며 일어섰다. 다시 수련하려고 할 때 누군가가 다가오는 기척이 느껴졌다.

'주디엘은 아닌데.'

실비아나 헬렌도 아니었지만, 기척이 굉장히 친숙했다. 가만히 기다리고 있을 때 작은 인형이 나타났다.

"어?"

맹한 눈동자, 나풀거리는 은발과 새하얀 피부. 공터로 다가오는 사람은 루난이었다.

"루난?"

"응."

루난은 무언가가 들어 있는 보자기를 꺼안고 고양이처럼 사뿐사뿐 걸어왔다. 자신의 옆으로 다가와 나무 옆에 폴싹 주저앉았다.

"네가 왜 여기에…."

"싸움."

루난도 라온이 레이든과 싸운다는 걸 이미 알고 있었던 모양이다. 물론 단순한 싸움은 아니고, 검투였지만.

"그래서 왔어."

그녀는 작은 손을 꼼지락거리며 가지고 온 보자기를 풀기 시작했다.

"음…."

루난을 보고 있던 라온은 많은 시선을 느끼고 고개를 들었다. 벽과 바위, 나무 뒤에서 실비아와 헬렌, 시녀들이 이곳을 지켜보고 있었다.

'하여튼 저 사람들은.'

좀 진지해졌나 했더니, 금세 풀어졌다. 정말이지 이상한 사람들이다.

"됐다."

루난의 목소리에 시선을 돌렸다. 잘 감싼 보자기 안에는 그녀가 보물처럼 가지고 다니던 아이스크림 상자가 있었다.

탁.

루난이 상자의 뚜껑을 열자, 이전에 본 것보다 더 크고 반짝이는 구슬 아이스크림 다섯 개가 허연 냉기를 피워 냈다.

"먹어."

루난은 뚜껑을 연 상자를 그대로 내밀었다. 맹하게 가라앉았던 그녀의 눈동자가 아이스크림과 똑같이 반짝였다. 먹고 싶은 거 마음대로 먹으라는 뜻 같았다.

"음."

라온은 손을 대지 않고 잠시 아이스크림을 바라보았다.

"먹어."

가만히 있자, 루난이 손을 휘휘 저었다. 저 눈을 보니 뭐라도 먹어야 할 것 같았다. 다만 루난이 좋아하는 분홍색 아이스크림을 제외하고 다른 것을 골라야 했다.

-무얼 하는 것이냐! 빨리 먹거라!

조금 전에 팔찌에 들어갔던 라스가 두더지처럼 튀어나왔다.

-본왕은 저기 초록색이 끌리노라! 초록색에 초콜릿이 박힌 저걸 먹어라! 어서!

라스는 라온이 손을 대지 않자 본인이 더 불안해져서 미친 듯이 냉기를 뿌려 댔다.

'시끄럽네.'

인상을 찌푸렸다. 라스가 원한 초록색 아이스크림은 보지도 않았다. 뭘 고를까 입맛을 다실 때 루난의 손이 자신의 머리 쪽으로 향했다.

'뭐지?'

그녀의 손을 피해야 하나 고민했지만, 살기도 적의도 없었다. 전신의 근육을 풀어 언제라도 움직일 수 있도록 대비했다.

톡톡.

그 긴장감이 무색하게 루난의 손은 자신의 머리를 정말 가볍게 두 번 두드렸다.

"루난?"

라온이 입을 벌리며 시선을 올렸다. 루난은 간신히 티가 날 정도로 입매를 올린 채 고개를 끄덕이며 자신의 다시 머리를 만졌다.

"괜찮아."

잔잔하게 빛나는 은빛 눈동자와 차분한 목소리를 듣자, 가슴이 저릿했다.

'이 녀석…'

이제야 루난이 왜 이곳에 왔는지 알 수 있었다.

이 아이는 예전에 오크와 대련할 때 괜찮다고 말해 주었던 걸 되돌려주기 위해서 별관으로 온 것이다.

"하."

라온이 헛웃음을 흘렸다. 이런 꼬맹이에게 또 걱정을 받다니, 어이가 없다.

다만 그게 또 그리 기분이 나쁘진 않았다. 뭔지 정확하게 알 수 없는 감정이 가슴을 둥글게 만든 느낌이다.

"왜 웃어?"

"아니야."

고개를 젓고서 상자에 있던 검은색 구슬 아이스크림을 꺼내 입에 넣었다. 지금의 감정처럼 달달하면서 씁쓸한 맛이 입 안을 휘감았다.

-오! 초콜릿! 초콜릿에 설탕과 커피를 넣은 뒤 오랜 기간 숙성을 시킨 것 같구나.

본왕이 마계에 있을 때 커피를… 뭐, 뭐 하는 거냐!

'시끄러.'

긴 수다를 시작한 라스를 팔찌에 억지로 밀어 넣었다.

"맛있어?"

"맛있네. 고마워."

"더 먹어."

"아니 충분해."

정말 충분했다. 배가 찼다기보다는 마음이 찬 느낌. 더 이상은 필요 없었다.

"그래."

루난은 우측에 있던 빨간 구슬 아이스크림을 꼴딱 삼키고 일어섰다.

"갈게."

그리고 그대로 떠났다. 할 일을 마쳤으니, 수련을 방해하지 않고 간다는 것 같았다.

"나 참."

라온은 올 때보다 경쾌해진 루난의 걸음을 보며 가는 미소를 지었다. 이젠 저 녀석의 뒤통수만 봐도 웃음이 나온다.

"라온."

루난이 떠나자마자 나무 뒤에 숨어 있던 실비아가 다가왔다.

"엄마 생각에는 친구보다는 조금 더 가까워 보이는데? 저 평범한 아이스크림이 아니야. 아주 비싼 간식이라고."

"저도 궁금하네요. 대충 보니 아이스크림을 얻어먹은 게 처음이 아닌 것 같은데요."

"라온. 엄마는 저 아이랑 얘기 한 번…."

"둘 다 그 이상 말하지 마."

라온이 손을 휘휘 저었다. 축 처져 있는 것도 별로지만, 저렇게 장난기 담긴 눈빛은 더 싫었다.

"제발…."

다음 날.

별관에 두 번째 손님이 찾아왔다.

"흠…."

라온은 툴툴거리는 느낌으로 걸어오는 손님을 보며 눈매를 좁혔다.

솔직히 말하면 루난은 올지도 모른다고 생각했다. 그 아이는 자신의 훈련 방식을 따라 하거나, 배우고 싶어 하니까.

다만 저 녀석은 정말 의외였다.

"버렌."

라온은 귀족처럼 우아한 걸음으로 다가오는 버렌을 보며 고개를 갸웃거렸다. 저 녀석이 이곳에 온 이유는 정말이지 알 수가 없었다.

"레이든과 검투를 한다고 들었다."

버렌이 입을 삐죽 내밀며 멈춰 섰다.

"너도 알게 됐나."

"가문 전체에 소문이 파다하다. 건방진 네놈이 대형 사고를 쳤다고."

"대형 사고라…."

"방계 주제에 직계에게 검을 날리고, 검사의 자격도 없으면서 검투를 요청했으니, 높은 곳에 계신 분들이 싫어할 수밖에 없지."

버렌은 앉아 있는 자신을 내려다보며 코웃음을 쳤다. 놀리러 왔냐고 물어보려고 할 때 녀석의 입이 다시 열렸다.

"다만 난 네가 잘했다고 생각한다. 마음에 든다."

"뭐?"

버렌의 입에서 나오리라곤 상상도 하지 못한 말에 벙쪄서 입이 절로 벌어졌다.

"레이든은 직계의 위치에 있으면서도 지그하르트의 이름에 먹칠만 하는 쓰레기다. 강하기만 할 뿐 놈에게는 명예도, 신념도 없어."

그의 목소리는 분노에 차오른 듯 뜨거웠다.

"너와 레이든이 문제가 생겼다고 듣자마자, 그 망할 놈이 먼저 시비를 걸었다고 생각했다. 예상대로였어."

"음…."

저 말은 버렌이 자신을 믿고 있다는 뜻이다. 녀석은 오늘따라 의외의 모습을 보여 주었다.

"자."

버렌은 뒷주머니에서 손바닥만 한 상자를 하나 꺼내서 내밀었다.

"이게 뭔데."

"부상에 바르는 약이다. 난 쓰지도 않는 싸구려지만, 너한테는 어울릴 거 같아서 가져왔다."

"어…."

"받아라. 빨랑!"

버렌은 자신의 손에 억지로 약을 쥐여 주고서 등을 돌렸다.

"넌 5 연무장의 수석이다. 책임감을 느끼고, 절대 지지 마라."

그는 그 말을 마치고 왔던 길로 돌아갔다. 웃기게도 걸음 속도가 점점 빨라졌다. 귓불이 빨간 걸 보니 이번에도 부끄러워하고 있었다.

"흐음."

라온은 손에 든 상자의 뚜껑을 열었다. 화악 하고 청아한 약 향이 풍겨 나왔다.

약을 살짝 덜어서 부상을 입었던 손목에 발랐다. 뜨끈한 기운과 함께 손목의 통증이 사라졌다.

'이게 싸구려라고?'

청아한 향과 약의 색을 볼 때 절대 싸구려가 아니다. 뚜껑 뒤쪽을 보니, 사이만이라고 적혀 있었다.

사이만은 약효 높은 약을 만들기로 유명한 길드. 이 약은 돈을 주고도 구하기 힘든 물건이었다.

"뭐가 뭔지."

라온은 고개를 절레절레 흔들며 약을 주머니에 넣었다.

"라온. 너 언제 버렌이랑도 사이가…."

"도련님. 친구분이 또…."

버렌이 사라지자, 또 구경을 하고 있던 실비아와 헬렌이 미소를 지으며 다가오기 시작했다.

"좀 오지 마!"

하루하루 최선을 다해서 수련하는 라온 덕분에 분주한 별관과 달리 진무전은 조용했다.

승리를 확신하는, 라온과의 검투 따위는 안중에도 없는 듯한 분위기였다.

레이든 역시 그런 분위기에 편승해 훈련 따윈 하지 않고, 평소보다 더 여유로운 시간을 보냈다.

"저 도련님."

집사 메르킨이 레이든을 향해 고개를 숙였다.

"왜?"

적발의 시녀와 함께 침대에 누워 있던 레이든이 고개를 틀었다.

"이제 수련을 좀 하셔야 하지 않겠습니까. 검투가 며칠 남지 않았습니다."

"수련? 지금 나한테 한 소리야?"

레이든이 큭큭 웃으며 몸을 일으켰다.

"그딴 놈을 상대하는데 웬 수련? 당시의 내가 연검을 썼으면 그 새끼는 이미 생선 조각이 되어 땅에 묻혔을 거다."

"하, 하지만 그놈의 움직임은 보통이 아닙니다. 검은 예상하고 막았지만, 주먹은 뻗어 오는 걸 제대로 보지도 못했습니다."

메르킨이 라온에게 얻어맞은 곳을 매만졌다.

"내가 너랑 똑같냐? 앙!"

레이든이 테이블에 있던 술이 담긴 잔을 던졌다. 포도주가 들어 있던 잔이 깨지며 바닥에 피처럼 붉은 물이 흘러내렸다.

"그 새끼가 쓰는 건 뻔해! 나도 다 아는 연성검법에 가람보법이다. 연검만 사용하면 그따위 놈은 눈 감고도 찢어 버릴 수 있어!"

"음….”

"수련은 너나 해. 중요한 순간에 눈 까뒤집고 기절한 새끼가."

"죄송합니다."

"꺼져!"

레이든이 악을 지르고, 다시 침대에 누웠다. 메르킨은 고개를 숙인 뒤 레이든의 방을 나갔다.

'글렀군.'

메르킨이 깔깔거리는 웃음소리가 흘러나오는 레이든의 방을 보며 고개를 절레절레 저었다.

그는 라온에게 당했다는 굴욕감 때문에 아예 수련할 생각이 없어 보였다.

수련 따위 하지 않아도 그를 꺾을 수 있다는 걸 보여 주기 위해 자존심을 챙기는 게 분명했다.

'라온 지그하르트.'

반면 별관에 있는 라온은 하루하루 최선을 다해 수련하고 있다는 정보를 들었다.

'그놈 진짜 보통이 아닌데.'

라온의 움직임은 기묘했다. 암살자처럼 기척이나, 움직임을 읽기 힘들었다.

"에휴…."

메르킨이 한숨을 내쉬었다. 왠지 이번 검투의 결과가 눈앞에 보이는 것 같았다.

마르타는 별관 공터가 내려다보이는 북망산 초입의 나무 위에 걸터앉아 있었다.

"쯧."

그녀는 볼을 스치는 검은 머리카락을 손가락으로 뱅뱅 돌리며 가늘게 혀를 찼다.

"인기 더럽게 많네. 뭐 저렇게 찾아오는 인간이 많아."

마르타의 시선은 공터에 앉아 5 연무장의 수련생들과 대화하는 라온을 향해 있었다. 이곳에서 보고 있는 동안 벌써 7명의 수련생이 라온에게 다녀갔다.

정확하게 들리지는 않았지만, 검투에서 이기라고 응원을 해 주는 것 같았다.

"흥, 언제부터 친했다고."

연무장에서 소 닭 보듯 하다가 지난 임무를 통해 조금 가까워졌다고 친한 척하는 수련생들을 보니 배알이 꼴렸다.

"모조리 한심한…."

"너도 가 보지 그래?"

"꺄악!"

갑자기 뒤에서 들린 목소리에 마르타가 비명을 내지르고 나무에서 떨어졌다.

"어우, 넌 놀리는 맛이 있다."

고개를 들어 올리자, 리메르가 허공에 발장구를 치며 킥킥 웃고 있었다.

"라온은 이런 거 해도 놀라질 않아서 재미없는데."

"이 망할 엘프…."

마르타가 이빨을 갈며 몸을 일으켰다. 검은 눈동자가 빨갛게 물들려 할 때 리메르가 손을 붕붕 저었다.

"그래도 돼? 다 들켰는데?"

그의 턱짓을 따라 뒤를 돌았다. 공터에 있던 라온이 이쪽을 보고 있었다.

"으으, 일부러 이런 거죠…."

"찾아왔으면 얼굴도 보고, 응원도 해 주면 좋잖아."

"응원해 주려고 찾아온 거 아니에요!"

"어? 그럼 그 주머니에 있는 것들은 뭔데? 나 주려고?"

"이, 임무에서 구해 준 거 때문에…."

마르타가 코트 주머니에 손을 집어넣고 콧등을 찡그렸다.

"응원해 줘. 분명 힘이 될 테니까."

리메르가 미소를 지으며 공터 쪽을 가리켰다. 라온은 지금도 이곳을 바라보고 있었다.

"젠장…."

마르타는 입술을 꽉 깨물다가 산 아래로 내려갔다.

"흐흥!"

리메르는 마르타가 떨어진 나뭇가지에 드러누우며 콧노래를 불렀다.

"어리숙하네. 뭐, 그게 아이들의 특권이지만."

※※※※※

라온은 북망산에서 내려오는 마르타를 보며 눈매를 좁혔다. 그녀가 저 위에 있는 건 알고 있었지만, 내려오지는 않으리라 생각했다. 아무래도 리메르가 장난을 친 모양이다.

"야."

마르타가 작은 유리병과 보자기에 싼 네모난 상자를 던져 주었다.

"어?"

라온은 가슴팍을 향해 날아오는 상자와 유리병을 잡았다.

"그때의 보답이다. 검투 시작하기 전에 먹어."

"음…."

"독 아니야. 체력이나, 정신력을 깨끗하게 회복시켜 주는 청심수니까. 먹든 버리든 알아서 해."

유리병을 쳐다보고 있자, 마르타가 한 걸음 더 다가오며 인상을 찌푸렸다.

"고맙다."

라온은 유리병을 주머니에 넣었다.

"그 원숭이 새끼 자꾸 앵기길래 언젠가 밟아 주려고 했는데, 네가 선수 쳤네. 싸울 거면 확실하게 죽여 놔. 다시는 네 엄마에게 개기지 못하도록."

"그래."

"그딴 원숭이 새끼한테 지면 너와 한 약속도 취소할 거야."

고개만 끄덕이고 있자, 마르타가 이제 어깨 아래까지 내려간 검은 머리칼을 휙 돌렸다.

"간다."

그녀는 뒤도 돌아보지 않고, 그대로 연무장을 떠났다.

"이건 왜 이야기 안 해 줬지?"

라온은 고개를 갸웃거리며 마르타가 주고 간 상자를 열었다.

"소고기?"

안에는 소고기가 들어 있었는데, 평소 별관에서 먹던 고기보다 훨씬 질이 좋아 보였다.

'이 녀석이었군.'

실비아가 가끔 별관 앞에 좋은 등급의 소고기가 놓여 있다고 했었는데, 마르타의 선물이었던 모양이다.

-저 검은 눈깔이 그 맛 좋은 소고기를 놓고 갔다는 게냐?

'그래.'

-음, 좋다. 본왕은 군주답게 이해심이 넓지. 오늘부터 검은 눈깔을 소고기 소녀라 칭하겠노라.

'……'

라스의 헛소리를 무시하고, 소고기를 챙길 때 수풀 속에서 실비아와 헬렌이 땅 위로 올라온 두더지처럼 솟구쳤다.

"소고기에 청심수라, 라온 생각으로 가득하네."

"그럼요. 고기도 고기지만, 청심수 같은 비싼 물건을 주신 것만 봐도 보통 사이가 아니라는 거죠."

"라온. 나중에 마르타를 식사에 초대…."

"아, 제발 좀 가요!"

라온이 머리를 흔들었다. 두 사람은 귀신처럼 다시 수풀 속으로 들어간 뒤 별관으로 돌아갔다.

'정말이지….'

며칠 전에는 너무 축 처져서 걱정됐는데, 지금은 너무 가벼워져서 감당이 안 된다.

'뭐, 지금이 낫지만.'

실비아와 헬렌은 자신이 이기리라 믿고, 걱정시키지 않기 위해서 저리 밝은 모습을 보여 주고 있었다.

원래가 저렇게 밝은 사람들이다. 그들의 웃음을 지키기 위해서 해를 끼치는 것들은 그림자조차 닿지 못하게 해야 한다.

라온은 천천히 숨을 고르고 일어나 다시 수련을 시작했다.

수련은 밤과 낮을 가리지 않고 계속되었고, 그렇게 어느덧 검투 날 아침이 밝았다.

제93화

　지그하르트의 대연무장은 직계나 대주급 혹은 가주에게 허가를 받은 인원만이 들어와 훈련을 할 수 있다.
　몇 가지 예외가 있는데 그중 하나가 바로 검투다.
　검사와 검사가 자존심을 걸고 벌이는 그 대련만큼은 보고 싶어 하는 사람 모두가 대연무장에 들어올 수 있었다.
　검투 시작까지 아직 한 시간 이상 남았지만, 워낙에 유명한 인물들의 대결이다 보니, 대연무장의 좌석은 이미 꽉 들어찼다.
　의자에 앉지 못한 사람들은 연무장 외곽에서라도 좋은 자리를 잡느라 바쁘게 움직였다.
　사람들이 떠드는 소리에 대연무장은 시장 바닥을 방불케 했지만, 그들 모두의 이야기는 비슷하게 흘러갔다.

"100년에 한 번 나올까 말까 하는 특이한 검투야. 오늘 대결을 놓치는 놈은 평생 후회할걸."

"그래. 다시 오지 않을 싸움이겠지."

"하긴 직계의 검사와 방계의 수련생이니까."

"그것도 요즘 가장 이름이 많이 나오는 애들이잖아."

직계 검사와 방계 수련생의 대결. 그리고 최근에 가문에서 큰 공을 세운 두 명의 검투였기 때문에 사람들의 관심은 최고조에 올라 있었다.

"라온과 레이든 도련님이 싸우면 누가 이기려나. 비슷해야 재밌을 텐데."

"음, 검투가 특이한 거지 결과는 이미 나와 있잖아."

"라온이 아무리 나이에 비해 강하다고 해도 절대 못 이겨."

"하지만 녹전귀를 베었다고…."

"그걸 라온 혼자 한 게 아니잖아. 5 연무장의 수련생들이 함께 싸운 거지."

"반면에 레이든 도련님은 혼자서 백혈교의 지부를 무너뜨렸지. 아무리 작은 지부라고 해도 그건 쉬운 일이 아니야."

검사들 대부분은 라온의 소문이 부풀려졌다고 생각했기에 당연히 레이든이 검투에서 승리하게 될 거라고 확신했다.

"에이, 라온도 마스터인 광혈귀를 상대로 버텼잖아. 싸움은 해 봐야 아는 거야."

"그거 리메르가 헛소리한 거라니까. 그냥 구라라고!"

"버티긴 했겠지. 몇 초 정도?"

"나도 레이든 도련님이 마음에 안 들고, 이번 일도 잘못했다고 생각하지만, 어쩔 수 없어. 그분은 이미 익스퍼트 중급이야. 라온과는 너무 큰 벽이 있다고."

"역시."

"하긴…."

이미 분위기가 형성되었는지 라온의 승리를 점치는 사람들은 점점 줄어 갔다.

대연무장에 있는 검사들의 머릿속엔 이미 라온의 패배가 그려져 있었다.

"난 라온이 적당히 버텨만 줘도 괜찮다고 생각해. 잘 싸우면 가주님이 내기 내용을 바꿔 주실지도…."

"아주 뚫린 구멍이라고 개소리가 왈왈 잘도 나오네."

"누가… 억!"

뒤에서 들려온 서늘한 목소리에 검사들이 고개를 돌렸다. 마르타 지그하르트가 고운 이마를 찌그러뜨리고 있었다.

"헛소리? 구라?"

마르타가 앞으로 몸을 내밀며 코웃음을 쳤다.

"그게 진짜 구라였으면 나나 버렌이 가만히 있었겠냐. 니들 대가리 장식으로 달린 거 아니잖아. 생각 좀 해라. 앙?"

단아한 외모와 어울리지 않는 상소리가 그녀의 입에서 튀어 나왔다.

"으음…."

"그게…."

검사들은 마르타에게 따지긴커녕 신음을 흘리며 몸을 돌렸다. 어쩔 수 없다. 정식 검사라고 해도 데니어 지그하르트의 애정을 받는 딸을 건드릴 배짱은 없었으니까.

"그 동태눈깔로 봐 둬."

마르타가 팔짱을 끼며 의자에 등을 기댔다.

"너희들의 기대와는 전혀 다른 일이 벌어질 테니까."

❈❈❈❈❈

"데니어가 딸년을 잘못 키웠군."

단상 위에 앉아 있던 발데르가 다리를 꼬며 차가운 미소를 흘렸다.

"아니, 잘못 키운 게 아니라, 잘못 주워 온 건가."

그는 저런 옹이구멍 같은 눈을 가진 놈이 무슨 재능이 있냐고 중얼거렸다.

다만 그도 마르타가 검사들을 함부로 대한 것에 대해선 아무런 관심이 없었다. 그만큼 이 세계는 직계와 방계 혹은 그 아래와의 차이가 컸다.

"이미 끝난 싸움이거늘. 검투 따윈 빨리 끝내고, 그 건방진 놈의 비명이나 듣고 싶군."

오늘 대결의 결과는 이미 뻔했다. 라온이 아무리 재능이 뛰어나다고 해도 연검을 겪어 보지 않고선 레이든을 상대할 수 없다.

검투 이후 단전이 부서지고, 마나 회로가 찢어져 비명을 지르는 라온을 볼 생각에 벌써 흥겨운 미소가 지어졌다.

"오! 오랜만이네요."

"음?"

진중한 분위기의 단상과 어울리지 않는 경쾌한 음성에 발데르의 고개가 절로 돌아갔다.

"리메르?"

붉은 머리 엘프가 히죽이는 미소를 줄줄 흘리며 다가오고 있었다.

"네가 왜 여기에 있지?"

"아, 지나가다가 보이길래 들렀습니다."

"그럼 그대로 지나가라."

"아하하. 농담도."

사라지라는 말에도 리메르는 내려가지 않고, 오히려 발데르의 옆에 붙었다.

"너랑 내가 농담 따위를 할 사이인가?"

"재밌는 소리를 하셔서요."

"뭐?"

"이미 끝난 싸움이라니, 누가 이겼다는 말이죠?"

"네놈의 망가진 눈깔로도 보일 텐데, 레이든의 기세와 네놈이 키운 떨거지의 기세가."

"흐음, 확실히 차이가 나긴 하네."

리메르가 대연무장의 양쪽에 서 있는 라온과 레이든을 차례로 보며 휘파람을 불었다.

"근데 싸움이라는 게 꼭 기세와 무력으로 결정되는 건 아닌데."

"흥, 그거야 버러지들의 싸움에서나 그렇지. 익스퍼트 급이 되면 경지의 차이를 넘기 힘들다. 거기다 레이든은 연검사다. 네놈의 제자는 살과 뼈가 발려서 뜯겨 나갈 거다."

"그럼 저랑 내기라도 하시겠습니까?"

"뭐?"

"그렇게 자신 있으면 내기 하나 하자구요."

리메르는 빙긋 웃으며 양손을 내밀었다.

"광혈귀와 싸웠다는 헛소문처럼 또 무슨 술수를 부리려는 거냐."

"오늘은 가주님도 보러 오시는 데 제 술수가 통하기나 하겠습니까."

"음…."

발데르의 동공이 확대되었다. 리메르를 함부로 대하기 힘든 게 바로 이 점이다. 놈은 아직도 가주인 아버지와 한 번씩 만나고 있었다.

"그렇게 자신이 있으시니, 서로 뭣 좀 걸어 봅시다. 혹시 쫄리면 빠져도…."

"닥쳐라!"

발데르가 인상을 찌푸리자, 그가 발을 올리고 있던 발판이 우그러졌다.

"아하하, 농담입니다."

"네놈은 뭘 걸 거지?"

"전 이겁니다."

리메르의 품에서 잎사귀 모양의 단검이 나왔다. 태양 빛을 받자 진짜 풀잎처럼 청아한 향과 신비로운 빛을 발했다.

"이건…."

"뭔지 아시죠?"

"정말 이 물건을 내기에 걸겠다는 건가?"

"물론이죠. 내기는 한 방 아닙니까! 한 방!"

"…그럼 네가 원하는 건 뭐지? 내 용견검이라도 원하는 건가?"

"아뇨. 그런 건 필요 없습니다."

리메르가 고개를 저으며 히죽 웃었다. 버렌을 골리고, 라온을 놀릴 때의 표정이었다.

"저는…."

라온은 손목과 발목을 돌리며 몸을 풀었다. 처음으로 온 대연무장이었고, 수많은 사람들이 지켜보고 있었지만 조금도 긴장되지 않았다.

'약효가 좋은데.'

마르타가 준 청심수를 미리 먹고 온 덕분일까. 머리는 맑고, 심장은 평소처럼 느리면서 침착하게 뛰었다.

버렌에게 받은 약도 잘 받아, 이제 육체의 부상도 완전히 회복되었다. 공터나, 5연무장에서 훈련할 때처럼 전력을 발휘할 수 있을 것 같았다.

라온이 반대편에 서 있는 레이든을 보았다. 그는 검투를 앞두고서도 여유롭게 와인을 홀짝이고 있었다.

'자신감을 보여 주려는 거겠지.'

레이든이 저렇게 여유를 부리는 이유는 간단하다. 자신과 그의 차이를 보여 주려고 일부러 저런 연출을 하는 중이다.

'다만….'

저런 연출은 압도적인 차이가 나거나, 확실한 승리를 할 수 있을 때나 하는 행동.

라온이 시녀의 안마를 즐기는 레이든을 보며 서늘하게 웃었다. 그는 오늘 일을 평생 후회하게 될 거다.

"지그하르트의 하늘께서 입장하십니다! 모두 경의를 취해 주십시오!"

어깨를 풀고 있을 때 연무장 정문 앞에 서 있던 검사들이 함성을 질렀다.

쿠구구구!

거대한 문이 반으로 갈라지고, 글렌과 천검대가 동시에 들어왔다.

사람은 많지만 보이는 건 오직 글렌뿐이다. 그의 전율적인 기세에 연무장의 공기가 피부를 찌를 듯 날카로워졌다.

무력이 강해질수록 그가 얼마나 높은 곳에 있는지 알게 되어 볼 때마다 소름이 돋아 올랐다.

"가주님을 뵙습니다!"

라온은 연무장에 있는 모두와 똑같이 무릎을 꿇고 고개를 조아렸다.

-볼 때마다 무릎을 꿇고, 인사라니, 인간이란 것들은 참으로 귀찮도다.

라스가 짜증을 부리며 혀를 찼다. 다만 그의 목소리에서 약간의 부러움이 느껴졌다.

마계의 군주인지 뭔지에서 이제 자신의 팔찌에 사는 초라한 임차인이 되었으니, 모두에게 존경과 공포를 주는 글렌을 질투하는 것 같았다.

'하여튼 속이 좁다니까.'

-뭐라 했느냐.

'아니야.'

라온은 고개를 숙인 채로 작은 미소를 지었다.

"모두 일어나라."

그사이에 단상의 중심에 있던 옥좌에 앉은 글렌이 입을 뗐다. 작은 목소리였지만, 모두의 귓속에 똑똑히 들려왔다.

"감사합니다!"

지그하르트의 검사들은 다시 고개를 숙인 뒤 일어섰다.

"좋군."

글렌은 천천히 시선을 내려 연무장의 서쪽에 있는 라온과 동쪽에 있는 레이든을 차례로 본 뒤 고개를 끄덕였다.

"검투를 시작하라."

"예!"

당상 아래에 있던 사회자가 글렌에게 크게 허리를 굽히고 뒤를 돌았다.

후우우웅!

그가 손을 올리자, 대연무장의 외곽에 서 있던 기수들이 화검의 문양이 새겨진 깃발을 흔들었다.

동시에 깃발이 펄럭이자 연무장 전체가 불길이 출렁이는 장관이 연출 되었다.

"검투사들은 앞으로!"

"드디어."

레이든이 히죽 웃으며 손을 뻗자, 뒤에 있던 시녀가 검집을 가져왔다. 창보다 더 긴 검집에서 흐물거리는 검을 뽑았다.

피이잉.

길고 얇은 연검은 살아 있는 뱀처럼 휘적이며 기이한 소리를 흘렸다.

라온은 살기등등한 눈빛을 흘리는 레이든을 무시하고 뒤를 돌아보았다.

부러질 정도로 난간을 세게 부여잡은 채 입술을 깨문 실비아가 보였다. 그녀에게 눈으로 말을 전했다. 괜찮으니, 마음 놓고 기다리고 있으라고.

실비아 옆에는 두 손을 꼭 끌어모은 헬렌과 시녀들이 있었다. 신에게 기도하듯 어깨를 떨고 있었다.

다시 마음을 다잡았다. 이건 레이든과의 싸움이 아니라, 저들을 지키기 위한 전쟁이었다.

"후…."

라온은 숨을 뱉는 걸로 머리를 비우고 걸어가 레이든과 마주 섰다.

❋❋❋❋❋❋

"흐아!"

레이든은 고개를 뒤로 젖혀 하늘을 보았다. 이날을 얼마나 기다리고 기다렸던가. 일주일이 일 년보다 더 길었다.

'이제야 갚을 수 있겠군.'

별관에서의 굴욕. 자신을 볼 때마다 비웃음을 참는 듯한 검사들의 눈깔을 바꿔 줄 기회가 드디어 찾아왔다.

턱 끝까지 차오른 흥분을 참으며 연검을 고쳐 잡았다.

'자, 와라. 당장에… 저 새끼가.'

레이든이 이를 갈았다. 라온은 자신이 아니라, 뒤에 있는 실비아와 시녀들을 보고 있었다.

전투 직전에 보인 무관심에 속이 뒤집어질 듯이 울렁였다.

'아예 사지를 잘라 주지.'

검투에서 라온의 팔다리를 자르고, 검투 결과로 단전과 마나 회로까지 끊어 버렸을 때의 라온과 시녀들의 얼굴을 상상하자, 등골 사이로 희열이 올라왔다.

"준비하십시오."

사회자의 준비 신호에 레이든이 손목을 돌렸다. 그저 가볍게 손목을 움직였을 뿐인데 연검이 뱀처럼 꿈틀거렸다.

"전 준비되었습니다."

라온은 검을 뽑지조차 않은 채 고개를 끄덕였다.

"하아, 너처럼 건방진 놈은 정말이지 처음이다."

레이든이 얼굴을 들이밀며 콧등을 찡그렸다.

"그날 네가 얼마나 운이 좋았는지를 알려 주지."

"운?"

라온은 검집을 매만지며 픽 웃었다.

"이 새끼가 정말…."

"물러나십시오."

사회자가 레이든을 억지로 밀어냈다.

"팔이 잘려도, 단전이 찢어져도 그렇게 웃을 수 있는지 보겠다."

"그럼 평생 볼 일 없겠네."

라온은 미소를 유지한 채 검병을 쥐었다.

빠득.

레이든은 부서질 듯 이빨을 갈고 뒤로 물러섰다. 저놈과 말싸움을 하기보다 빨리 검투를 시작하는 게 맞았다.

사회자는 눈빛으로 준비가 되었냐를 물었고, 두 사람은 고개를 끄덕였다.

"그럼 레이든 지그하르트와 라온 지그하르트의 검투를 시작하겠습니다!"

사회자가 레이든과 라온 사이를 가로막았던 손을 올리고 뒤로 물러섰다.

"크하하하!"

레이든이 광소를 흘리며 연검을 내리쳤다. 파르륵 소리와 함께 검이 리본처럼 빙빙 꼬이며 라온을 향해 떨어져 내렸다.

피이잉!

라온은 나풀거리는 꽃잎처럼 몸을 비틀어 연검을 피해 냈다.

"피했다고 생각하는 거냐!"

손목을 올려 치자, 연검이 파도처럼 출렁이며 라온을 뒤쫓았다.

"큭…."

라온은 인상을 찌푸리며 가람보법을 밟아 연검을 피하려 했지만, 그 흐름은 이미 레이든이 모두 알고 있는 것이었다.

"말했지. 그때와 다르다고! 계속 도망쳐 봐라!"

레이든이 히죽이며 결정연검의 세 번째 형 마결귀를 펼쳤다. 연검의 날이 지그재그로 휘어지며 라온의 다리를 노렸다.

치이잉!

라온이 검을 뽑아 아래로 내렸다. 마결귀를 피할 수 없다고 생각했는지 검으로 막으려는 것 같았다.

"크흐!"

레이든이 혓바닥으로 입술을 핥았다.

'멍청한 놈!'

연검술은 공격 방향의 전환이 너무 빨라 수비하기 굉장히 어렵다. 눈에 보이는 곳을 수비했다간 다른 곳을 베이기 마련이다.

지금의 라온 역시 마찬가지다. 놈은 다리를 노린다는 생각에 하체에 검을 가져갔지만 그건 큰 실수였다.

피이이익!

레이든이 손목을 휘돌리자, 라온의 종아리를 향하던 연검이 덩굴을 탄 뱀처럼 위로 솟구쳤다.

'경고한 대로 네놈의 팔을 가져가마!'

예리하게 쏘아진 검날이 라온의 팔을 가르고 놈이 비명을 지르는 모습이 그려졌다.

"어?"

레이든이 마른침을 삼켰다. 연검이 팔을 찢기 전에 눈앞에 있던 라온이 사라졌다.

"어, 어디… 헉!"

레이든이 비명을 지르며 검을 쥔 손을 떨었다. 목젖에서 서늘한 감촉이 느껴졌다. 눈동자를 돌려 보니, 사라진 라온이 자신의 목에 검을 대고 있었다.

"뭐, 뭐가 어찌 된…."

"첫 번째다."

"처, 첫 번째? 뭐가 첫 번째라는 거냐!"

"넌 오늘 여덟 번 죽게 될 거다."

그 말을 마친 라온의 주먹이 레이든의 얼굴에 작렬했다.

뻐억!

4권에서 계속됩니다.

환생한 암살자는
검술 천재 III

초판 1쇄 인쇄 2025년 03월 10일
초판 1쇄 발행 2025년 04월 10일

글 글개미

펴낸곳 (주)다온크리에이티브
편집, 표지 디자인 (주)다온크리에이티브
내지 디자인, 인쇄, 제작 손봄(주)
출판 등록 번호 251002014000248
출판 등록일 2014년 09월 11일

출판 (주)다온크리에이티브
주소 서울특별시 강남구 선릉로 119길 5, (논현동 플랜에이빌딩)
전화 02-515-4208
E-mail biz@daoncreative.com

도서 유통 손봄(주)
전화 070-7708-7050
E-mail books@sonbom.co.kr

ⓒ 글개미 / 다온크리에이티브 All rights reserved

ISBN 979-11-7300-311-0 (04810)
     979-11-7300-308-0 (04810) SET

※ 파본은 구입하신 서점에서 교환하여 드립니다.
※ 이 책은 (주)다온크리에이티브와 저작자의 계약에 의해 출판된 것이므로 무단 전재 및 유포, 공유를 금합니다.